마차오 사전 2

馬橋詞典

세계문학전집 445

마차오 사전 2

馬橋詞典

한사오궁

심규호, 유소영 옮김

민음사

차례

1권 강(江)

뤄장강(羅江)

만자(蠻子)와 뤄자만(羅家蠻)

삼짇날(三月三)

마차오궁(馬橋弓)

노표(老表)

달다(甜)

요오드화칼륨(碘酊)

촌티(鄕氣)

한솥밥을 먹다(同鍋)

솥을 얹다(放鍋)

소가(小哥)

신선부(神仙府)와 놈팡이

과학(科學)

깨다(醒)

깨닫다(覺)

노래하다(發歌)

삼모(三毛)

    소 이야기를 좀 더 하고자 한다.

    소의 이름은 '삼모(三毛)'이다. 성질이 어찌나 난폭한지 마을을 통틀어 오직 즈황만이 그 소를 다룰 수 있었다. 사람들은 그 소가 어미 소에게서 태어나지 않고 마치 『서유기』에 나오는 손오공처럼 바위에서 튀어나왔을 것이라고 했다. 소가 아니라 돌덩이나 다름없다는 뜻이다. 그러니 채석장 석공인 즈황이 돌 같은 삼모를 다루는 것은 당연한 이치이다. 사람들은 대부분 이런 말을 수긍했다.

    그렇게 보면 즈황이 소를 부릴 때 내는 소리는 확실히 다른 사람과 달랐다. 일반적으로 사람들은 소를 몰 때 "워어 워." 라는 소리를 내지만 즈황이 삼모를 몰 때면 "류 류."라고 했다. '류'는 석공들이 쓰는 말이며, 유천자(溜天子)란 바로 돌을 두드리는 쇠망치이다. 그러니 어찌 돌이 '류'라는 소리를 두려워 하지 않겠는가? 소들끼리 싸움이 붙을 때 보통 찬물을 끼얹으면 그것으로 끝나기 마련이었다. 그러나 삼모가 다른 소와 싸움을 벌이면 아무리 찬물을 끼얹어도 말릴 수 없었다. 그렇지만 즈황이 "류."라고 외치면 녀석은 겁에 질린 듯 고개를 돌리며 마치 솜뭉치처럼 온순해졌다.

내 기억에도 즈황은 소를 정말 잘 다뤘다. 그는 절대로 채찍을 휘두르지 않았다. 또한 하루 종일 소를 부리며 논을 갈아도 몸에 진흙 한 점 묻지 않고 항시 깨끗했다. 마치 논에서 돌아오는 사람이 아니라 반듯하게 옷을 차려입고 친척 집에 다녀오는 사람 같았다. 그가 쟁기질한 논은 쟁기질 자국이 마치 한 장 한 장 책장처럼 매끄럽고 곱고 윤이 나며 반듯해 따뜻한 김이 모락모락 피어오르는 듯했다. 그가 갈아 놓은 논은 단숨에 작업을 완성해 흐르는 물처럼 자연스럽고 막힘없어 운치가 극에 달한 아름다운 모습이었다. 차마 그것을 건드리거나 흩어 놓아서는 안 될 것 같았다. 아무리 자세히 살펴봐도 쟁기질한 고랑에서 비뚤어진 구석을 찾아볼 수 없었다. 아무리 논의 형태가 이상해서 쟁기질하기 힘들어도 논두렁을 벗어나는 일이 없었으며, 쟁기질이 교차하거나 중복되는 일도 거의 없었다. 마치 기술 좋은 칠장이가 덧칠한 흔적을 전혀 남기지 않은 단청을 보는 듯했다. 언젠가 쟁기질을 거의 다 하고 한 구석만 남았는데, 앞쪽이 막다른 길이라 아쉽지만 더는 쟁기질을 할 수 없을 듯했다. 그런데 그가 갑자기 채찍을 허공에 휘두르고 소리를 지르면서 쟁기 손잡이를 비스듬하게 돌려

잡아당기자 어느 순간에 남은 구석이 깨끗하게 갈려 있었다. 정말 믿을 수가 없었다.

그 구석은 분명 쟁기로 간 것이 아니다. 내가 보장할 수 있다. 어떤 신비한 힘, 무형의 기(氣)와 같은 것이 손바닥을 통해 쟁기로 옮겨지고 다시 날카로운 쟁기 끝으로 전달되어 두꺼운 흙을 꿈틀거리게 만들었다고 할 수밖에 없다. 아주 특별한 순간에 그는 쟁기가 닿지 않는 곳에 힘을 전달하고, 힘이 닿지 않는 곳에 기를 전달하며, 기가 닿지 않는 곳에는 뜻을 전달할 수 있었다. 그래서 그는 어떤 사각지대도 자신이 갈고 싶으면 언제든지 갈아엎을 수 있었다.

내 기억에 그는 놀기나 좋아하는 소 치는 아이들을 그다지 믿지 못하는 듯했다. 그래서 항상 직접 소를 치러 나갔다. 아주 멀리까지 가서 깨끗한 물과 입에 맞는 풀을 찾아 소에게 먹인 후에야 자신도 편안해졌다. 언제나 제일 늦게 귀가하는 그는 고독한 검은 그림자였다. 진홍빛으로 힘차게 타오르는 하늘 장막 아래에서 걷다 쉬기를 반복했으며, 하늘 가득 솟구치는 붉게 물든 구름 밑에 들릴 듯 말 듯 워낭 소리가 흩어졌다. 그때가 되면 하늘에 듬성듬성 샛별이 보이기 시작했다.

워낭 소리가 들리지 않는 마차오, 워낭 소리가 들리지 않는 황혼은 상상할 수 없었다. 마치 워낭 소리가 없는 황혼은 물이 흐르지 않는 하천이나 화초가 없는 봄처럼 그저 태양만 작열하는 황량한 사막과 같다.

그런 그의 곁을 늘 지키는 소가 바로 삼모였다.

그런데 즈황이 채석장에 나가면 문제가 생겼다. 특히 가을

이 지나고 나면 채석장 일이 바빠지기 시작하는데, 그때는 아무도 삼모를 다룰 수 없었다. 미신 같은 것을 믿지 않던 나는 언젠가 즈황처럼 "류." 하고 외치며 삼모를 몰아 보고 싶었다. 부슬부슬 비가 내리던 어느 날이었다. 어두운 구름이 낮게 깔리고 사방에서 번개가 쳤다. 방송선으로 쓰던 전선 두 가닥이 껍질이 벗겨진 채 바람에 흔들리며 번개가 칠 때마다 커다란 불덩이를 쏟아 놓곤 했다. 마침 내가 쟁기질하던 논 위로 철사가 걸쳐져 있었다. 마을로 돌아가던 나는 철사 때문에 마음이 조마조마했다. 공중에 걸린 전선 아래 다가서자 다리가 후들거리고 숨이 막혔다. 공중에서 흐느적거리며 불꽃을 일으키는 전선을 바라보며 혹시라도 일격에 머리를 부숴 버릴 번개가 내리치지 않을까 걱정이 태산 같았다.

다른 사람들은 여전히 다른 논에서 비를 맞으며 모를 심고 있었다. 괜히 겁쟁이라고 놀림을 당할까 봐 그냥 집으로 돌아가기도 조금 쑥스러웠다.

삼모가 나를 놀릴 기회라고 생각했는지 전선에서 멀어질수록 미친 듯이 날뛰었고, 전선에 가까이 가면 언제 그랬냐는 듯이 느릿느릿 걸으며 오줌도 누고 논두렁에서 풀을 뜯었다. 아무리 고삐를 당겨도 삼모는 꿈쩍하지 않았다. 마치 남의 불행을 즐기며 조롱하는 듯했다. 나중에는 아예 전선 아래 멈춰서서 꼼짝달싹하지 않았다. 내가 아무리 "류!" 하고 외치며 채찍질하고 엉덩이를 발로 차도 삼모는 땅에 뿌리를 박은 것처럼 몸을 힘껏 뒤로 젖힌 채 옴짝달싹하지 않았다. 전선에서는 여전히 파닥파닥 폭발음과 함께 불꽃이 튀면서 긴 전선을 따라 먼 곳까지 소리가 울려 퍼졌다. 버드나무 채찍 껍질이 패다 부러져 점점 짧아졌다. 그 순간 뜻밖에 삼모가 갑자기 큰 소리로 울부짖었다. 번뜩이는 쟁기 끝에서 흙이 튀며 삼모가 미친 듯이 언덕 위로 달려가기 시작했다. 멀리 있던 사람들도 놀라서 소리를 질렀다. 소가 갑자기 달려 나가는 바람에 나는 하마터면 흙탕물로 곤두박질칠 뻔했다. 쟁기가 내 손을 벗어나 허공으로 날아오르는가 싶더니 예리한 쟁기 날이 앞으로 튕겨 나가 그대로 삼모 뒷다리에 꽂히고 말았다. 분명 깊이 박힌 듯했다. 그러나 삼모가 아직 고통을 느끼지 못하는지 1미터나 되는 둑을 뛰어넘은 후 휘청대는 바람에 흙더미가 와르르 쏟아졌다. 삼모는 넘어지지 않았지만 쟁기가 돌 틈에 끼면서 끼익 끽 요란한 소리를 냈다.

누군가가 멀리서 소리를 질렀지만 나는 상대방이 뭐라고 소리 지르는지 알 수 없었다. 한참 지난 후에야 나더러 빨리 쟁기 날을 뽑으라고 외쳤다는 기억이 났다. 그러나 이미 때는 늦었다. 돌 틈에 낀 쟁기 날이 쨍 소릴 내며 부러지면서 쟁기 자루도 뒤틀려 부러졌기 때문이다. 물론 고삐도 이미 끊어진 터였다. 삼모는 해방의 흥분을 감출 수 없다는 듯 크게 울부짖으며 감히 아무도 막을 수 없는 엄청난 기세로 언덕을 향해 내달리기 시작했다. 때로 혼란스러운 듯 균형을 잃고 튀어 오르기도 했지만 이전에는 한 번도 경험한 적 없는 기쁨을 만끽하는 듯했다.

그날 삼모는 코가 깨지고 하마터면 다리도 잘릴 뻔했다. 쟁기 하나가 결딴나고 방송용 전신주도 하나 쓰러졌으며 낮은 담 하나도 무너졌다. 광주리도 하나 부서졌고 마을에서 만들던 퇴비 막사도 뒤집혔다. 막사를 짓던 인부들이 빨리 피하지 않았다면 목숨을 잃었을지도 모른다.

이후로 나는 절대로 삼모를 건드리지 않았다. 생산대에서는 삼모를 팔기로 결정했고 나도 이에 적극적으로 찬성했다.

즈황은 이에 동의하지 않았다. 그가 내놓은 이유는 황당했다. 자신이 소에게 꼴을 먹이고 물도 먹였으며 병이 나면 한의사에게 부탁해 약도 먹였는데, 자기가 팔자고 하지 않는데 누가 감히 삼모를 판단 말인가? 그의 말에 간부는 즈황이 소를 부렸다고 그의 소는 아니니 공과 사를 분명히 해야 한다고 말했다. 소는 생산대에서 돈을 지불하고 매입한 것이다. 그러자 즈황은 지주의 논밭도 모두 돈을 주고 샀지만 토지개혁으로 지주의 논밭을 모두 분배하지 않았느냐며 논을 직접 경작하는 사람이 임자인 것은 당연한 이치라고 했다.

그의 말에 일리가 없는 것도 아니었다.

"사람이야 때로 실수를 하지. 관운장이 실수로 형주를 잃었다고 제갈량이 그를 죽였어? 아니면 그를 팔아넘기기라도 했나?"

결국 사람들은 아무 말 없이 모두 흩어졌다. 즈황 역시 새로운 논법을 중얼거리며 발걸음을 옮겼다.

끝내 삼모는 팔리지 않았다. 그러나 대신 즈황 손에 죽었다. 정말 뜻밖의 일이었다. 목숨을 걸고 삼모를 지키던 그는 삼모가 앞으로 다시 사람을 해치는 일이 있으면 자신이 직접 녀석의 목을 베겠다고 했다. 그가 한 말이니 지킬 수밖에 없었다.

어느 봄날, 세상 만물이 싹을 틔우고 따뜻한 봄볕 아래 온갖 소리와 색채가 흐르는 가운데 공기 중에 은근히 불안이 번졌다. 즈황이 삼모를 몰고 논으로 향하던 중이었다. 갑자기 삼모가 전신을 부들부들 떨며 눈에 쌍심지를 켜더니 쟁기를 끌고 앞을 향해 미친 듯이 달려갔다. 진흙탕 길 여기저기에서 마치 파도가 치듯 물결이 일었다.

즈황은 속수무책이었다. 얼마 후 그는 삼모의 목표가 길 위 움직이는 붉은 물체임을 알았다. 나중에 안 사실이지만 그 붉은 물체는 붉은색 꽃무늬 솜저고리를 입은 이웃 마을 미친 여자였다.

소는 빨간색에 민감하므로 때로 빨간색에 대한 공격성은 결코 이상한 일이 아니다. 다만 기이하게도 항시 즈황에게 나긋나긋하던 삼모가 그날만은 아무리 욕을 하고 고함을 쳐도 미치광이처럼 즈황의 말을 듣지 않았다. 어렴풋이 여자의 비명이 들린 것은 얼마 후였다.

저녁 무렵, 공사 위생원에서 마차오에 정확한 소식이 전해졌다. 여자의 팔자가 센지 목숨은 건졌지만 삼모가 그녀를 들어 올려 공중을 향해 냅다 내동댕이치는 바람에 오른쪽 다리뼈가 부러지고 뇌진탕을 일으켰다.

즈황은 위생원에 가지 않았다. 혼자서 반쪽짜리 고삐를 들고 길가에 멍청하게 앉아 있었다. 멀지 않은 곳에서 삼모가 겁을 먹은 듯 풀을 뜯고 있었다.

그는 떨어지는 해를 안고 마을로 돌아온 후 삼모를 마을 입구 단풍나무 아래 묶었다. 그리고 집에서 콩을 반 대야 가져다 삼모 입에 쑤셔 넣었다. 삼모는 그의 생각을 아는 듯 그를 향해 무릎을 꿇었다. 눈에서 탁한 눈물이 흘러나왔다. 그는 두꺼운 마대 줄을 가져다 올가미를 만들어 각각 삼모의 네 다리에 씌운 다음 긴 도끼를 손에 쥐었다.

마을의 소들이 불안한 듯 일제히 소리를 질렀다. 파도처럼 이어지는 울음소리가 한데 어우러져 산골짜기에 울려 퍼졌다. 석양이 순식간에 빛을 잃었다.

그는 삼모 앞에서 삼모가 콩을 다 먹기를 기다렸다. 여자 몇이 다가왔다. 푸차의 아내, 자오칭의 아내, 중치의 아내도 있었다. 여자들이 코를 훌쩍거렸다. 눈 주위가 벌겋게 달아올랐다. 그들이 즈황에게 업보라고 말하며 한 번만 용서해 주라고 말했다. 그들은 다시 삼모를 향해 이왕지사 이렇게 되었으니 삼모 역시 남 탓은 하지 말라고 했다. 모년 모월 장자팡 소를 다치게 했어, 잘못했지?

모년 모월엔 룽자팡 소를 죽였고, 네 죄를 알겠지? 언젠가 넌 완위네 아이를 발로 차서 하마터면 그 애를 죽일 뻔했으니 진작 널 죽였어야 했어. 무엇보다 가장 화나는 건 다른 일이야. 콩도 먹고 달걀도 먹으면서 게으름을 피우고 쟁기 틀도 매려고 하질 않았잖아. 쟁기 틀을 매면 또 뭘 해. 네댓 사람이 달려들어도 넌 꿈쩍도 하지 않았어. 가마라도 태워 모셔야 하는 양, 정말 짜증 났다고.

그들은 삼모가 잘못한 일을 하나하나 일일이 열거하다 마지막에는 그래도 고생도 할 만큼 했으니 그만 마음 편하게 떠나라고 말했다. 우리 마차오 사람들이 모질다고 생각하지 마,

달리 방법이 없어.

푸차의 아내는 눈물이 그렁그렁해서 일찍 가나 늦게 가나 모두 마찬가지라고 했다. 홍 나리는 너보다 더 힘들었잖아. 죽을 때도 쟁기를 매고 있었어.

삼모는 여전히 눈물을 흘리고 있었다.

무표정한 얼굴로 앉아 있던 즈황이 마침내 도끼를 들고 삼모에게 다가갔다.

육중한 소리.

소 대가리가 갈라지며 피 고랑이 파였다. 이어 두 번째, 세 번째…… 피 안개가 한 자 넘게 솟구쳐 올랐다. 그래도 소는 전혀 반항하지 않았다. 소리도 지르지 않고 여전히 꿇어앉은 채였다. 결국 삼모는 비틀거리며 한쪽으로 무너졌다. 마치 흙담이 무너져 내리는 것처럼 육중하게. 삼모가 안간힘을 다해 발을 몇 번 버둥거리더니 금세 온몸이 빳빳하게 굳어 바닥에 드러누웠다. 그 모습이 평소보다 훨씬 더 길게 느껴졌다. 평소 눈에 잘 띄지 않던 연한 회색 배가 그대로 드러났다. 벌겋게 피로 물든 머리를 심하게 실룩거리며 반짝이는 까만 두 눈을 멀뚱멀뚱 뜬 채 즈황과 다른 이들을 바라보았다.

푸차의 아내가 즈황에게 말했다.

"업보야, 업보! 이름이라도 불러 줘요."

즈황이 소리쳤다.

"삼모!"

소의 눈빛이 흔들렸다.

즈황이 다시 한번 소리를 내질렀다.

"삼모!"

그제야 삼모의 커다란 눈꺼풀이 아래로 감겼다. 몸도 천천히 경련을 멈췄다. 꼬박 하룻밤 동안 즈황은 더 이상 뜨지 않는 소의 눈을 바라보며 그렇게 앉아 있었다.

괘란(掛欄)

마차오 소들은 모두 이름이 있다.

사람들은 소에 대해 말하면서 '동(懂)'한 소, 즉 깨달음이 뛰어난 소가 있는가 하면 '괘란(掛欄)'한 소, 다시 말해 시간이 갈수록 주인과 친해지는 소가 있다고 한다. 괘란한 소는 도둑이 쉽게 훔쳐 갈 수 없다. 삼모는 성질이 괴팍하기는 해도 괘란한 소였다.

죽기 두 달 전쯤이었을까, 삼모가 이틀 동안 보이지 않았다. 생산대에서 사람을 시켜 찾아봤지만 도무지 찾을 수 없었다. 사람들은 모두 다시는 삼모를 볼 수 없으리라고 생각했다. 벌써 소도둑에게 도살당했거나 어딘가로 팔려 갔을 것이라고 생각했다. 사흘째 되던 날 밤, 나는 즈황 집에서 장기를 두고 있었다. 즈황이 장기를 두다 말고 갑자기 고개를 돌린 후 벽에 있던 채찍이 튀어 오르는 것을 보니 무슨 일이 생긴 것이 틀림없는데, 어쩌면 삼모가 돌아왔는지도 모른다고 말했다. 우리가 막 문밖으로 나가는데 삼모의 울음소리가 들렸다. 익숙한 까만 그림자가 보였다.

삼모가 울타리를 뿔로 들이받으며 안으로 들어오려 하고 있었다. 코뚜레에 반쯤 잘린 새끼줄이 걸려 있고 어쩌다 그랬는지 꼬리가 잘려 나간 상태였다. 온몸이 피투성이인 데다 털도 엉망으로 엉킨 모습이 언뜻 보아도 많이 마른 것 같았다. 아마도 소도둑한테서 도망쳐 고개를 넘고 이리저리 헤매며 먼 길을 달려온 듯했다.

청명절의 비(淸明雨)

　나는 별로 할 말이 없어 산간 평지에 흩뿌리듯 내리는 안개
비를 바라보았다. 안개비가 외양간 토담을 적시고 바람 따라
찰랑찰랑한 논물 위로 잔주름을 일으키며 자꾸만 앞으로 밀
려가다가 맞은편 갈대숲으로 사라져 갔다. 풀숲에 잠잠히 앉
아 있던 야생 오리 두세 마리가 푸드덕 날아가 버렸다. 시냇물
소리가 점점 더 거세지면서 빗소리인지 시냇물 소리인지 분간
할 수 없었으며, 어디에서 흘러들었는지도 알 수 없었다. 그저
천지간에 하나가 되어 지면을 두드리며 세차게 흘러갈 뿐이었
다. 문 앞의 비에 흠뻑 젖은 개 한 마리가 두려운 듯 거센 빗
발을 향해 미친 듯이 짖어 댔다.

　처마 아래마다 낙숫물에 파인 작은 물구덩이에 비를 피하
는 사람들의 불안한 눈빛과 '청명절(淸明節)'의 애달픈 기다림

이 가득 담겨 있었다.

산자락 가득 나뭇잎이 우수수 흩어져 내렸다.

봄날의 비는 열정적이며 자신감 넘치고 호탕하며 시원하다. 세월 깊숙한 곳에 오랫동안 쌓였던 기운을 뿜어내는 듯하다. 이와 달리 여름비는 딴 곳에 정신이 팔린 성의 없는 빗줄기요, 가을비는 문득 고개를 돌리는 아스라함을 간직한다. 한데 겨울비는 그저 썰렁하기만 하다. 아마 지식청년들처럼 이렇게 비를 마주 바라보고 있는 사람도 드물 것이다. 그들처럼 비의 소리와 비의 분위기, 비 오는 날 살갗에 스치는 온기 따위에 익숙한 이들도 없을 것이다. 비가 와야만 지친 몸을 질질 끌고 집으로 돌아와 한숨을 돌린 후 소중한 휴식 시간을 가질 수 있기 때문이다.

내 딸은 지금껏 비를 좋아해 본 적이 없다. 봄날의 비는 아이에게 우비, 장화, 우산을 챙겨야 하는 번거로움과 넘어질지도 모르는 미끄러운 길, 무서운 번개를 의미하며 운동회나 소풍이 취소될 수 있다는 뜻이기 때문이다. 아이는 왜 내가 비가 오면 어느새 찾아드는 흥분에 휩싸이는지, 왜 내가 시골 생활로 돌아가는 꿈을 꿀 때마다 언제나 장대비가 등장하는지도 이해할 수 없을 것이다. 아이는 빗소리를 그리워하는 시대와는 영원히 관련 없을 것이다. 그런 삶을 산다는 것은 분명 좋은 일이다.

지금 또 비가 내린다. 빗소리는 언제나 나에게 어떤 느낌을 몰고 온다. 비의 저편, 비의 저편 아득한 곳, 빗속 진흙탕에 여전히 내 발자국이 길게 남아 있다. 그 발자국은 비가 오면 떠

올라 빗줄기 흩뿌리는 산길 한없이 희미하기만 한 깊은 곳으
로 빠져든다.

불화기(不和氣)

내가 처음 이 말을 들은 것은 뤄장강을 건널 때였다. 홍수 때문에 강은 평소보다 몇 배는 불어 있었다. 배에 낯선 여자 두 명이 올라탔다. 아마도 먼 곳에서 온 사람들 같았다. 배에 오르자마자 그들은 밀짚모자로 얼굴을 깊숙이 가렸다. 사공이 그들을 홀깃 살피더니 이내 손을 저으며 당장 배에서 내리라는 시늉을 했다. 두 여자는 어쩔 수 없다는 듯이 배에서 내린 다음 강변의 흙을 얼굴에 발라 모습을 기이하게 만들었다. 여자들은 서로 보며 배를 움켜잡고 키득거리며 다시 배에 올랐다.

이상하다, 왜 저렇게 얼굴을 기이하게 만들었을까?

사공이 말했다.

"마오 주석이 열 명 와도 용왕님의 홍수는 막을 수 없소.

배에 탄 사람들에게 혹시 큰일이라도 나면 어떻게 하겠나!"

배에 탄 사람 중 누군가가 그의 말에 맞장구를 쳤다.

"그럼, 그럼! 물이랑 불은 무정하고말고. 조심하는 게 좋아."

사람들은 옛날 어느 때엔가 어떤 여자가 겁도 없이 배를 탔다가 정말로 '불화기(不和氣)'해서 배가 뒤집힌 적이 있다고 했다. 당시 물에 빠진 사람들이 아무리 헤엄을 쳐도 강변에 닿을 수 없었으니 귀신을 만난 것이 분명하다고 했다.

불화기가 아름답다는 뜻임은 나중에 알게 되었다. 강을 건널 때는 특별한 규칙이 있었다. 특히 바람이 거세고 물살이 급할 때 아름다운 여자는 절대로 배를 타고 강을 건널 수 없었다. 전설에 의하면 아주 오래전 근처 마을에 너무 못생겨서 결혼을 할 수 없는 여자가 살았는데, 끝내 강 언덕에서 몸을 던져 자살했다고 한다. 그 후 저승을 떠돌던 그녀는 예쁜 여자가 탄 배만 보면 질투심을 느껴 풍랑을 일으켰고 이에 배가 뒤집히는 것은 물론이고 배에 탄 사람이 모두 물에 빠져 죽었다고 한다. 그래서 배를 타고 강을 건너는 여자가 조금이라도 예쁘면 진흙을 바르는 등 추하게 꾸며야 배에 탄 사람들이 화를 면한다는 것이다.

물론 나는 이런 전설에 그다지 관심이 없으며 아름다움과 재난 사이에 어떤 관계가 있는지 구체적으로 연구해 본 적도 없다. 예를 들어 아름다움이 과연 사람의 넋을 빼앗고 혼란에 빠뜨려 사람을 바보로 만들거나 미친 짓을 하게 만드는지 또는 자기가 맡은 책임을 쉽게 방기하거나 일을 대충대충 처리하도록 유혹하는지 구체적으로 생각해 본 적이 없다. 내가 홍미를 느끼는 것은 바로 불화기라는 단어이다. 이 말은 왠지 으스스한 결론을 내포한다. 그것은 아름다움이란 사악하고, 좋은 것은 위험하므로 아름답고 좋은 물건은 언제나 분열과 불안, 불화를 조성하며 분규와 원한을 불러와 불화기, 즉 화기(和氣)를 방해한다는 것이다. 아름답고 진귀한 옥(玉)으로 유명한 화씨벽(和氏璧)이 조(趙)나라와 진(秦)나라 사이에 전쟁을 유발하고, 미녀 헬레네로 인해 그리스가 멀리 트로이까지 원정을 나가 장장 십여 년 동안 전쟁을 했다는 사실은 이에 대한 좋은 예가 될 수 있을 것이다. 세상 사람들은 강물이 흐르는 대로 흘러가고 찬란한 광채를 먼지 속에 묻어 고개를 내밀지 않는 서까래가 되거나 얼굴에 진흙을 발라야 천하가 태평해진다.

마차오 말 가운데 불화기는 좋은 것, 남달리 빼어나고 뛰어난 것, 무리 중에 탁월한 것을 의미한다. 불화기라는 말로 번이의 젊은 아내 톄샹을 묘사하면 사람들은 누구나 그녀의 앞날을 생각하며 손에 땀을 쥔다.

신(神)

마차오 사람들은 아름다운 여자가 가진 기미(氣味)는 향기롭지만 해로운 기운이라고 여긴다. 창러가에서 마차오로 시집온 번이의 아내 톄샹이 이런 기운을 마을에 몰고 왔다. 그녀가 시집온 지 두 달이 조금 넘었을 때 마차오에 핀 국화가 모두 시들어 버렸다. 노란 빛깔이 눈부신 국화를 광주리에 따서 돌아오면 집에 닿기도 전에 모두 시커멓게 변해 손도 댈 수 없었다. 노인들이 말하길, 이후 마차오 사람들은 국화를 심지 않고 초라하게 생긴 가지나 오이, 호박, 여주, 흑도(黑桃) 같은 것만 심었다고 한다.

톄샹의 기미에 가축들도 맥을 못 추기는 마찬가지였다. 푸차네 집 개는 톄샹을 본 뒤부터 미쳐 날뛰는 바람에 하는 수 없이 총을 쏴서 죽였다. 중치는 본래 씨돼지 한 마리를 키웠는데 이 씨돼지가 톄샹이 온 뒤부터 아무리 해도 씨를 뿌리려 하지 않아 거세한 뒤 죽여 버렸다. 이 밖에도 닭이나 오리가 돌림병이 들어 폐사한 집들도 적지 않아 마을 사람들은 모두 톄샹이 시집온 뒤로 좋은 일이 없다고 난리들이었다. 나중에는 즈황네 소 삼모마저 톄샹을 보고 날뛰는 바람에 톄샹이 비명을 지른 일도 있었다. 즈황이 잽싸게 소의 고삐를 잡지 않았더라면 그녀는 소에게 받혀 언덕 아래로 굴러 떨어졌을 것이다.

마을 아낙들도 톄샹이 뭔가 석연치 않았지만 서기인 번이의 체면을 봐서 쉽게 내색할 수 없었다. 그래도 분을 삭이지 못할 때가 있어 톄샹만 나타나면 어떻게 해서든 구실을 찾아내 그녀의 심기를 건드리곤 했다. 여자들은 자기들이 마차오에 시집올 때 얼마나 신경을 써서 그럴싸하게 솥을 없는(放鍋) 의식을 준비했는지 마치 가보에 대해 말하듯 자랑을 늘어놓았다. 큰오빠는 예물을 들고 둘째 오빠는 나팔을 불고 셋째 오빠는 총을 쏘고 넷째 오빠는 빨간 우산을 높이 들었다는 식으로 한껏 부풀린 이야기를 꺼내 놓기 시작하면 도무지 끝날 줄을 몰랐다. 지겹지도 않은지 항저우(杭州) 비단에 일본 저고리 이야기가 뒤를 잇고, 또다시 손에 찬 팔찌는 얼마나 크고 귀에 건 귀걸이는 얼마나 반짝거렸는지 입에 거품을 물고 자랑을 늘어놓았다. 그런 이야기를 들으면 톄샹은 얼굴이 하얗게 질렸다.

언젠가 어떤 여자가 일부러 놀라는 척 이렇게 말했다.

"와! 그렇게 번듯하게 시집을 오다니, 정말 복들도 많아. 나 같은 사람은 대체 어떻게 살라고 그래? 난 이 귀신 같은 곳에 시집올 때 달랑 우산 하나 옆에 끼고 저고리 하나 달랑 걸치고 맨몸뚱이로 왔는데!"

사람들이 깔깔거렸다.

째지게 가난했던 톄샹을 흉보느라 늘어놓은 이야기가 분명했다. 결국 톄샹은 참다못해 집으로 달려가 베개에 고개를 묻고 한참 동안 통곡했다.

원래 톄샹은 부잣집에서 자랐다. 예전에는 집에 보모랑 하인들도 있었고 끼니마다 간장과 회향(茴香)[1]은 물론이고 참기름도 빠지지 않았다. 그저 '단것(糖)'이라는 말로 모든 것을 표현하는 마차오 사람들과 달리 과자와 케이크를 구분할 줄도 알았다. 하지만 그녀가 마차오에 시집올 당시는 예전과 완전히 딴판이었다. 아버지는 감옥에 끌려가 저세상 사람이 되고 가세 또한 기울 대로 기울었다. 그래서 이웃 아낙의 말대로 그녀는 우산 하나만 달랑 끼고 졸래졸래 번이의 집 문지방을 넘어왔다.

당시 그녀의 나이 열여섯이었다. 커다란 배를 불룩 내민 채 연지를 잔뜩 바른 그녀는 땀을 삐질삐질 흘리며 혼자서 마차오에 들어와 이곳의 누가 공산당인지 물어보고 다녔다. 사람들이 이상한 눈초리로 그녀를 훑어보았다. 그녀가 다시 물어보자 사람들은 그제야 이름들을 말해 주었다. 그녀가 다시 공산당들 가운데 누가 아직 미혼인지 묻자 사람들이 번이를 알려 줬다. 그녀는 번이가 사는 곳을 물어본 후 곧바로 번이의

---

1) 향신료의 일종.

초가를 찾아가 대충 집과 사람을 살펴보았다.

"당신이 마번이예요?"

"어."

"당신 공산당이에요?"

"어."

"결혼할 거예요?"

"뭐라고?"

번이는 마침 돼지 사료를 작두질하느라 그 여자 말을 똑똑히 듣지 못했다.

"아내가 필요하냐고 물었어요."

"아내?"

그녀는 길게 한숨을 내쉬더니 가져온 우산을 내려놓았다.

"그렇게 못나진 않았죠? 아이도 낳을 수 있고요. 보면 알겠죠? 그럭저럭 맘에 들면 그럼……."

"어?"

"그럼 그렇게 해요."

"뭘 그렇게 해?"

번이는 무슨 영문인지 도통 이해할 수 없었다.

톄샹이 발을 동동 굴렀다.

"당신에게 주겠다고요."

"뭘 줘?"

톄샹이 고개를 돌려 문 쪽을 바라보며 말했다.

"당신이랑 자겠단 말이에요."

너무 놀란 번이는 혀가 굳어서 말이 나오지 않았다.

"아니, 이, 이, 이 여자가, 어디서 갑자기 이런 미친년이? ……엄마야, 내 광주리!"

그가 방 안으로 도망쳐 버렸다. 톄샹이 쫓아가 그에게 물었다.

"뭐가 맘에 안 들어요? 얼굴이랑 손이랑 발도 좀 봐요. 모두 멀쩡해요. 사실대로 말하면 나 숨겨 놓은 돈도 있어요. 안심해요. 내 배 속에 있는 아이도 공부하는 사람 씨예요. 원하면 낳고 원하지 않으면 지워 버릴게요. 그냥 당신한테 나도 아기를 낳을 수 있다는 것을 보여 주려고요. 몸도 건강해요……."

그녀가 채 말을 끝내기도 전에 누군가가 뒷문으로 빠져나가는 소리가 들렸다.

"나 같은 사람을 만났으니 전생에 음덕을 쌓았다고 생각해야 된다고요."

화가 난 톄샹이 발을 구르더니 엉엉 울기 시작했다.

나중에 번이는 한솥밥을 먹는 형제인 번런(本仁)에게 여자를 내쫓아 달라고 부탁했다. 번런이 집에 가 보니 여자가 돼지 사료를 작두질하고 있었다. 그녀는 손을 닦은 후 자리를 내주며 주전자를 찾아 차를 끓였다. 그런대로 괜찮은 여자 같았다. 엉덩이가 둥글둥글하고 다리가 넓적한 것이 아이는 잘 낳을 것 같았다. 그는 톄샹에게 그만 가 보라는 말을 차마 꺼내지 못했다. 후에 그가 번이에게 말했다.

"'신(神)'하긴 한데 몸은 괜찮은걸. 너 싫으면 내가 가질게."

그날 톄샹은 돌아가지 않고 번이의 집에 머물렀다.

일은 이처럼 간단하게 끝났다. 번이는 매파도 청하지 않고 예물도 없이 거저 아내를 얻었다. 톄샹 역시 한 번에 뜻을 이루었다. 나중에 그녀가 한 말에 따르면, 당시 정부 통제도 심하고 하루 종일 훌쩍거리는 어머니 네 명에다 이웃에 사는 염색공이 매일 협박하며 성가시게 구는 바람에 모질게 마음먹고 달랑 우산 하나만 지닌 채 집을 나왔다고 했다. 그녀는 반드시 공산당과 결혼하겠다고 스스로 맹세했다. 이렇게 단 한 번에 소원을 이룬 그녀는 며칠 후 과연 혁명 군인이자 당 지부 서기인 번이를 데리고 집에 돌아가 이웃 사람들을 놀라게 했다. 번이의 가슴에 달린 항미원조(抗美援朝)[2] 배지를 본 마을 간부들은 그때부터 그녀의 친정에 어느 정도 예의를 갖추기 시작했다.

두 사람은 함께 관공서에 가서 혼인 신고를 마쳤다. 처음에 기관에서는 여자 나이가 너무 어리다며 몇 년 뒤에 다시 오라고 말했다. 아무리 사정해도 소용없자 그녀는 예쁘게 생긴 눈을 매섭게 치뜨더니 인장 찍어 주는 서기에게 말했다.

"신고 안 받아 주면 안 갈 거예요. 아이도 여기서 낳을 거고요. 당신 자식이라고 말할 거예요. 어디 한번 나를 데려다가 살아 보시든지!"

서기가 깜짝 놀라 식은땀을 흘리며 재빨리 서류를 처리해 줬다. 멀어져 가는 두 사람의 뒷모습을 바라보며 서기는 정신이 나간 듯 이렇게 중얼거렸다.

"정말 신(神)한 여자야. 다시는 안 오겠지?"

옆에 있던 사람들이 혀를 차고 고개를 내저으며 어쨌거나

---

2) 미 제국주의에 대항하고 조선을 원조한다는 뜻으로 한국 전쟁을 말한다.

아홉 포대 영감 딸로 구걸한 밥을 먹고 자랐으니 낯가죽이 신발창보다 두꺼운 것은 당연한 일이라고 했다. 그러나저러나 앞으로 대체 어쩌려고 저러지?

이후 번이도 혼인이 자신에게 결코 좋은 일만은 아니라는 사실을 서서히 깨달았다. 톄샹은 그보다 열 살도 더 어렸다. 그녀는 집에서 성질을 부릴 권한이 생기자 가끔씩 밑도 끝도 없이 날뛰기 시작했다. 한번 맘에 들지 않는 일이 생기면 다짜고짜 욕부터 퍼부었다. 마차오? 흥, 괴상하기 짝이 없어. 도대체 여기가 사람이 살 만한 곳이라고 할 수 있어? 길은 온통 울퉁불퉁하고 산은 빈약하기 그지없는 데다 진창은 또 왜 이리 깊은 거야? 쌀에는 모래가 가득하고, 푹 젖은 장작은 연기만 잔뜩 나서 기침하느라 정신이 하나도 없고, 바늘이나 간장 한 통을 사려고 해도 한참을 걸어 나가야 하잖아. 이렇게 한참 욕을 하다 보면 때로 화살이 번이에게 향했다. 그냥 욕만 하면 그나마 다행이었다. 언젠가는 번이에게 한참 욕설을 퍼붓다가 성에 차지 않았는지 피가 줄줄 흐르는 드렁허리의 대가리를 대차게 자른 적도 있었다. 세상에 이런 일이! 어쨌거나 그래도 남편인데, 게다가 서기 신분인데, 어떻게 드렁허리 취급을 할 수 있단 말인가?

번이의 어머니가 살아 있을 때도 마찬가지였다. 시어머니도 그녀에게 속수무책이기는 마찬가지였다. 그녀가 일단 성질을 부리기 시작하면 노인도 안중에 없었다.

"늙은 게 나가 뒈지지도 않냐? 나이가 많으면 어쩌겠다는 거야? 몸은 퉁퉁 불어 가지고! 강에 뚜껑이 달린 것도 아니고 연못이 닫힌 것도 아닌데 왜 가서 빠져 죽지 않고 살아서 저 난리굿이야? 나가 뒈져! 어서 나가 뒈지란 말이야!"

번이는 이런 말을 듣고도 못 들은 척 상대하지 않았다. 번이의 귀가 조금 먹은 것도 사실이었다. 어쩌다가 더 이상 참지 못하고 "죽여 버린다!"라고 소리 지르고 그 말에 톄상이 잠시 입을 다물면 그뿐, 진짜 두들겨 패지는 않았다. 딱 한 번 번이가 톄상의 뺨을 때린 적이 있는데, 따귀 한 대에 그냥 바닥에 굴러떨어지고 덩달아 깜짝 놀란 오리들이 사방으로 달아났다. 그의 말을 빌리면 올바른 기운이 사악한 기운을 누르고 동풍이 서풍을 압도하는 순간이었다. 바닥에서 겨우 일어난 톄상이 연못에 빠져 죽어 버리겠다고 난리를 쳤다. 마을 사람들이 나서서 톄상을 달래 보려 했지만 그녀는 그 길로 친정으로 달아나 석 달 동안 연락을 끊었다. 결국 번런이 고구마 전분 두 근, 찹쌀 경단 두 근을 가지고 톄상을 찾아가 동생을 대신해 잘못을 빌고 달랜 후 수레에 태워 집으로 돌아왔다.

아마도 독자 여러분은 지금까지 글에서 자주 언급된 '신(神)'이라는 표현에 주의했는지 모르겠다. 마차오 사람들은 신이라는 단어로 일상적인 이치나 규율에 어긋나는 모든 행위를 표현한다. 이곳 사람들은 일반적으로 '평범함'을 극히 중요하게 생각한다. 사람이라면 모름지기 보통의 규칙대로 살아가야 한다고 생각한다. 일상적 규칙에 어긋나는 행동은 본질적으로 사람의 것이라고 할 수 없다. 그런 행동은 예측하기 힘든 어두운 세계에서 나오는 것으로 사람의 힘이 닿지 않는 천기나 천명에서 비롯된다. 다시 말해 '미친 것(神의 첫째 뜻.)'이거나 신명한 것(神의 둘째 뜻) 둘 중 하나이다. 마차오 사람들은 신이라는 글자로 이 두 가지 의미를 두루 표현하며 이 둘 사이의 차이는 그리 중요하지 않은 것 같다. 모든 신화는 혼란한 비현실적인 상태에서 시작된다.

모든 신단 앞에는 비정상적으로 혼란스러운 언어와 춤이 펼쳐진다. 아마도 미친 상태는 신이 세속적인 형태, 저급한 상태로 나타난 것이리라. 신속(神速), 신효(神效), 신용(神勇), 신기(神奇), 신묘(神妙), 신통(神通) 등은 모두 보통 사람이 가진 능력의 한계를 뛰어넘은 일시적 초과 상태를 뜻한다. 종종 사람들이 정신착란 상태에서 보이는 광분과 판단력을 상실한 행동은 무의식적이거나 의도하지 않은 상태에서 선순환을 통해 인간이 신에 가까이 다가간 모습이기도 하다.

톄샹의 신한 상태가 이 지경에 이르자 사람들은 그녀에게 신마(神魔)가 붙었다고 말했다.

불화기(不和氣)_계속

톄샹은 마차오 아낙들과 별로 왕래하지 않았다. 일을 나갈 때도 남자들 틈에 끼어 소란을 피우기 일쑤였다. 번이는 그런 모습을 달가워하지 않았지만 달리 방법이 없었다. 산에 가서 나무를 하는 것은 남자들 일이었지만 그녀는 한사코 따라가겠다며 고집을 피웠다. 산에 오르면 톄샹은 두 손으로 도끼를 움켜쥐고 마치 닭을 잡듯이 이를 악물고 한참 동안 나무를 내리쳤지만 나무에는 이빨 자국 하나 남지 않았다. 결국 그녀는 도끼를 내팽개치고 혼자서 실실 웃다가 급기야 땅바닥에 주저앉아 온몸을 흔들며 깔깔댔다.

그녀가 넘어지기라도 하면 그때부터 남자들은 성가신 일이 많아지기 시작했다. 그녀는 이 사람에게는 먼지를 털어 달라고 하고, 저 사람에게는 손가락에 박힌 가시를 뽑아 달라며 법석을 떨었다. 또한 자기가 잃어버린 도끼도 찾아 달라고 하고 실수로 젖은 신발을 들어 달라고 시키기도 했다. 그녀의 눈길이 닿는 곳에 있는 남자들은 너 나 할 것 없이 그녀를 에워싸고 희희낙락 시끌벅적했다. 그녀가 "아야." 하고 소리를 지르며 몸을 비틀면 그 틈에 적삼이나 소매 사이로 보일락 말락 하얀 살갗이 드러났고 사람들은 어디에 시선을 둬야 할지 몰랐다. 하지만 그럴수록 더욱 그녀를 위해 사력을 다했다.

언젠가 톄샹은 심하게 넘어진 것도 아니고 잠시 삐끗했을 뿐인데 아파서 못 걷겠다는 듯 다리를 절룩거리며 번이에게 업어 달라고 떼를 썼다. 번이는 마침 언덕 위에서 임업소 간부 두 명과 이야기를 나누던 중이었지만 톄샹은 전혀 개의치 않았다.

"신(神)하겠네. 아무한테나 좀 부축해 달라고 하면 되잖아?"

번이가 성가신 표정으로 말했다.

"싫어, 당신이 업고 가!"

그녀가 발을 동동 굴렀다.

"봐, 걸을 수 있잖아."

"걸을 수 있어도 당신이 업어 줘."

"피도 안 나고 뼈도 안 부러졌네."

"허리 아프단 말이야."

번이는 또다시 어린 아내의 말을 들어줄 수밖에 없었다. 그는 임업소 일을 팽개치고 사람들의 따가운 시선 속에서 그녀를 업고 언덕을 내려갔다. 그녀를 업고 내려가지 않으면 분명히 월경을 시작했다는 등의 말을 늘어놓을 것이 뻔했기 때문이다. 그녀는 못 하는 말이 없었다. 걸핏하면 여자의 비밀스러운 이야기를 꺼내 모든 남자들의 관심을 끌어모았다. 그녀에 관한 일은 모든 남자의 공통 화제, 공통의 정신적 자산이 되었다. 그녀의 생리 휴가는 마치 마차오의 성대한 단체 행사나 중요한 사업처럼 느껴졌다. 물론 이런 이야기를 직접적으로 늘어놓지는 않았다. 그녀는 허리가 아프다고 하다가 조금 있다가는 요즘 찬물에 들어갈 수 없다고 하고, 또는 외간 남자를 불러 위생원에 가서 당귀를 사다 달라는 식으로 말하곤 했다. 심지어 논일을 하다가 갑자기 번이에게 집으로 돌아가 당귀도 끓이고 달걀도 삶아 달라며 소리를 크게 질러 대기도 했다. 이런 이야기를 들으면 사람들은 자연히 지금 그녀의 몸 상태가 어떤지 주의하게 되고 새삼 상대방이 여자라는 사실을 떠올렸다. 또한 그녀는 남자들의 상상력을 최대한 부추겨 남자들이 실실 웃으며 그녀의 비위를 맞추도록 만들었다. 그녀의 표현 중에는 놀라움과 기쁨을 나타내는 감탄사가 많이 동원되었다. 그녀는 송충이 한 마리에도 요란하게 호들갑을 떨며 애교가 뚝뚝 떨어지는 목소리로 놀라움을 표현했다. 그 바람에 남자들은 이런 목소리가 나올 수 있는 또 다른 상황을 떠올렸고, 그런 상황에서 그녀가 취하는 자세를 마음속에 그려 보곤 했다. 물론 테상은 이런 터무니없는 상상에 전혀 책임지지 않았다. 그저 송충이만 책임질 뿐이었다. 그러나 그녀의 송충이 한 마리는 다른 여자들의 생강과 소금, 콩을 넣은 차나 어떤 환대도 모두 물리치는 막강한 위력을 자랑했다. 그녀는 송충이 한 마리만으로도 다른 여자들에게서 남자들을 빼앗을 뿐 아니라 남자들이 고분고분 사력을 다해 그녀의 요구에 봉사하도록 만들었다. 그때마다 그녀는 다른 여자들의 곱지 않은 시선을 뒤로한 채 가슴을 불쑥 내밀며 고개를 쳐들고 승리의 쾌감을 감추지 않았다.

후에 나는 마차오 사람들이 속닥거리는 소리를 들은 적이 있다. 그 여우 같은 년의 "아야!" 소리는 정말 불화기하다는 것이었다. 그녀는 바로 그 "아야!"라는 소리로 적어도 세 남자에 관한 이야기를 만들어 냈다.

첫 번째 인물은 현의 문화관장이다. 언젠가 농촌 문화 사업을 감사하러 온 문화관장이 그녀 집에 머물렀다. 관장과 함께 출장 나온 또 다른 책임자는 푸차네 집에 묵었다. 그 후 관장은 마차오에 특별한 관심을 보이기 시작했다. 기름기가 번들번들한 얼굴에 웃음을 가득 담은 채 그는 자주 마차오에 나타나 그녀의 부엌을 기웃거렸다. 마치 그곳에서 태어나 그곳에서 자란 사람 같았다. 그가 따낸 무료 농업 지원 도서와 무료 화학 비료 지침서, 재난 구제금은 모두 톄샹이 요구한 것들이었다. 그녀가 입만 열었다 하면 뭐든 바로 성사되었다. 그녀는 아이를 부리는 것보다도 쉽게 관장에게 일을 시켰다. 관장은 그녀의 명령에 따라 오줌통을 들고 비틀거리며 채마밭에 가져가 뿌리는 일도 마다하지 않았다.

두 번째 남자는 얼굴이 작고 허여멀건 젊은이였다. 듣자 하니 그 젊은이는 톄샹의 조카로 핑장현 사진관에서 일한다고 했다. 그는 시골의 빈농이나 중농 들을 찾아가 봉사 활동을 펼쳤다. 톄샹은 그를 데리고 인근 마을을 돌아다니며 사람들에게 그가 얼마나 사진을 잘 찍는지 자랑했다. 호기심이 생긴 사람들은 모두 앞다투어 그 젊은이가 들고 있는 사진을 보려고 안달이었다. 물론 그 사진은 온갖 폼을 다 잡은 수십 장의 톄샹 사진이었다. 처음으로 사진기를 본 마차오 사람들은 당연히 신기해했다. 그들은 또한 그 젊은이의 구식 시계가 한 달 동안이나 톄샹의 손목에 채워져 있는 것을 보고 너 나 할 것 없이 궁금하게 생각했다. 누군가가 이렇게 말했다.

"언덕에서 땔나무를 하던 사람이 봤는데 둘이서 시내에 나갈 때 손을 잡고 언덕을 걸어갔대. 그게 고모와 조카 사이에 가당한 행동이야? 도대체 뭐 하는 수작이지?"

나중에 사람들은 톄샹이 즈황도 유혹한 적이 있다고 말했다. 즈황은 그녀가 주문한 돌절구를 날라 준 후 찬물을 단숨에 다섯 그릇이나 들이켰다. 온몸에 근육이 우락부락한 그를 보자 톄샹은 부러워 미칠 지경이었다. 그녀는 즈황에게 손톱 자르는 것을 도와 달라고 했다. 확실히 그녀는 오른 손톱을 잘 자르지 못하기는 했다. 언젠가 그녀가 몰래 즈황에게 신발을 만들어 주었는데, 아둔한 즈황은 그녀가 대체 무슨 마음으로 그에게 신발을 줬는지 전혀 알아차리지 못했다. 그래서 번이에게 신발을 돌려주며 신발이 작아서 발이 끼니 번이가 신으면 꼭 맞을 것이라고 말했다. 번이는 대뜸 인상을 찌푸리며 고개를 옆으로 삐딱하게 돌린 채 아무 말도 하지 않았다.

그 후 며칠 동안 사람들은 톄샹의 얼굴을 볼 수 없었다. 다시 사람들 앞에 나타난 그녀의 목에 할퀸 자국이 있었다. 사람들이 물어보자 그녀는 고양이가 할퀴었다고 둘러댔다. 물론 번이가 때린 자국이었다.

목에 핏자국이 난 톄샹은 한동안 남자들 틈에서 소란을 피우지 않고 조용히 지냈다. 그러던 그녀가 갑자기 싼얼둬와 가까워지기 시작했다.

싼얼둬는 딱히 남자라고 말하기도 어려웠다. 어떤 여자도 그를 남자로 취급하지 않았다는 뜻이다. 그러므로 톄샹이 가까이한다 해도 별로 위험한 인물이 아니었다. 싼얼둬는 자오칭의 둘째이다. 그는 어려서부터 밖으로 싸돌아다니며 부모에게 몹쓸 짓만 골라 했다. 자오칭이 호미를 휘두르며 집에서 내쫓자 그는 신선부의 마밍, 인 도사, 후얼과 함께 어울려 건달 짓을 하더니 어느새 마차오의 사대금강 가운데 한 명이 되었다. '싼얼둬(三耳朵)'라는 별명은 그의 왼쪽 겨드랑이에 자라난 살이 꼭 귀처럼 생겨 붙은 이름이었다. 누군가가 그가 전생에 고집이 너무 세서 염라대왕이 어른 말씀이나 정부 지시를 잘 들으라고 귀를 하나 더 붙여 주었다고 했다. 그는 아무한테나 함부로 자기 귀를 보여 주지 않았다. 진귀한 셋째 귀를 보려면 누구든지 대가를 지불해야 했다. 그냥 보기만 할 때도 퀼런 한 대를 내놓아야 했고, 만질 때는 가격이 두 배로 뛰었다. 그는 왼손을 등 뒤로 교묘하게 돌려 오른 귀를 잡을 수도 있었다. 이처럼 기괴한 짓거리를 보고 싶으면 공급합작사에서 술한 잔 정도는 사야 했다.

그러나 톄샹에게만은 달랐다. 그는 아무 대가도 없이 셋째 귀를 보여 주었고, 톄샹이 기뻐하면 자기도 즐거워했다. 그는 남들에게는 없는 또 하나의 귀를 매우 자랑스럽게 생각했으며, 자신의 눈, 코, 입도 상당히 괜찮은 편이라고 자부했다. 몇 년 전인가부터 자꾸만 거울을 비춰 보던 그는 자신이 못생긴 자오칭의 아들일 리 없다고 스스로 판단을 내렸다. 그리고 어머니에게 친아버지가 어디 있느냐고 물어보았다. 이 일로 그의 어머니가 울고불고 난리가 난 것은 물론이고 아버지와도 크게 다퉈 결국 두 사람은 피를 보고 말았다. 당시 싸움으로 인해 그는 자기 생각을 더욱 확신했다. '세상에 이렇게 지독한 아버지가 어디 있어? 어떻게 쇠스랑으로 자식을 내쫓을 수 있냐고! 설사 내 셋째 귀가 말을 알아듣는 순간이 온다 해도 이런 개잡놈의 말은 절대로 듣지 않겠어!' 그래서 그는 번이를 찾아가 담배를 바치고 목을 가다듬은 다음 엄숙한 표정으로 입을 열었다. 그 모습이 마치 서기와 함께 국가 경제와 국민 생활에 대해 담화를 나누는 듯했다.

"번이 형, 형은 알 거예요. 지금 전국적으로 혁명의 바람이 거칠게 불어 당 중앙의 영도 아래 세상 악인들이 점차 모습을 드러내고 있잖아요. 가짜는 가짜, 진짜는 진짜로 혁명의 진리가 점점 더 분명해지고 혁명 군중의 눈도 점점 밝아지고 있고요. 지난달에 우리 공사에서도 당 대회를 열어 다음에 어떻게 수리 건설을 실행할지……."

번이가 귀찮다는 듯 그의 말을 잘랐다.

"빙빙 돌리지 말고 할 말 있으면 어서 해."

쌴얼둬가 잠시 뜸을 들인 후 더듬더듬 자기 친아버지 이야기를 꺼냈다.

"야, 넌 네 얼굴도 안 봐? 그 못생긴 얼굴에 어떤 아버지가 어울릴 것 같아? 난쟁이 자오칭이 네 아버지인 것도 과분해."

번이가 버럭 화를 냈다.

"번이 형, 그렇게 말하지 말고요. 형을 귀찮게 할 생각은 없어요. 그냥 한마디만 해 주시면 돼요."

"무슨 말?"

"난 대체 어떻게 태어났어요?"

"네 엄마한테 물어봐. 그런 걸 왜 나한테 물어봐?"

"형은 당 간부잖아요. 분명 사실을 알잖아요."

"무슨 말을 하는 거야? 네 엄마가 너같이 변변찮은 놈을 낳은 걸 내가 어떻게 알아? 네 엄마 눈썹이 제대로 박혔는지조차 모르는데."

"제 얘긴 그게 아니라, 저……."

"아직 공무 처리할 게 남았어."

"말 안 해 주시려는 거죠?"

"뭐라고? 대체 뭐라고 씨불이는 거야, 어? 두꺼비도 용상에 앉고 싶어 한다더니만. 그거야 간단하지. 네 아빠가 단장이면 좋겠어, 국장이면 좋겠어? 어서 말해 봐. 데려다줄게. 자, 어때?"

쌴얼뒈는 입술을 깨문 채 더 이상 아무 말도 하지 않았다. 번이가 아무리 삿대질하며 욕을 해도 그는 까딱하지 않았다. 마치 다 알고 왔는데 무슨 연극을 하고 있냐는 표정이었다. 그는 예의 바르게 서서 서기의 욕이 끝나기를 기다린 다음 답답하다는 듯 하늘을 한 번 쳐다본 후 자리를 떠났다.

마을 입구에 도착하니 두 아이가 개미를 가지고 장난치고 있었다. 그는 한참 동안 아이들을 바라보다가 다시 집으로 돌아갔다. 그의 작업은 순서대로 진행되었다. 번이 때문에 마음이 흔들리는 일은 없었다.

싼얼뒈는 뤄씨 영감도 찾아갔다. 푸차와 즈황, 심지어 공사 지도자에게도 물어보았다. 마지막으로 그는 현에 가서 노동 개조를 하는 시다간쯔에게도 물었다. 혹시 자신이 시다간쯔의 씨는 아닐까 생각했기 때문이다. 그는 직접 두 눈으로 시다간쯔를 만나 보고 그를 데려가서 피검사라도 해 보고 싶었다. 만약 시다간쯔가 친아버지인데도 자신을 인정하지 않으면 그 즉시 면전에서 머리를 처박고 죽을 생각이었다. 그는 평생하고 싶은 일이 별로 없었지만 오직 하나, 출생의 비밀을 밝혀 생부에게 효도하고 싶은 마음만은 굴뚝같았다. 단 하루, 단 한순간이라도 직접 만나 효도를 할 수 있다면 정말 좋을 것 같았다.

그는 두 번이나 현으로 시다간쯔를 찾아갔지만 끝내 만날 수 없었다. 그러나 그는 실망하지 않았다. 그는 이런 일이 결코 쉽지 않다는 사실을 알았다. 어쩌면 일생의 사명일지도 모르는 일이었다. 이미 충분히 마음의 준비가 되어 있었다. 그는 신선부의 다른 금강들처럼 하루 종일 누워 잠만 자거나 산수를 유람하러 다니지 않았다. 그는 하루 종일 분주하게 계속 증거를 찾고 조사하러 싸돌아다녔다. 집에 있을 때는 게으르기 짝이 없었지만 문만 나서면 완전히 달라졌다. 공급합작사, 위생원, 식량 창고, 임업소, 학교 등을 자주 찾아갔다. 마치 매일 그곳으로 출근하는 사람 같았다. 그는 한의사들을 도와 약을 갈기도 하고 도살업자와 함께 돼지 오줌통을 불기도 했으며, 선생님을 도와 물을 긷고 식량 창고 주방에 가서 두부를 만들기도 했다. 친구에게 무슨 바쁜 일이 있으면 기꺼이 그의 오른팔이 되어 주었다. 집안 성분이 좋지 않은 옌우는 창러가의 학교에서 제적당한 후 공사 고등학교에 들어가려고 애썼지만 끝내 거절당하고 말았다. 쌴얼뒤는 자기 일도 아닌 이 일에 분개해 옌우를 데리고 씩씩거리며 고등학교를 찾아갔다. 교장을 만난 그는 자신이 모아 둔 궐련을 모두 바친 후 자신을 봐서라도 옌우를 받아 달라고 부탁했다.

교장은 자신이 그를 받지 않으려는 것이 아니라 중학교에서 제적당한 데다 정치적 문제 때문에 입장이 난처하다고 말했다.

그러자 쌴얼뒤는 말없이 소매를 걷더니 다른 쪽 소매에서 낫을 빼 들고 휙 자기 팔을 그었다. 금세 붉은 피가 뚝뚝 떨어졌다.

교장이 깜짝 놀라 눈이 휘둥그레졌다.

"받아 줄 거요, 말 거요?"

"지, 지, 지금 협박하는 건가?"

쌴얼뒤가 다시 낫으로 그었고 또다시 피가 흐르기 시작했다.

얼굴이 하얗게 질린 옌우와 교장이 달려와 그의 낫을 뺏으려 했다. 세 사람이 한데 엉겨 피범벅이 되었다. 구석에 있던 교장의 모기장까지 피가 튀었다. 쌴얼뒤가 낫을 높이 들며 쉰 목소리로 말했다.

"탕(唐) 교장, 말해 보쇼. 내가 여기서 확 뒈져 버리면 좋겠소?"

"말로 하지. 말로."

교장이 울먹이며 애원하더니 밖으로 달려 나가 선생 둘을 불러왔다. 그들은 의논 끝에 옌우를 입학시키기로 결정했다.

싼얼둬는 손목에 깊은 상처가 생겼지만 많은 친구를 얻을 수 있었다. 단 하나 그가 싫어하는 것은 마차오로 돌아가 일하는 것이었다. 밖에서 피를 흘리는 한이 있어도 마차오에서는 단 한 방울의 땀도 흘리고 싶지 않았다. 그는 어디서 구했는지 옛 군복을 입고 전보다 더 근엄한 얼굴을 하고 다녔다. 그는 피를 팔러 다닌다고 말했다. 피를 팔아 돈이 생기면 현에 나가 부품을 사고 공업용 벨트, 전선, 드라이버, 스패너 같은 것도 몽땅 사서 산을 파는 기계를 만든 다음 톈쯔령에서 청동 캐는 광산을 하겠다고 말했다. 청동 광산을 하면 마차오 사람들도 더 이상 농사를 짓지 않아도 되고 옥수수나 면화, 고구마를 심을 필요도 없이 매일 먹고 놀기만 하면 된다고 장담했다.

그러던 어느 날이었다. 원숭이처럼 붉은 뺨에 주둥이가 불쑥 튀어나온 그가 감히 번이의 머리 꼭대기에 오줌을 갈기고 급기야 그런 큰일을 저지를 줄은 마을 사람 누구도 생각하지 못했다. 그날 바징둥(八晶洞) 저수지 공사장에서 일을 마치고 마차오로 돌아온 번이가 일본군이 쓰던 38 보병총을 든 채 밧줄로 칭칭 동여맨 싼얼둬를 앞세우고 타작마당으로 걸어가고 있었다. 마을 닭들이 푸드덕 날아가고 개 짖는 소리가 요란하게 들렸다. 번이가 눈이 잔뜩 충혈되어 말했다. 싼얼둬, 이 개자식이 감히 서기 마누라를 강간해? 흥, 죽고 싶어 환장했구

먼. 당의 포로 정책만 아니었다면 단칼에 네놈의 물건을 날려 버렸을 거야. 한국 전쟁 때 미 제국주의 놈들도 겁내지 않은 내가 너 같은 건달을 두려워할 것 같아?

그의 말에 놀란 사람들은 입을 다물지 못했다. 싼얼둬는 코피를 흘리고 갈가리 찢긴 옷에 낡은 팬티만 달랑 걸친 채 비틀비틀 걸었다. 그의 다리는 온통 멍투성이였다. 머리를 들 기운조차 없는지 고개를 떨어뜨린 채 아무 말도 하지 않고 번이를 따라갈 뿐이었다. 게슴츠레 뜬 그의 두 눈에서 뿌연 액체가 흘러나왔다.

"죽은 건 아니지?"

그를 계속 바라보던 누군가가 겁이 난 듯 말했다.

"차라리 죽는 게 낫지. 사회주의 세상에 이런 쓰레기 같은 인간은 아예 사라지는 것도 좋은 일이지, 암."

번이가 불쾌한 표정으로 말했다.

"어쩌다 그런 나쁜 생각을 했을까?"

"제 아비에게 쟁기를 들고 덤비는 놈인데 무슨 짓인들 못 하겠어?"

번이가 중치를 불러 그를 나무에 매달더니 똥을 한 바가지 퍼서 그의 머리 위로 가져갔다.

"네 죄가 뭔지 알겠어? 잘못했어, 안 했어?"

싼얼둬가 번이를 흘겨보았다. 그는 잘못을 시인하기는커녕 피가 맺힌 코로 콧방귀를 뀌었다. 번이가 바가지 가득한 똥을 그의 머리에 뿌렸다.

톄샹의 모습은 보이지 않았다. 누군가가 톄샹이 놀라서 기절했을 것이라고 말했다. 방 안에 숨어 울고 있다고 말하는 사람도 있었다. 사람들이 이구동성으로 강간범은 용서할 수 없다고 했고, 톄상 그년의 넓적다리랑 허벅지를 찢어 버려야 한다며 그녀의 신체 각 부위를 구체적으로 들먹거렸다. 남자들은 공터에서 소곤소곤 귓속말을 나누며 다시 한번 그녀의 신체 곳곳에 관심이 일었다. 혹시 한동안 남자들이 심드렁한 태도를 보이자 싼얼뒤를 이용해 관심을 끌려 한 것은 아닐까? 자신의 다리와 허리에 대한 마을 남자들의 기억이 가물가물해지고 있다는 걱정에서 벌인 일일까?

밤이 깊어지고 나서야 누군가가 나무에 묶인 싼얼뒤를 풀어 주었다. 그는 벽을 짚고 나무에 기대 가며 절룩절룩 마을까지 그 짧은 길을 가는 데 족히 두 시간이나 걸렸다. 숨을 가쁘게 몰아쉬며 몇 번이나 걸음을 멈춰야 했다. 온몸이 쑤셨다. 특히 다리를 벌리기가 너무 힘들었다. 가장 아픈 곳은 사타구니 아래였다. 어찌나 세게 잡혔던지 불알이 터져 하마터면 고환이 삐져나올 뻔했다. 하도 아파 눈앞이 노래졌지만 차마 위생원에 갈 수 없었다. 가다가 아는 사람을 만날까 두려웠기 때문이다. 사람들이 별것도 아닌 일에 허풍을 떨며 수군대는 모습이 두려웠기 때문이다. 물론 집으로 돌아갈 생각도 없었다. 어머니야 그를 받아 주겠지만 자오칭의 일그러진 얼굴을 생각하니 끔찍했다. 구태여 일을 만들 필요는 없지 않은가? 그는 하는 수 없이 신선부로 돌아가 마밍에게 바늘과 실을 구해 달라고 부탁했다. 기름등잔 불빛 아래에서 그는 찢어진 불알을 대충 꿰매기 시작했다. 마지막 한 땀을 남겨 놓고 피로 홍건한 사타구니를 잡은 손이 어찌나 떨리는지 바늘을 제대로 잡을 수 없었다. 온몸이 땀에 젖어 마치 물을 뿌린 듯했다. 결국 마지막 매듭을 남기고 그는 기절했다.

마을 개들이 밤새 울부짖었다.

마밍이 깨어났을 때 싼얼뒤의 자리는 텅 비어 있었다.

그 후 몇 달 동안 그의 모습을 본 사람은 아무도 없다.

입추가 지난 어느 날, 마을 아낙들이 고구마밭에서 넝쿨을 거두고 있었는데 누군가가 비명을 질렀다. 모두 무슨 일인가 싶어 고개를 돌렸다. 길에서 마치 말총같이 머리가 긴 사람이 커다란 두 눈으로 그들을 노려보고 있었다. 누군가가 그를 알아보았다. 그는 분명 싼얼뒤였다. 잔뜩 화가 난 얼굴이었다. 언제 어디에서 튀어나와 그렇게 서 있었는지 아무도 몰랐다. 그가 보따리를 맨 채 톄샹 앞으로 다가갔다.

톄샹이 자꾸만 뒷걸음질을 쳤다.

탁! 사람들이 미처 자세히 살피기도 전에 땔감용 칼이 톄샹의 발아래 툭 던져졌다. 싼얼뒤가 톄샹 앞에 무릎을 꿇고 앉아 힘껏 목을 쭉 빼며 말했다.

"아줌씨, 아예 날 죽여 주쇼!"

톄샹이 다른 여자들을 향해 소리를 질렀다.

"여기요, 여기 좀요!"

"죽일 거야, 안 죽일 거야?"

톄샹이 창백한 얼굴로 뒷걸음을 쳤다.

"거기 서!"

싼얼뒤가 버럭 소리를 질렀다. 톄샹의 몸이 휘청거리더니 그 자리에서 더 이상 꼼짝하지 못했다. 그가 바닥에서 몸을 일으켰다. 그의 끔찍한 얼굴에 냉소가 번졌다.

"아줌씨, 날 죽이지 않으면 편할 날이 없을 텐데? 당신 때문에 대가리에 똥바가지를 뒤집어썼는데 내가 그냥 참고 넘어갈 줄 알았어?"

톄샹이 미처 상황을 파악하기도 전에 그가 갑자기 허리에서 굵은 넝쿨 채찍을 뽑아 그녀를 세차게 내리쳤다. 그녀가 비틀거리자 다시 한번 날카로운 채찍 소리가 들렸다. 톄샹이 땅에 쓰러졌다. 그녀는 외마디 비명을 지르며 손을 저으며 저항했다. 쌴얼뒤의 모습이 하도 험악해서 감히 아무도 막을 엄두를 내지 못했다. 아낙들은 서둘러 마을로 돌아가 이 소식을 알렸다.

"이 썩을 놈의 여편네! 화냥년, 네가 날 죽이지 않으면 이 일이 어떻게 끝날 것……?"

쌴얼뒤는 욕설을 퍼부으며 채찍을 휘둘렀다. 톄샹이 땅바닥을 이리저리 뒹굴었다. 멀리서 보면 사람은 간데없고 먼지만 풀풀 일어났다. 푸른 고구마 줄기랑 부서진 잎이 나풀거리며 날아다녔다. 마침내 비명이 잦아들고 이파리들도 더 이상 움직이지 않았다. 쌴얼뒤는 채찍질하던 손을 멈추고 가져온 포대에서 새 구두와 플라스틱 슬리퍼를 꺼냈다. 소리도 잦아들고 이파리들도 더 이상 들썩거리지 않았다. 그가 고구마 줄기 더미에 신발을 던졌다.

"잘 봐. 이 마싱리(馬興利)는 그래도 여전히 당신을 아낀다고!"

그가 훌쩍 자리를 떴다.

길 입구에 이르자 그가 고개를 돌려 마을 아낙들에게 고함을 질렀다.

"번이 그 자식에게 전해. 이 마싱리가 언젠가 결판을 내러 오겠다고 말이야!"

마차오 사람들에게 마싱리는 이미 오래전에 잊힌 이름이었다.

배정(背釘)

간통 현장에서 싼얼뒤를 잡겠다는 것이 번이의 생각이었다.
작업장에서 돌아와 중치에게 자기 아내와 싼얼뒤가 사통했다
는 밀고를 들은 그는 너무 화가 나서 즉시 연놈을 잡아 둘 다
죽여 버리고 싶었다. 그러나 그는 조금은 머리가 있는 사람이
므로 이런 일이 얼마나 창피한지 모르지 않았다. 소동을 피워
가며 싼얼뒤를 끌어낸들 무슨 소용이 있겠는가? 이리저리 생
각해 보던 그는 하는 수 없이 일단 문을 닫아걸고 마누라를
때려잡기 시작했다. 빨랫방망이가 부러질 정도로 두들겨 패
자 마누라는 온 집 안 바닥을 데굴데굴 굴러다니며 덜덜 떨더
니 마침내 모든 것을 자백했다. 그녀는 이후 제대로 일을 처리
해 번이의 계획대로 싼얼뒤를 끌어들이는 데 성공했다. 두 남
자가 한참 육박전을 벌일 때였다. 기운이 달리는 번이가 아내

에게 도움을 청했다. 그래도 톄샹은 서방 편이었던지 급한 마음에 싼얼뒤의 등 뒤에서 사타구니의 물건을 있는 힘껏 움켜쥐었다. 갑작스러운 공격에 얼마나 아픈지 싼얼뒤는 하마터면 기절할 뻔했다.

그런데 다음 해 그 교활한 여편네가 홀연 사라져 버렸다. 번이는 전혀 생각지 못했다. 그는 싼얼뒤의 짓이라고는 전혀 생각하지 않았다. 사통해 도망쳤거나 돈을 훔쳐 도망갔다면 분명 문화관장이나 사진사에게 갔으리라고 의심할 뿐이었다. 그러나저러나 번이의 체면은 말이 아니었다. 그는 며칠 동안 공무를 내팽개친 채 문을 닫아건 후 이마에 커다란 고약 두 개를 붙이고 내리 잠만 잤다. 그는 스멀스멀 살기가 올라오는 것을 느꼈다. 어디로 갔든지 간에 이 요물을 꼭 찾아내고야 말겠다고 결심했다. 서기를 때려치우는 한이 있더라도 단칼에 결딴내야겠다고 작정했다.

마을 사람들 또한 싼얼뒤가 범인이라고는 전혀 생각지 않았다. 톄샹처럼 예쁜 여자가 한창 열심히 공부하는 두 아이까지 내버려 두고 그런 건달을 따라갔으리라고는 상상조차 할 수 없었다. 그래서 사람들은 문화관장의 동정을 살피러 현으로 사람을 보냈을 뿐이다.

이듬해 가을, 장시 쪽에서 전해진 소식에 사람들은 깜짝 놀랐다. 소식에 따르면 톄샹은 확실히 남자와, 그것도 다른 사람이 아닌 싼얼뒤와 도망간 것이 확실했다. 누군가가 장시에서 그들을 봤다고 했다. 얼마 후 도적 떼가 도로에서 식량 수송차를 습격하는 일이 벌어졌는데, 군인들과 민병들이 추격

한 결과 한 명을 죽이고 열 명여를 체포했다. 남은 도적 두 명은 산으로 도망가 계속 잡히지 않은 상태였다. 이후 지역 농민들 제보에 따라 산을 수색하던 민병들이 그들을 발견했다. 도적들이 민병을 피해 동굴로 들어가자 민병들은 입구를 겹겹이 포위했다. 투항하라고 권고해도 아무 반응이 없자 민병들이 동굴 안으로 수류탄을 던졌다. 잠시 후 들어가 보니 비쩍 말라 몸무게가 70~80근(35킬로그램)도 채 나가지 않을 것 같은 남자 한 명과 여자 한 명이 죽어 있었다. 여자는 배가 불룩해 임신한 지 몇 개월 된 듯했다. 민병들은 그들의 옷 보따리를 뒤져 무슨 청동광산 건설위원회인가 하는 공인(公印) 하나와 아무것도 쓰이지 않은 종이쪽지, 연습지 몇 장과 공무용 편지 봉투를 발견했다. 그 편지 봉투에는 현 이름과 공사 이름이 적혀 있었다. 이에 공안(公安)에서 마차오에 통지해 확인토록 했다. 공사의 허 부장이 파견되었다. 그는 파출소에 있는 사진으로 피범벅이 된 톄상과 싼얼뒤의 얼굴을 확인했다.

허 부장은 20위안을 주고 그 지역 농민 두 명에게 매장을 부탁했다.

마차오의 관습에 따르면 부정한 톄상과 불의한 싼얼뒤는 가정 법규와 국법을 어긴 데다가 불충했으므로 죽은 다음 마땅히 '배정(背釘)'을 해야 했다. 배정이란 시신을 묻을 때 얼굴을 아래로 향하도록 하고 등 뒤에 못을 아홉 개 박는 것을 말한다. 얼굴을 땅바닥으로 향하게 하는 것은 사람들을 볼 면목이 없다는 의미이며 등에 못을 박는 것은 그들이 다시 환생해 타인에게 해를 입히지 못하도록 영원히 저승에 가둬 둔다는 의미이다.

그러나 마차오 사람들은 그들의 시신을 수습할 수 없었기 때문에 등에 못을 박을 수 없었다. 노인들은 이야기를 나누며 걱정스러운 표정을 지었다. 그들이 환생해 또 무슨 일을 저지를지 모르기 때문이었다.

뿌리(根)

  쌴얼뒤가 톄샹을 빼돌렸다는 사실에 마차오 사람들은 울분을 참지 못했다. 이전까지만 해도 마을 아낙네들은 톄샹의 등 뒤에서 험담을 늘어놓기 일쑤였고, 그녀와 문화관장, 사진관 총각의 관계를 의심하며 걸을 때마다 씰룩거리는 그녀의 엉덩이를 보고 코웃음을 치며 입을 삐죽거렸다. 그러던 그들이 이제는 그런 관계쯤은 모두 이해할 수 있으며, 대충 넘어갈 수도 있다고 생각하는 듯했다. 심지어 사람을 훔치는 일도 그리 큰일이 아닌 것처럼 이야기했다. 다만 중요한 것은 누구를 훔치느냐였다. 그들에게 톄샹이 남자를 유혹했다는 사실은 조금 마음에 걸리기는 해도 참을 수 있는 일이었다. 그러나 그녀가 다른 이도 아닌 바로 쌴얼뒤를 유혹했다니 도무지 참을 수 없었다. 이에 대해 여자들은 톄샹이 너무 불쌍하다는 쪽으로 마음이 기울었다. 그들은 문득 톄샹을 자신들 무리로 받아들여 일종의 집단의식에 사로잡힌 듯했다. 그러한 집단의식으로 그들은 왠지 모르게 마음이 들뜨고 고무된 듯 따뜻한 온기를 느꼈다. 마치 톄샹이 그들이 선출한 선수인데, 애석하게도 경기에서 패하고 만 것처럼 말이다. 그들은 너 나 할 것 없이 울분에 차서 불평을 늘어놓았다. 싼얼둬는 정말 별 볼 일 없는 사람이었다. 입에 올릴 가치도 없는, 목에 낀 때도 잘 씻은 적이 없는 사람이었다. 같은 마을 사람인 것을 감안해 후하게 쳐 준다 해도 인품으로 보나 재산으로 보나 정말 보잘것없었다. 게다가 책 같은 것은 아예 근처에도 가 본 적이 없으며, 친부모마저 멜대로 내리쳐 내쫓아 버린 망나니나 다름없는 사람이었다. 그런데 어떻게 톄샹이 이처럼 말도 안 되는 남자를 쫓아갈 수 있단 말인가? 게다가 어떻게 그런 자의 아기까지 가질 수 있단 말인가?

여자들은 몇 달 동안 집단으로 모욕당한 것 같은 기분에 시달렸다. 그들은 톄샹 역시 이해할 수 없었다.

다만 오직 한 가지, 이런 결말을 납득할 수 있는 요소는 바로 운명이었다. 마차오 사람들은 운명이라는 말을 잘 쓰지 않는다. 이보다는 오히려 '뿌리(根)'라는 말을 더 많이 사용한다. 마치 인간의 운명을 식물에 비유하는 듯하다. 그들 역시 손금도 보고 심지어 발금도 본다. 그들은 이러한 손금이나 발금이 바로 뿌리를 드러내며, 뿌리의 형상이라고 한다. 언젠가 지나가던 노인이 톄샹의 뿌리를 봐 준 적이 있다. 노인은 한숨을 내쉬며 그녀가 문지방 뿌리를 가지고 태어났다고 말했다. 아마도 조상들이 거지라서 수없이 많은 문지방을 들락거렸기 때문일 텐데, 그 뿌리가 너무 길어 그녀에게도 계속 이어져 있다고 했다.

톄샹은 키들거리며 그다지 믿지 않았다. 물론 그녀의 아버지 다이스칭은 분명히 거지였다. 하지만 그녀는 이미 서기의 마누라, 서기의 안사람이 되었으니 서기나 다름없었다. 어떻게 다른 집 문지방을 넘나들며 구걸하러 다닌단 말인가? 당시 그녀는 몇 년 후 벌어질 일을 전혀 예상하지 못했다. 그 노인 말대로 싼얼뒤, 그저 남의 집 문지방이나 들락거리는 남자를 쫓아 멀고 먼 타향에서 인생을 마칠 줄은 생각조차 못 했을 것이다. 그녀는 한 그루 나무처럼 끊임없이 위를 향해 햇빛과 빗물을 찾아다녔다. 그렇게 삼십여 년을 찾아다니던 그녀는 자신이 아무리 미친 듯이 가지를 뻗어도 결국 뿌리를 박차고 하늘 높이 날아갈 수 없음을 발견했다. 미천한 뿌리가 그녀의 손바닥에 새겨져 있기 때문이다.

뿌리와 관련된 말로 '귀근(歸根, 뿌리로 돌아가다)'이 있다. 표준어로 하면, 백발이 다 된 유랑자의 '귀향'과 같은 뜻으로 '숙명'에 해당한다. 그들의 말을 빌리면 흙은 손바닥 길이만큼 밑을 파 봐야 하고 사람은 12간지가 세 번 돌아간 후의 인생을 봐야 한다고 했다. 젊을 때야 어떻게 살든 문제가 되지 않는다. 12간지가 세 번 돌아간 삼십육 년 후에야 뿌리를 찾아간다고 했다. 귀한지 천한지, 지혜로운지 어리석은지, 좋은 운명을 타고났는지 나쁜 운명을 받았는지는 바로 삼십육 년이 지나야 알 수 있다. 사람마다 각자 운명이 있고 각자 그들의 자리가 있다. 톄샹은 바로 서른여섯이 되던 해에 정말 귀신에 홀린 것처럼 건달, 도저히 피할 수 없는 액운을 따라갔다.

사람들은 그들이 말하는 뿌리를 추호도 의심하지 않았다.

수레를 타다(打車子)

'수레를 타다(打車子)'는 톄샹이 쓰는 은어로, 자신과 싼얼 뉘가 침상에서 벌이는 행각을 가리킨다. 중치가 몰래 엿들은 이 말이 전해진 후 사람들은 한동안 웃음을 참지 못했는데, 이 말은 이후 마차오 사람들의 관용어가 되었다.

중국어에는 식욕에 관한 말이 풍부하다. 조리 방법만 해도 찌고, 삶고, 튀기고, 볶고, 센 불에 튀기고, 전분을 넣어 볶고, 지지고, 푹 고고, 절이고, 장에 담그고, 걸쭉하게 만든 소스를 뿌리고, 뜸을 들이고 등 여러 가지가 있다. 음식을 먹는 방식에도 그냥 먹는다는 표현 외에 마시고, 들이켜고, 삼키고, 핥고, 씹고, 깨물고, 머금고, 빨아 먹고 등이 있다. 또한 맛이나 식감을 나타낼 때도 달다, 맵다, 짜다, 쓰다, 알알하게 맵다, 시다, 상큼하다, 연하다, 바삭바삭하다, 매끄럽다, 얼얼하다, 담백

하다, 진하다, 살살 녹는다, 걸쭉하다 등이 있다. 이런 표현과 비교하면 같은 생리적 욕구인데도 성에 관한 단어는 어이가 없을 정도로 매우 적다. 공자 말씀이 "식과 색은 본성이다.(食色性.)"라고 하지 않았던가. 그러나 언어에서는 공자의 이런 관점을 거의 무시하는 듯하다.

물론 저속한 표현이 아주 없는 것은 아니다. 그런 말들은 상스럽고 평범해서 어디에서나 누구에게나 흔히 들을 수 있는 일종의 구강 배설물이다. 이런 표현들은 적기는 해도 결정적인 단점이 있다. 첫째, 비슷한 말을 중복해서 사용하기 때문에 새로운 뜻이 거의 없다. 둘째, 내용이 없고 조잡하고 두루뭉술하게 섞어 쓰기 때문에 거창하지만 합당한 표현이 아니다. 마치 정치가들의 국가 대사에 관한 연설이나 문인들이 주고받는 찬사와 별반 다를 바 없다. 더욱 심각한 문제는 이런 표현들이 대개 단어만 빌렸을 뿐 뜻을 제대로 반영하지 않고 일시적인 묵계에 따라 임시변통으로 쓰기 때문에 엉뚱하게 이해하는 황당한 상황이 벌어지기도 한다는 것이다. 예를 들어 '운우(雲雨)', '윤돈(倫敦)', '타포(打炮)'[3] 등 모두 암흑가의 은어처럼 쓰인다. 어쩔 수 없이 이런 말을 쓸 때 사람들은 뒷골목의 건달처럼 무언가 켕기는 표정을 짓기 일쑤이다. 언어의 윤리 질서에서 성에 관한 일은 마치 암흑가의 범죄처럼 분명하고 세세하게 말해서는 안 되는 어딘가 꺼림칙한 일처럼 취급받는다.

---

3) 모두 남녀 간의 성관계를 비유한다.

이러한 성적 표현들은 인류의 성감을 저급하고 은밀하며 못된 것으로 공식화한 결과임에 의문의 여지가 없다. 사실 남녀가 교류하는 과정은 신체 깊은 곳에서 흘러나오는 세세한 떨림과 어렴풋한 희열, 서로 정복하고 서로 구원하면서 느끼는 초조함과 맹렬함으로 시작된다. 그러고 나서 동정과 환희, 힘겨운 탐색을 거쳐 산봉우리에 몰아치는 폭풍과 소나기처럼 적멸하는 순간, 도취의 절정과 한없는 비상의 순간에 인체의 각기 다른 부위에서 각기 다른 과정을 통해 흥분과 격정이 찾아든다. 이 모든 것이 언어로 표현할 수 없는 깊은 어둠의 공간에 잠긴다는 것은 참으로 안타까운 일이다.

언어가 존재하지 않는다는 것은 인류가 자신에 대한 인식을 포기하고 스스로 무참한 패배를 시인하는 것이자 어떤 거대한 위험의 존재를 암시하기도 한다. 언어는 인간과 세상을 연결한다. 이런 연결이 끊어지거나 사라진다는 것은 세상에 대한 인간의 통제력 상실을 의미한다. 이런 의미에서 보면 언어는 통제력 자체라고 말할 수 있다. 화학자에게 복잡한 화학 실험실은 익숙한 채마밭과 다름없지만 화학적 지식이 전혀 없는 사람에게 그곳은 곳곳에 위험이 산재하고 두렵기만 한 지뢰밭이나 마찬가지이다. 도시에서 태어난 사람들에게 화려하고 번잡한 도시는 어느 곳보다 편하고 친근하지만 도시에 대한 지식과 경험이 없는 시골 사람에게는 곳곳에 적의와 장애물이 숨어 있는 가시밭이나 마찬가지이다. 그렇기에 이름 모를 두려움을 떨치기 어렵다. 이유는 간단하다. 언어로 설명하기 힘든 세상은 통제 불가능한 세상이다.

사회학자들이 '주변인(marginal man)'에 대한 연구를 한 적이 있다. 주변인이란 주로 다른 문화권에 편입한 사람들, 예를 들어 도시에 간 시골 사람이나 모국을 떠난 이민자들을 뜻한다. 이런 이들이 부딪히는 가장 심각한 문제는 바로 언어이다. 돈이나 권력을 지녔는지와 상관없이 만약 그들이 새로운 언어를 완전히 파악하지 못하거나 새로운 환경에서 자유롭게 언어를 구사하지 못한다면 그들은 영원히 뿌리가 없거나 의지할 곳이 없는 느낌 또는 불안에서 벗어나지 못한다. 돈 많은 일본 사람도 프랑스에 가면 '파리 콤플렉스'를 겪기 마련이고, 겁 없는 중국인도 미국 땅에 들어서면 '뉴욕 콤플렉스'에 걸리는 경우가 적지 않다. 언어의 한계 때문에 이질적인 차디찬 타향의 분위기에 어우러질 수 없다. 아무리 돈이 많고 용감해도 긴장과 초조, 두려움과 당혹스러움에 혈압이 높아지고, 이상하게 누군가가 자신을 지켜본다는 환각과 의심에서 헤어날 수 없다. 알아들을 수 없는 이웃이나 행인들의 대화, 이름을 알 수 없는 낯선 기물이나 경치 등이 모두 은연중에 그들의 심리적 압박을 더하며 그들을 겹겹이 에워싸서 끝끝내 질병의 원인이 된다. 이런 상황에 처하면 많은 이가 아예 냉랭한 거처에 틀어박혀 외부 세계와 일시적 격리 상태에 들어가는데, 이는 마치 성관계를 할 때 외부인의 이목을 피하려 하는 것과 마찬가지이다.

　사람들은 자신의 신체를 드러내는 데 별 두려움이 없다. 목욕탕, 건강 검진실, 수영장, 심지어 일부 서양의 나체 해변에서도 사람들은 어떤 부자연스러움도 두려움도 느끼지 않는다.

그러나 오직 성관계를 맺을 때만은 문을 닫고 커튼을 친다. 마치 땅을 파려는 두더지 꼴이다. 물론 이런 차이에는 여러 이유가 있을 것이다. 그중 지금껏 별로 염두에 두지 않은 이유 중 하나로, 목욕이나 신체검사, 수영 같은 활동에 관해서는 언어 표현이 풍부해서 자신에게나 타인에게나 효과적으로 자신의 이지적 능력을 충분히 발휘할 수 있기 때문이라고 생각한다. 일단 바지를 벗고 한도 끝도 없이 깊고 넓은 성적 언어의 공백 상태에 놓이면 사람들은 어느새 망연자실해 자신도 모르게 무의식적으로 은밀한 곳을 찾는다. 예법과 도덕을 중시하는 뭇사람의 시선이 두렵다기보다는 '성'이라는 이름 모를 어둠 속에서 헤맬까 봐 두렵기 때문이다. 일단 바지를 벗으면 누구나 초조와 긴장, 불안과 두려움을 느끼며 혈압이 상승하고 누군가가 자신을 감시한다는 환각에 빠진다. 마치 그토록 갈망하던 파리나 뉴욕에 가서도 숙소의 창문을 꼭꼭 닫는 것과 마찬가지이다.

통계에 따르면 주변인은 범죄율이 비교적 높고 정신병자도 많다고 한다. 언어로 파악할 수 있는 것 이외의 낯선 모든 것이 주변인에게는 자신의 지식으로 다가서기 어려운 혼돈의 세계이다. 이는 그들의 의식과 판단력을 쉽게 무너뜨린다. 마찬가지로 성에 관한 언어적 공백은 가장 쉽게 사람들을 비정상적 상태로 만들어 버린다. 이런 상황이 아마도 성이 교묘하게 위험한 상황을 만드는 전제일 것이며, 아울러 색욕이 재앙을 불러오는 전제일 수도 있다. 때로 미인계로 인해 강력한 정치적 결의나 경제적, 군사적 책략이 흔들리는 일이 있다. 하룻밤의 사랑이 사람의 상식을 녹여 버리고 아주 쉽게 사람을 도저히 이해할 수 없는 곤경에 빠뜨리는 경우도 많다.

마차오에서 톄샹으로 인해 일어난 일들 역시 이런 경우에 해당한다.

상황은 대충 다음과 같았을 것이다.

(1) 톄샹은 결코 싼얼뒈가 비천하고 가난하다는 사실을 몰랐을 리 없다. 그러나 두 사람이 서로 몸을 허락한 후 그녀는 갑자기 그를 구원하고 싶다는 욕망에 사로잡혔다. 자신의 육체로 기적을 행하는 것에 강한 흥미를 느꼈다. 이전까지 제법 체면 있는 남자 몇 명을 쉽게 정복한 그녀는 이런 식의 유사한 반복에 그다지 흥미를 느끼지 못했을 것이다. 그녀는 싼얼뒈에게서 새로운 전쟁터, 좀 더 도전적인 사명을 발견했다. 그녀는 천박함이나 가난을 무서워하지 않았다. 오히려 천박하고 가난한 상태로 인해 그녀는 그에게 도취되었고, 한 남자를 새롭게 만들어 간다는 영광스러운 임무에 마음이 술렁거렸다.

(2) 싼얼뒈는 사람들이 수치스럽게 생각하는 악행을 많이 저질렀다. 예를 들면 부모에게 폭력을 쓰고 형제와 싸웠으며, 마을에서 일을 나가지 않고 생산대의 화학비료를 훔치거나 위생원에서 여자 화장실을 엿보는 일 등이다. 톄샹은 전에는 이런 일을 그저 비웃었다. 그러나 이후 그녀는 오히려 이런 일들이 자신의 매력 때문에 일어났다고 결론을 내렸다. 마차오의 과일과 호박이 그녀 때문에 모조리 썩어 버렸고, 마차오의 가축들은 그녀 때문에 발광했다.

그렇다면 싼얼둬도 그녀 때문에 허튼짓을 한 것이 아닐까? 지금은 그녀가 싼얼둬, 아니 이제는 마싱리라고 부르고 싶어 하는 그 남자는 사실 고생을 감수할 줄 알며 의리 있고 강한 남자이다. 옌우의 학교 문제를 위해 기꺼이 위험을 무릅쓰고 칼을 든 사실이 이를 증명한다. 만약 남몰래 그녀를 계속 연모하지 않았다면, 만약 상사병 때문에 심란하지 않았다면 그는 두려움에 떨면서까지 이런 화를 자초하지 않았을 것이다. 여기에 생각이 미치자 그녀는 무언가 깊은 깨달음을 얻은 듯했고, 의기양양해지는 한편 가슴 가득 동정과 감동이 밀려들면서 자기도 모르게 전율을 느꼈다.

(3) 소위 강간 사건이 발생한 후에도 마싱리는 자주 그녀를 보러 마을에 돌아왔다. 매번 험악한 얼굴로 달려들어 얼굴에 피멍이 들고 비명을 지를 정도로 그녀를 흠씬 두들겨 팼다. 마을 사람 누구 하나 분노를 느끼지 않는 이가 없었다. 강간 사건이 뭔가 의심쩍다고, 내막이 있는 것 같다고 여기는 사람이 있다 해도 진짜 사내라면 굳이 여자와 싸우지는 않을 텐데, 아무리 보복을 한다 해도 그처럼 끝없이 사람을 괴롭힐 수 있을까? 걸핏하면 사람을 때리다니 미치광이나 산적과 뭐가 다르단 말인가? 마차오 사람들 가운데 유독 톄샹만이 보복에 악의를 느끼지 않았다. 오히려 그녀는 자신의 아픈 상처 속에서 은밀하고 달콤한 느낌을, 그 남자의 변함없는 사랑을 느꼈다. 그녀는 자신을 가장 사랑하는 사람만이 절망한 나머지 원망과 분노에 치를 떨 수 있다고 생각했다. 예전에 번이는 그녀에게 불만이 있었지만 그녀를 때리는 일은 극히 드물었다. 설사 화가 나

도 술을 좀 마신 후 간부 회의에 간다고 뒷짐을 지고 집을 나가면 그뿐이었다. 문화관장이나 사진사 역시 실망스럽기는 마찬가지였다. 게다가 그들은 사람을 때리는 법이 없었다. 그들은 그냥 손을 털고 일어나 종적도 없이 사라져 버렸다. 이런 식의 너그럽고 흐릿한 태도 때문에 그녀는 화가 나 미칠 지경이었다. 남자들의 마음속에서 자신이 어떤 위치인지, 얼마나 중요한 사람인지 느낄 수 없었기 때문이다. 그런 그들과 비교하면 그녀를 향한 넝쿨 채찍이나 막대기는 얼마나 사랑스러운가. 고통스러운 상처를 통해 남자가 그녀의 몸에 남긴 깊은 관심과 광적인 욕망을 얼마나 그리워했던가. 테샹 자신도 믿을 수 없었다. 매를 맞는 순간, 그녀는 불꽃처럼 밀려오는 오르가슴을 느꼈다. 두 뺨이 벌겋게 달아오를 정도로, 두 다리 사이가 끊임없이 움찔거릴 정도로 흥분에 휩싸였다.

평소 그녀는 마싱리가 사다 준 여성용품을 몰래 감춰 두었다가 주위에 사람이 없을 때마다 꺼내 보곤 했다. 그리고 어느 날 밤 결국 도망치고 말았다. 그렇게 다시 한번 마차오에서 '수레를 타다(打車子)'라는 말로 대표되는 거대한 언어의 공백을 향해 뛰어들었다.

하와취파(呀哇嘴巴)⁴⁾

이 말은 『평수청지(平綏廳志)』에 나온다. 반란군 우두머리 마쑨바오가 체포된 후 자백서를 썼는데 그중 다음과 같은 내용이 나온다.

"소인은 사실 무척 두려웠습니다. 모두 마라오과(馬老瓜), 그 '하와취파(呀哇嘴巴)'한 녀석이 꾸며 낸 말입니다. 그놈은 관군이 오지 않을 거라고 했습니다."

이 대목을 읽으면서 나는 속으로 마차오에서 생활한 적이 없는 사람은 하와취파라는 말을 전혀 이해할 수 없으리라고 생각했다.

---

4) 呀(야ya)는 문장 끝에 사용되는 조사, 哇(와wa)는 의성어, 嘴巴(쭈이바 zuǐbā)는 입, 뺨이라는 뜻이다.

하와취파는 지금도 마차오에서 자주 쓰이는 표현으로, 주로 시비를 일으키는 사람, 은근살짝 열심히 소문을 퍼뜨리는 사람을 가리킨다. 또한 말만 많고 실없는 사람을 의미하기도 한다. 그런 이들의 말에 '하(呀)'나 '와(哇)' 같은 감탄사가 많이 들어가는데 아마도 그래서 생겨난 표현인 듯하다.

아랫마을 중치는 늘 번이에게 마을 사람들의 부정(不貞)이나 다른 여러 가지 상황을 보고했다. 그런 점에서 그는 대표적 하와취파라고 할 수 있다. 마을에서 그의 당나귀 귀를 피해 갈 비밀은 하나도 없었다. 그는 아무리 더운 날에도 항상 장화를 신고 다녔다. 무슨 일을 하든지 낡은 장화를 벗는 법이 없었다. 참으로 아리송했다. 다른 이들이 모두 맨발로 다닐 때나 굳이 신발을 신을 필요가 없을 때도 마찬가지였다. 논두렁에 서서 다른 이들이 일하는 것을 보고 있을 때도 장화를 잊지 않았다. 그의 장화 속에 절대로 남에게 보여 줄 수 없는 뭔가가 있는지 아무도 알 길이 없었다. 그는 자기 장화의 비밀은 꽁꽁 숨기면서 마을 사람들의 비밀을 모조리 캐고 다녔다. 자신이 챙긴 실속이 뿌듯한지 그의 표정에도 변화가 생겼다.

어쩌면 그는 자기 장화 속의 비밀 때문에 다른 사람의 비밀을 알아내야 공평하게 살 수 있다고 생각했을지도 모른다.

언젠가 그가 내 곁으로 살며시 다가와 한참 꾸물대다가 마침내 미소를 쥐어짠 후 말했다.

"어제 고구마 전분 맛이 어땠어?"

그는 잠시 쭈뼛대며 내 그럴듯한 해명을 기다렸다. 내가 아무 반응도 하지 않자 그는 더 이상 캐묻지 않고 조심스럽게 웃으며 물러났다. 나는 그가 왜 어제저녁의 고구마 전분 이야기를 꺼냈는지, 그 일이 왜 그리 중요해서 마음속에 간직했다가 내게 기민하게 이런 질문을 던졌는지 이해되지 않았다. 무엇보다도 알 수 없는 것은 사소한 일까지 캐내는 자신의 재주와 성과에 그가 희열을 느끼는 이유였다.

때로 중치는 조금 비정상적일 정도로 들떠 땅을 파고 또 파다가 갑자기 요란하게 한숨을 내쉬거나 멀리 떨어진 개를 향해 으름장을 놓곤 했다. 우리가 아무 반응을 보이지 않으면 그는 결국 우수에 젖어 이렇게 말했다.

"하(呀), 정말 큰일인데, 와(哇)!"

궁금해진 사람들이 도대체 뭐가 그리 큰일이냐고 물으면 그는 계속 고개를 내저으며 아무것도 아니라면서도 입가에 무언지 모를 의기양양한 표정을 지으며 사람들의 실망과 무관심에 담담하게 미소로 화답했다.

그리고 잠시 후 그는 다시 걱정스러운 듯 정말 큰일이라고 말했다. 결국 옆에 있던 사람이 캐물으면 한숨을 내쉰 뒤 누군가가 기어이 일을 저질렀다고, 문제가 생겼다고 말했다. 이렇게 일단 주변 사람들의 관심을 끌어올린 후 또다시 적절하게 대답을 끊은 후 이렇게 되물었다.

"그게 누군지 몰라? 누군지 맞혀 봐. 맞혀 보라니까!"

이렇게 대답을 할 듯 말 듯 더는 아무도 물어보지 않을 때까지, 그의 걱정과 자신만만한 모습에 아무도 관심 갖지 않을 때까지, 심지어 상대방이 짜증을 낼 때까지 계속해서 대여섯

번씩 반복하는 것이 예사였다. 그리고 그제야 만족스럽게 미
소 짓고는 아무 일도 없었다는 듯 다시 고개를 숙이고 땅을
갈았다.

마 동의(馬同意)

　중치는 언제나 정부의 적극적 지지자였다. 평소에도 늘 달 걀만 한 붉은 지도자 배지를 단정하게 가슴에 달고 다녔고, 회의만 있다 하면 사람들의 관심이 멀어진 지 오래된 마오쩌 둥 어록 보따리를 어깨에 걸쳐 메고 나타났다. 그의 말은 언제 나 정치적으로 수준 높고 함부로 말을 지껄이는 법이 없이 신 중했다.

　또한 그의 가슴에는 항상 만년필이 꽂혀 있었다. 물론 직 접 산 것은 아니었을 것이다. 만년필 뚜껑은 크고 빨간색이어 서 검은색에 작고 보잘것없는 몸통과 전혀 어울리지 않았다. 분명 폐품을 이리저리 조합해서 억지로 구색을 갖춘 물건임 이 틀림없었다. 내 기억에 따르면 그는 간부를 지낸 적이 없다. 하다못해 빈농협회 조장조차 해 본 적이 없다. 그러나 그는 이

만년필을 즐겨 사용했다. 걸핏하면 '동의(同意), 마중치'라는 다섯 글자를 마구 갈겨 대기 일쑤였다. 생산대에서 발급하는 영수증, 임금 기록장, 장부, 신문 등 거의 모든 곳에 그의 다섯 글자 진언(眞言)이 남아 있었다. 언젠가 푸차가 치어(稚魚) 구입 영수증을 들고 장부에 기록하려 했다. 푸차가 잠시 한눈을 판 사이에 영수증이 어느 틈엔가 중치 손에 넘어가 있었다. 푸차가 미처 소리치기도 전에 중치는 벌써 '동의'라는 두 글자를 적은 후 펜촉에 침을 묻혀 가며 신중하게 자신의 이름을 쓰려 했다.

푸차가 씩씩대며 말했다.

"제문(祭文) 쓰냐? 누가 너더러 동의하랬어? 대체 무슨 자격으로 동의를 하는 거야? 네가 생산대 대장이야, 아니면 서기야?"

중치가 웃었다.

"몇 글자 썼다고 목이 잘리기라도 한대? 정정당당하게 산 치어에 대해 동의하는 게 뭐가 어때서? 치어를 훔치기라도 했어?"

"쓰지 말란 말이야! 네가 쓰지 말라고!"

"글씨가 이상해? 그럼 이거 찢을까?"

중치가 놀리듯 되받아쳤다.

"도무지 아무 생각이 없는 사람이야."

푸차가 옆 사람에게 말했다.

"그럼 나더러 '부동의(不同意)'라고 쓰라는 거야?"

"아무것도 쓰지 마. 네가 서명할 곳이 아니라니까. 그렇게 쓰고 싶으면 일단 다음 세상에 태어나서 보자고. 정말 네가 사람 같을 때 말이야."

"좋아, 안 써, 안 쓴다고. 좀생이 같기는."

중치는 어쨌거나 모종의 성공을 거뒀다고 생각하며 다시 주머니에 만년필을 꽂았다.

푸차는 기가 차면서 우습기도 했다. 그가 주머니에서 다른 영수증을 꺼내 사람들 앞에 흔들었다.

"이것 좀 봐. 아직 저 사람과 계산이 안 끝났어. 어제 가마 쪽에서 먹은 고기 한 근 말이야. 이건 결산보고를 할 수 없는 건데도 중치가 서명해 버렸다니까."

얼굴이 벌겋게 달아오른 중치가 나풀거리는 영수증을 힐끗거리며 말했다.

"보고할 수 없으면 안 하는 거지, 뭐."

"그럼 왜 동의라고 썼어? 발이 근질근질한가 보지?"

"난 본 적도 없는……."

"서명한 사람이 책임을 져야지."

"그럼 고치면 안 될까?"

그가 다가오면서 급히 만년필을 꺼냈다.

"글을 개 오줌 깔기듯이 쓰나 보지? 마오 주석을 봐. 지도자의 글자 하나가 얼마나 위엄이 있는지 보란 말이야. 전국이 모두 그의 글을 따라 꼼짝없이 실행하잖아. 개 오줌발처럼 아무 데서나 다리 한쪽 들어 올리고 갈기는 꼴이라니, 대체 뭐 하는 짓이야?"

중치는 목까지 온통 벌겋게 달아오르고 코끝이 살짝 반들거렸다.

"푸차, 당신이야말로 개야. 이 고기, 결산보고를 꼭 안 해도 된다고 하는 것도 난 못 믿겠어. 어차피 일은 처리해야 하고, 고기는 먹어야 하는 거고."

"돈이 있으면 가서 결산보고를 해 봐. 오늘 반드시 네게 결산보고를 하도록 할 테니 두고 보라고."

사람들 앞이라 중치는 발뺌할 도리가 없었다. 그가 땅을 박차고 일어나며 말했다.

"하라면 하지, 뭐. 그게 뭐 대단하다고!"

중치는 장화를 질질 끌며 자리를 떴다. 잠시 후 숨을 헐떡이며 돌아온 그가 탁자에 은팔찌 하나를 떡하니 올려놓았다.

"고기 한 근 값 가지고 호들갑은! 푸차, 오늘은 내가 동의하기로 하지. 자, 나한테 결산보고를 해."

푸차는 두 눈을 끔뻑이며 아무 말도 할 수 없었다. 다른 사람들 역시 어쩔 줄을 몰랐다. 중치를 골려 줄 생각으로 장난을 쳐 봤는데 이렇게 정색하고 덤비다니. 서명한 글자에 책임을 지겠다며 결국 그가 은팔찌까지 내놓은 것이다.

결국 아무도 중치를 난처하게 할 수 없었던 셈이다. 그 일이 있은 후 중치는 더욱 신이 나서 아무 데나 서명하고 다녔다. 번이나 공사 간부가 서류를 내놓기만 하면 그 즉시 낚아채 동의라는 두 글자를 써 놓기 일쑤였다. 그의 만년필을 벗어날 수 있는, 구속력 없는 심사를 피해 갈 종이는 없었다. 그가 습관적으로 갈겨 대는 동의를 피할 수 있는 종이는 없었다.

푸차는 성격이 비교적 깔끔하고 규정을 중시하는 사람이었기 때문에 필사적으로 중치를 피해 다녔다. 중치의 장화 소리가 들리거나 그의 얼굴이 나타나기만 하면 종이라는 종이는 모두 정리해 그에게 손댈 기회를 주지 않았다. 중치는 못 본 척 씩씩거리며 다른 쪽으로 방향을 틀어 동의할 만한 종이를 찾아 떠났다. 그에게 우리 지식청년들은 좋은 목표였다. 예를 들어 우리보다 한발 앞서 집배원 손에서 지식청년들에게 배달된 편지를 챙겼다. 그 결과 우리의 편지 봉투에는 수신인과 발신인 성명에 그의 동의 표시나 빨간 지장이 찍혀 있기 마련이었다.

나 역시 푸차처럼 그에게 뼈아픈 원한이 있었기 때문에 기회를 봐서 그를 손봐 주려고 벼르고 있었다. 어느 날 점심때 그가 조는 틈을 타 우리는 그의 만년필을 훔쳐 연못에 던져버렸다.

며칠 후 그의 가슴에는 또다시 금속 클립이 반짝거리는 볼펜 한 자루가 꽂혀 있었다. 정말 속수무책이었다.

전생의 인연을 찾아가다(走鬼親)

여러 해가 지난 후 마차오에 사는 어떤 이가 전생의 부모를 알아보았다는 이야기를 들었는데, 내가 마차오에 있을 때도 이런 소문이 돈 적이 있었다. 도시에 돌아온 다음에 들으니 후난 같은 곳에서도 이와 유사한 기이한 일이 있었다고 한다. 나는 그런 이야기를 별로 믿지 않는 편이다. 내 친구 가운데 이 부분을 전문적으로 연구하는 민속학자가 있다. 그는 자신이 직접 조사한 지역으로 나를 데려가 증인들의 전생 기억을 들려주기도 했다. 그래도 나는 그들의 이야기를 납득할 수 없었다.

물론 이런 이야기는 내 지인에게도 벌어지는데 그럴 경우 더 놀랍기는 하다.

1980년대의 일이다. 마차오 청년 하나가 창러가 두부 가게에서 일하고 있었다. 어느 날 그는 카드놀이를 하다가 빚을 지는 바람에 속내의까지 모두 털리고 힘든 생활을 하게 되었다. 할 수 없이 지인에게 도움을 청했지만 친구는 그를 보자마자 손을 휘두르며 그를 내쫓고 얼른 문을 닫아 버렸다.

그는 눈앞이 어찔할 정도로 배가 고팠다. 그러다 다행히 맘씨 좋은 여자아이를 만났다. 그녀는 진푸(金福)여관에서 일하는 헤이단쯔(黑丹子)라는 여자아이로 겨우 열세 살이었다. 그녀는 주인이 없는 틈에 몰래 이 청년에게 만두 몇 개와 돈 몇 푼을 집어 줬다. 이후 청년은 호형호제하는 친구들에게 자랑을 늘어놓았다.

"뭘 매력이라고 하는지 알아? 바로 이 형님 같은 모습을 보고 매력이 있다고 하는 거야!"

그 청년의 이름은 성추(勝求)로, 마차오 전임 서기인 번이의 아들이었다.

후에 헤이단쯔가 계속해서 성추를 도와주는 것을 알게 된 진푸여관 주인은 그녀가 배은망덕하게도 자기 여관 물건을 훔쳐다 인정을 베푼다고 의심했다. 그래서 꼼꼼하게 조사해 보았는데 이상하게도 돈이 모자라거나 물건이 없어진 것을 발견할 수 없었다. 그래도 주인은 자꾸만 이상하다는 생각이 들었다. 개도 싫어할 저런 건달에게 헤이단쯔가 왜 그렇게 관심이 있는 걸까? 헤이단쯔의 먼 삼촌뻘이던 여관 주인은 이 일을 분명히 짚고 넘어가야겠다고 생각했다. 그가 어느 날 헤이단쯔를 불러 캐물었다.

헤이단쯔가 고개를 숙이고 울먹거렸다.

"왜 울고 그래, 왜?"

"그 사람……."

"그가 뭐?"

"그 사람은 제……."

"어서 말해 봐. 둘이 무슨 언약이라도 한 거야?"

"그 사람은 그러니까……."

"어서 말해 보라니까!"

"그 사람 제 아들이에요."

입이 떡 벌어진 주인은 하마터면 발에 뜨거운 차를 쏟을 뻔했다.

놀라운 소식은 금세 사람들에게 전해졌다. 헤이단쯔, 그러니까 진푸여관의 헤이단쯔가 전생의 아들을 알아봤다는 것이다. 다시 말해 그녀가 마차오의 그 유명한 톄샹의 환생이라는 이야기가 아닌가. 만약 주인이 추궁하지 않았다면 헤이단쯔는 감히 이 이야기를 입 밖에 내지 못했을 것이다. 며칠 동안 사람들은 이 여관을 둘러싸고 이러쿵저러쿵 말이 많았다. 마을 위원회와 파출소의 간부들도 이 일이 보통 일이 아니라고 생각했다. 봉건 미신의 부활이 틀림없었다. 지금이 어느 때인데? 도박, 기생, 도둑에 이어 이제는 귀신까지 등장하다니. 정말 요란하네.

간부들은 명령에 따라 괴상한 소문의 진위를 파악하고 군중을 교육하는 한편 그녀를 파출소로 불러 조사했다. 호기심에 들뜬 사람들이 파출소를 에워싸고 구경하느라 난리였다. 구경꾼들이 파출소를 비집고 들어와 땀 냄새가 진동하는 바람에 파출소에서는 아무 사건도 제대로 처리할 수 없었다. 결국 그들은 헤이단쯔를 마차오에 데려가 심문하기로 했다. 헤이단쯔가 전생의 아들을 알아보았다면 나머지 사람들도 알아보지 않겠는가? 만약 알아보지 못하면 그녀가 헛소리를 늘어놓았다고 간주하고 그때 가서 민심을 현혹한 죄를 물어도 늦지 않을 터였다.

헤이단쯔 외에 경찰 두 명, 마을 위원회 부주임과 호사가 간부 두 사람까지 모두 여섯 명이 동행했다. 마차오에 도착하려면 아직 길이 많이 남은 지점에서 그들은 모두 차에서 내려 헤이단쯔에게 길을 찾아가게 했다. 그녀가 정말로 전생의 일을 기억하는지 알아볼 셈이었다. 그녀는 전생의 일을 어렴풋하게 기억하기 때문에 가는 길이 틀릴 수도 있다고 말했다. 그러나 어느 정도 걸으며 이리저리 풍경을 둘러보더니 곧장 마차오를 향해 갔다. 뒤따르던 사람들은 순간적으로 소름이 끼쳤다.

언덕 위의 채석장을 지날 때였다. 그녀가 갑자기 멈춰 서서 대성통곡하기 시작했다. 그곳은 이미 폐쇄된 채석장으로 바닥은 잡석과 돌가루 천지였다. 마른 쇠똥 몇 덩어리가 굴러다니고, 잡석들마저 곧 덮어 버릴 정도로 잡초가 무성했다. 간부들이 그녀에게 우는 이유를 물어보았다. 그녀는 전생에 돌을 다루던 남편이 이 채석장에서 일했다고 말했다. 사전에 대충 상황을 파악했던 간부들은 속으로 쾌재를 불렀다. 그녀의 말이 틀렸기 때문이다.

마차오에 들어간 그녀는 조금 근심스러운 얼굴로 집이 전보다 많이 늘어서 길을 잘 알아볼 수 없다고 했다. 부주임은 신이 났다.

"어때, 이제 모든 게 밝혀졌지? 이제 연극은 그만두시지!"

그러자 경찰 한 명이 부주임의 의견에 반대하며 이대로 돌아갈 수는 없다고 말했다. 이왕 여기까지 왔으니 다시 한번 그녀에게 기회를 주자는 뜻이었다. 어차피 오늘은 다른 일을 할 수도 없잖은가?

부주임은 하늘을 한 번 쳐다보고 잠시 머뭇거리다가 더 이상 고집을 피우지 않았다.

나에게 이 이야기를 해 준 이는 여기까지 말한 다음 더욱 신바람이 나서 진짜 이야기는 그다음부터라고 했다. 그가 말했다. 번이의 집에 도착한 헤이단쯔가 갑자기 신이 들린 듯(神) 문과 길은 물론이고 주전자에 요강, 뒤주 위치까지 훤히 꿰뚫었으며, 한눈에 침대에 누워 있는 노인이 번이임을 알아맞혔다. 그녀는 왈칵 눈물을 쏟으며 번이의 이름을 부르고 땅에 엎드려 절을 올렸다. 전보다 더 귀가 어두워진 번이는 눈이 휘둥그레져서 방 안 가득 들어찬 낯선 사람들을 바라보았다. 대체 무슨 일이 일어났는지 알 수 없었다. 그는 재취로 얻은 아내가 채마밭에서 돌아와 그에게 큰 소리로 설명한 후에야 어느 정도 상황을 이해할 수 있었다. 그는 눈앞에 있는 이 애송이가 톄상이라고는 전혀 상상할 수 없었다. 그가 두 눈이 휘둥그레져서 말했다.

"돈이 필요하면 돈을 달라고 하고, 구걸을 하고 싶으면 구걸을 하지 이게 뭐 하는 짓이야? 아직 어린애구먼. 이게 무슨 귀신 쌧나락 까먹는 짓이야?"

놀라서 울고 있는 그녀를 사람들이 문밖으로 내보냈다.

신기한 구경을 하러 몰려든 마을 사람들은 당시 톄샹과 비교하며 헤이단쯔를 이리저리 뜯어보았다. 그리고 헤이단쯔가 어딜 봐도 톄샹은 닮지 않았다는 결론을 내렸다. 시골뜨기 헤이단쯔에게서 도무지 여우 같은 톄샹의 모습을 발견할 수 없다고 했다. 사람들이 이렇게 떠들고 있을 때 처마 밑에 쭈그리고 앉아 훌쩍거리던 헤이단쯔가 갑자기 고개를 들고 깜짝 놀랄 질문을 던졌다.

"슈친(秀芹)은요?"

마차오 사람들이 서로 얼굴을 쳐다보았다. 누구를 말하는지 알 수 없었기 때문이다.

"슈친은 어디 갔어요?"

사람들이 모두 망연자실해 고개를 내저었다.

"슈친이 죽었나요?"

여자아이는 다시 울기 시작했다.

그때 노인 한 사람이 갑자기 무슨 생각이 난 듯했다.

"맞아, 맞아. 그래, 그 사람 이름이 슈 무슨 친인가 그랬지?"

노인은 번이의 형인 번런의 아내를 말하고 있었다. 번런은 여러 해 전에 장시로 도망친 후 다시는 돌아오지 않았다. 그 후 슈친은 둬순(多順)의 셋째 부인으로 들어갔다.

"맞아, 그 여자야. 아직 살아 있고말고."

헤이단쯔의 눈이 반짝거렸다.

한참을 생각한 후에야 사람들은 이 아이가 정말 톄샹이라면 한동안 슈친과 함께 살았을 테니 그녀의 안부를 물어보는 것도 당연하다는 생각이 들었다. 몇몇 극성스러운 사람들이 즉시 그녀를 데리고 슈친을 찾아갔다.

"셋째 부인은 주쯔포(竹子坡)에 살아. 우리랑 가 보자."

그들이 헤이단쯔에게 말했다. 헤이단쯔는 고개를 끄덕이고는 그들을 따라 산봉우리 하나를 넘어 대나무 숲을 지났다. 멀리 대나무 숲 사이로 집이 한 채 보였다.

호사가 한 사람이 앞질러 황토 집으로 들어가 소리 지르며 텅 빈 방들을 둘러보았다. 아무도 없었다. 누군가가 연못으로 달려가 그곳에서 소리를 질렀다.

"여기 있어요, 여기."

연못가에서 한 할머니가 빨래를 하고 있었다.

헤이단쯔가 재빨리 노인 앞으로 달려갔다.

"슈친, 슈친…… 저 톄샹이에요."

노인이 그녀를 이리저리 자세히 훑어보았다.

"나 못 알아보겠어요?"

"톄샹이라니?"

"예전에 병원에 있을 때 밥이랑 물이랑 가져다줬잖아요. 내가 떠나던 날 밤 당신 앞에서 고개를 숙였는데."

"너, 아니 넌, 바로, 네가……."

노인은 무언가가 생각난 듯했지만 아무 말도 하지 못했다. 말문이 막힌 채 두 눈에 눈물이 반짝거렸다.

그들은 더 이상 아무 말도 하지 않았다. 그저 서로를 껴안고 통곡할 뿐이었다. 옆에 있는 사람들은 그 모습에 어쩔 줄을 몰랐다. 감히 다가가지도 못하고 멀리서 두 여자를 바라볼 뿐이었다. 빨랫방망이가 물에 빠져 물속에서 천천히 맴돌았다. 방금 물기를 짠 옷 한 벌도 그대로 모양이 풀어진 채 물밑으로 가라앉았다.

화염(火焰)

이 말은 너무 추상적이고 모호하므로 확실한 의미를 말하기 어렵다. 만약 당신이 귀신을 믿지 않거나 귀신을 본 적이 없다면 마차오 사람들은 대뜸 그건 당신의 '화염'이 너무 크기 때문이라고 말할 것이다.

'화염'이란 무엇인가?

대답하기 어려우면 질문 방식을 바꿔 볼 수도 있다. 누구의 화염이 제일 높은가? 마차오 사람들은 도시 사람, 공부하는 사람, 돈을 번 사람, 남자, 젊은 사람, 병이 없는 사람, 공무원, 낮에 일하는 사람, 재난을 당하지 않은 사람, 공식적인 데 의지하는 사람, 항상 맑고 좋은 날만 있는 사람, 평탄하게 살아가는 사람, 친구가 많은 사람, 배부른 사람 등을 꼽는다. 물론 귀신을 믿지 않는 사람도 그 안에 들어간다.

여기에는 인생의 거의 모든 문제가 포함되는 듯하다.

그들이 말하는 의미를 곰곰이 추론해 보면 화염은 어떤 상태를 가리키는 것 같다. 상대적으로 불리한 환경에서 살아가는 사람은 화염이 미약하므로 쉽게 화염이 꺼져 눈앞에 귀신이 출몰한다. "가난한 사람은 귀신을 많이 본다."라는 속담도 아마 같은 맥락일 것이다. 문득 내 어머니가 생각났다. 신식 학교를 다녔고 선생님이었던 어머니는 귀신이라는 존재를 믿은 적이 없었다. 그러던 어머니가 1981년 여름, 등에 생긴 악성 부스럼 때문에 너무 아파 때때로 반 혼수상태에 빠졌고 그때마다 귀신이 보인다고 했다. 한밤중이 되면 어머니는 잔뜩 겁에 질린 채 소리를 지르고 부들부들 떨면서 침대 구석에 웅크리고 앉았다. 문 뒤에 왕씨 여자가 왔다고 말하기도 했다. 어머니는 귀신이 자신을 해치러 왔다면서 나에게 빨리 칼로 그 귀신을 죽이라고 말했다. 이런 상황이 자꾸만 반복되었다. 그 순간 나는 화염이라는 말이 생각났다. 아마도 당시 어머니의 화염이 너무 낮은 상태라 내가 볼 수 없는 것을 보거나 내가 들어갈 수 없는 세계에 들어간 듯했다.

나중에 어머니는 당시 무슨 일이 있었는지 전혀 기억하지 못했다.

지식의 역량은 이런 화염의 중요한 요소 가운데 하나임이 틀림없다. 지식은 현실 생활에서 강자의 지표이다. 이는 혁명을 추동하고 과학과 경제의 발전을 추진하는 원동력이다. 지식의 역량이 닿는 곳에서는 귀신의 그림자가 사라지고 귀신의 말이 흩어지며 오직 밝은 태양만 빛날 뿐이다. 문제는 만약 마차오 사람들이 생각하는 것처럼 화염의 크기가 상대적이라면 힘은 더욱 강한 힘 앞에서 약한 존재일 수밖에 없다. 그렇다면 귀신을 몰아내는 일에 지나친 기대를 할 수 없다. 지식의 역량 또한 좌절될 때가 있고, 아무 쓸모가 없을 때가 있으며, 한층 더 강력한 현실 앞에서 붕괴하거나 와해될 때가 있기 때문이다. 내 어머니는 귀신을 믿지 않았다. 그러나 이성적 역량으로 악성 부스럼을 이겨 내지 못하게 되자 눈앞에 귀신이 나타났다. 현대인들 역시 귀신을 별로 믿지 않는다. 그렇지만 그들 또한 이지적 역량으로 전쟁이나 빈곤, 오염이나 무관심 같은 난제를 해결할 수 없을 때, 마음 한편에 자리한 무거운 걱정거리에서 벗어날 수 없을 때, 설사 지극히 발달하고 과학적인 현대 대도시에 있다 할지라도 형형색색 미신이 부활할 것이다. 귀신을 믿지 않는 사람이나 지식으로 완벽하게 무장한 현대인에게도 귀신의 형상(현대 미술을 생각해 보라.)이 존재할 수 있다. 귀신의 소리(현대 음악)가 있을 수 있고 귀신의 논리(초현실주의 시가나 소설)가 생겨날 수 있다. 어떤 의미에서 보면 모더니즘 예술은 20세기 어둠 속에서 자라난 귀신들의 가장 큰 영역 가운데 하나로, 귀신들이 벌이는 활동의 아카데미 버전일지도 모른다. 이는 시골 사람, 학력이 낮은 사람, 가난한 사람, 여자, 아이와 노인, 병자, 재난을 당한 사람, 공적 신분이 없는 사람, 정상적인 길로 가지 않는 사람, 친구가 적은 사람, 궂은 밤이나 비 오는 날을 사는 사람, 평탄한 곳에 살지 않는 사람, 굶주린 사람, 귀신을 믿는 사람 등 현대 사회에서 화염이 가장 낮은 사람들에게서 비롯된다.

모더니즘 계열 작가와 예술가들의 전기를 살펴보면, 그들의 그림자나 반짝이는 눈망울이 위에서 열거한 화염이 낮은 사람들 가운데 자리함을 쉽게 발견할 수 있다.

나는 귀신을 믿지 않는다. 내가 항상 말했듯 마차오 사람들이 말하는 귀신은, 심지어 그들이 발견한 외지 출신 귀신까지 죄다 마차오 말만 쓴다. 그 귀신들은 중국 표준어는 물론이고 영어나 프랑스어를 한 적이 없다. 그런 점에서 볼 때 귀신이란 귀신을 발견한 자의 지적 한계를 벗어나지 못함이 분명하다.

결국 이는 사람이 귀신을 만드는 것이라고 믿을 충분한 이유가 된다. 귀신은 일종의 환각이나 이미지이다. 사람의 육신이 허약할 때(우리 어머니와 같은 경우)나 정신적으로 허약해졌을 때(절망적 현대 예술의 경우) 나타나는 것으로 사람이 꿈을 꾸거나 술에 취하거나 아편을 먹은 후 마주치는 상황과 거의 비슷하다고 할 수 있다.

귀신과 마주친다는 것은 사실 나 자신의 허약함과 마주하는 것이나 마찬가지이다. 이것이 바로 화염을 이해하는 사고방식 가운데 하나이다.

그러므로 나는 마차오에서 헤이단쯔 이야기(「전생의 인연을 찾아가다」 참고.) 따위는 존재한 적이 없으며 톄샹의 환생 같은 것도 존재한 적이 없다고 생각한다. 내가 마차오에 돌아갔을 때 푸차는 강경하게 이 사건을 부인하며 그야말로 민중을 현혹하는 괴상하고 황당무계한 이야기에 지나지 않는다고 말했다. 나는 푸차의 말을 믿는다. 물론 헤이단쯔를 직접 봤다고 말한 사람이 나를 속이려고 일부러 이야기를 지어냈다고 생각하지는 않는다. 아니, 그들은 구태여 그럴 필요가 없었다. 나는 다만 들쑥날쑥 앞뒤가 전혀 맞지 않는 단편적 이야기들로 인해 이 이야기의 진실성을 의심할 뿐이다. 당시 나는 헤이단쯔는 어디 사는지, 그 후 다시 마차오를 다녀갔는지 등을 물었다. 그들은 얼버무리며 답하지 못했다. 어떤 이는 그 후 헤이단쯔가 붉은 잉어를 먹었기 때문에 더 이상 나타나지 않았다고 했다. 붉은 잉어를 먹은 사람은 더 이상 전생을 기억할 수 없기 때문이다. 또 어떤 이는 헤이단쯔가 삼촌을 따라 남쪽 연해 도시로 돈을 벌러 갔는데 그 뒤로 소식이 없다고 말하기도 했다. 헤이단쯔가 번이를 두려워했다는 이야기도 있었다. 번이를 볼 용기가 없어 다시 나타나지 않았다는 것이다.

확실한 결론은 없었다. 물론 내가 일일이 사실을 확인해야 할 만큼 확실한 결과가 필요한 것도 아니었다. 우리 어머니가 병이 위중했을 때 귀신을 본 것처럼 이 사건 역시 그들의 화염이 낮아 나타난 결과이며, 그들이 모두 함께 본 환상이라고 생각했을 뿐이다. 사람들이 무언가를 보고 싶어 하면 언젠가는 그것이 반드시 나타나기 마련이다. 사람들은 보통 두 가지 수단으로 그 무언가를 실현하고자 한다. 화염이 높을 때는 혁명과 과학, 경제 발전을 통해, 화염이 낮을 때는 환상을 통해.

사람은 서로 같을 수 없다. 내가 마차오 사람들의 화염을 높일 수 없다면 마찬가지로 그들의 환상을 빼앗을 권리도 없다. 또한 톄샹이 마차오로 돌아와 손위 동서와 생사의 경계를 넘어 연못가에서 부둥켜안고 통곡했다는 그들의 환상을 방해할 이유도 없다.

홍화 영감(紅花爹爹)

마차오에 사는 뤄씨 영감은 외지 사람이다. 그는 토지개혁 전까지는 줄곧 머슴살이를 했고 그 후 몇 년 동안 촌장을 지낸 마차오의 늙은 간부이다. 사람들이 몇 번이나 중매를 섰지만 그는 번번이 거절했다. 그는 평생 독신으로 지냈다. 그러므로 그의 배가 부르다는 것은 온 집안이 배를 곯지 않았다는 의미이다. 또한 그가 일을 하면 온 집안이 땀을 흘리는 것이나 마찬가지이다. 사람들은 때로 그를 '홍화 영감(紅花爹爹)'이라고 불렀다. 홍화란 어린아이의 몸이라는 뜻이다.

사람들은 나중에야 그가 결혼하지 않는 이유가 돈이 없어서가 아니라 천성이 여자를 멀리하고 무서워하기 때문임을 알았다. 여자들을 마주칠 것 같으면 그는 아예 길을 돌아갔다. 그러므로 여자가 많은 곳에서는 절대 그를 발견할 수 없었다.

그는 코가 예민했다. 이상하게도 여자 몸에서 언제나 비린내가 난다고 했다. 그는 여자들이 향수를 뿌리는 이유가 오직 몸에서 나는 비린내 때문이라고 생각했다. 봄이 되면 특히 30대 여자들이 가장 심하게 비린내를 풍긴다고 말했다. 그 냄새에 썩은 오이 냄새 같은 것이 섞여 백 보 밖까지 전해지기 때문에 이 냄새만 맡으면 머리가 어지럽다고 했다. 한두 시간 정도 여자들 틈에 갇혀 있으면 거의 죽을상을 했다. 얼굴이 노랗게 질리고 이마에 식은땀을 흘리며 끊임없이 왝왝 구토할 정도였다.

그는 바로 이런 비린내가 그의 과일과 채소 농사를 망쳐 놓았다고 믿었다. 그의 집 뒤에는 복숭아나무가 두 그루 있었다. 매년 꽃이 무성하게 피는데도 어찌 된 일인지 복숭아는 열리지 않았다. 또한 어쩌다 열매가 맺혀도 그냥 썩어 문드러져 땅에 떨어졌다.

누군가가 그 나무가 병에 걸렸는지도 모른다고 하자 그는 고개를 절레절레 내저으며 부정한 여편네들이 일 년이면 몇 번씩 집 근처에서 지랄을 떨기 때문이라고 했다. 심지어 자신도 병이 날 지경인데 나무라고 온전하겠느냐고 말했다.

그가 말하는 집 근처란 복숭아나무 두 그루 가까이에 있는 차밭이었다. 매년 여자들이 그곳에서 찻잎을 따느라 웃고 떠들며 법석을 떠니 복숭아가 온전하면 오히려 이상하다는 말이었다.

그의 말을 미심쩍게 생각한 이들은 정말로 그의 코가 다른 사람과 달라 그렇게 여자를 원수처럼 여기는지 시험해 보고 싶었다. 그중 한 사람이 일 없는 날 뤄씨 영감의 도롱이를 훔쳐 냈다. 그는 여자들에게 도롱이를 깔고 앉게 한 다음 다시 제자리에 갖다 놓고 몰래 뤄씨 영감의 행동을 살폈다.

놀랍게도 도롱이를 입으려던 그가 코를 몇 번 움찔거리더니 얼굴을 찌푸리며 말했다.

"아니, 이게 대체 어떻게 된 거야? 누가 내 도롱이를 만진 거야?"

옆에 있던 남자들은 시치미를 떼고 서로 얼굴만 바라보았다.

"내가 당신들한테 죄지은 거 있어? 당신들한테 뭘 잘못했는데? 왜 이따위 짓을 하는 거야?"

그는 울상이 되어 발을 동동 굴렀다. 정말 화가 많이 난 것 같았다. 도롱이를 훔친 남자는 놀라서 재빨리 도망쳐 버렸다.

뤄씨 영감은 도롱이를 내던지고 씩씩거리며 집으로 돌아갔다. 푸차가 사건을 수습하느라 도롱이를 연못에서 깨끗이 빤 다음 돌려주었다. 그러나 홍화 영감은 그 뒤로 다시는 도롱이를 입지 않았다. 소문에 의하면 도롱이를 태워 버렸다고 한다.

그 후로 사람들은 다시는 그에게 장난을 치지 않았다. 그에게 식사 대접을 할 때도 탁자에 절대 여자를 앉히지 않았고 심지어 근처에서 여자 옷을 말리지도 못하게 했다. 또한 그가 일을 나갈 때면 여자와 함께 일하지 않도록 신경을 썼다.

언젠가 번이가 그에게 공사 트랙터를 타고 현에 나가 면화 종자를 사 오라고 한 일이 있었다. 그는 이틀이 지나서야 마을로 돌아왔다. 트랙터를 타러 가다가 갑자기 다리가 아파 더 이상 갈 수 없었기 때문에 늦었다고 했다. 나중에야 마을 사람들은 트랙터 기사를 통해 진상을 알 수 있었다. 트랙터를 놓친 것이 아니라 트랙터에 타고 있던 여자들을 본 뤄씨 영감이 걸어가겠다고 자청했다는 것이다. 다른 사람을 탓할 일이 아니었다.

걸음이 매우 느린 뤄씨 영감은 현에서 마차오까지 30리 길을 꼬박 하루 동안 걸었다. 그뿐이 아니었다. 그는 무슨 일을 하든 항상 행동이 느리고 서두르는 법이 없었다. 오늘 뒤에 내일, 내일 뒤에 또 내일 하는 식으로 시간은 얼마든지 있으니 굳이 인시(寅時)[5]에 밥 먹고 뒷간에 가야 할 필요가 없다고 생각하는 듯했다. 청년들은 그와 함께 일하기를 좋아했다. 가벼운 기분으로 한가롭게 일해도 괜찮았기 때문이다. 언젠가 날씨가 갑자기 추워져 땅에 살얼음이 얼었다. 사람들은 모두 발에 새끼줄을 동여매고 조심스럽게 걸어 다녔는데, 그래도 번번이 미끄러지기 일쑤였다. 이렇게 미끄러질 때마다 여기저기서 엉덩방아 찧는 소리와 함께 웃음소리가 터져 나왔다. 그렇게 모두 허리를 잔뜩 움츠리고 작업장에 도착했는데, 간부는 한 사람도 보이지 않았다. 모인 이들 중에서 말발이 가장 높은 이는 뤄씨 영감이었다. 사람들이 그에게 간부들이 올 때까지, 아니면 해가 뜨고 얼음이 풀릴 때까지라도 잠시 쉬었다가 일하자고 부탁했다. 그러자 영감이 졸린 눈을 게슴츠레 뜨고 보따리에서 살담배를 꺼내며 말했다.

"누가 아니래? 이렇게 추운 날 이불에서 끄집어내서 뭘 하

---

5) 『소문(素問)』 「장기법시론(臟氣法時論)」에 따르면 인시는 위에서 음식물이 썩는 시간으로, 이때 위에서 소화되지 않은 탁한 액체가 유문을 통해 몸 밖으로 배출되므로 식사를 해야 한다고 한다.

겠다는 건지, 원! 아비를 묻는대, 아니면 어미를 묻는대?"

말은 명확하게 하지 않았지만 사람들은 대충 그 뜻을 알아차렸다. 신이 난 사람들은 여기저기 흩어져 각기 바람 피할 곳을 찾아 몸을 웅크렸다. 뤄씨 영감은 어디서 구해 왔는지 마른 나뭇잎들을 바짓가랑이 아래 모아 놓고 불을 지폈다. 젊은 이들이 그 주위로 몰려들었다.

"탄이라도 몇 광주리 가져와야 하나? 아니면 화로라도 몇 개 가져와야 해?"

번이가 헛기침을 하고 이상야릇한 소리를 지껄이면서 나타나자 사람들은 깜짝 놀랐다. 언제 왔는지 토지를 측량할 때 사용하는 죽간을 든 번이가 사람들 옆에 서 있었다.

뤄씨 영감이 눈곱도 안 뗀 얼굴로 여유만만하게 말했다.

"길도 제대로 걷기 힘든데 어찌 멜대를 진답디까? 눈이 있으면 좀 보쇼. 오늘 같은 날은 개도 안 다니겠소."

그래요, 그래. 사람들도 맞장구쳤다.

"대단하시군!"

번이가 코웃음을 쳤다.

"내가 바로 당신들 재우려고 온 거야. 당원은 솔선수범해서 잠을 자고, 민병도 솔선수범해서 잠을 자며 빈하중농(貧下中農) 중하층 농민들은 곤란을 극복한 후에 잠을 자야지. 잠을 자도 잠의 현상, 본질이 분명하게 잠을 자야지. 자, 이제 왜 잠을 자야 하는지 알겠지?"

그는 방금 학습하고 온 '현상'이니 '본질'이니 하는 철학까지 모두 동원했다. 이어 번이는 저고리를 벗고 소매를 걷더니 손바닥에 침을 뱉은 후 돌덩어리를 들어 수로교 쪽으로 향했다. 그의 행동에 주눅이 든 사람들은 그냥 보고 있기도 머쓱하고, 슬슬 몸을 움직이는 옆 사람을 쳐다보면서 아쉬운 듯 따뜻한 모닥불을 떠나 삼삼오오 차가운 겨울바람 속으로 나섰다.

뤄씨 영감도 마음을 가라앉히고 마지막 담배 한 모금을 빨아들였다. 이어 구시렁거리며 돌을 메고 번이를 쫓아갔다. 그런데 그 순간 뜻밖의 상황이 벌어졌다. 앞에서 막 수로교를 지나던 번이가 중심을 잃고 날카로운 외마디 비명과 함께 살얼음이 얼어 있는 다리에서 미끄러졌다. 금방이라도 난간을 벗어나 차가운 김이 피어오르는 깊은 계곡으로 떨어질 것만 같았다. 가슴이 덜컹 내려앉은 사람들이 사태를 제대로 파악하기도 전에 뤄씨 영감이 재빨리 어깨의 돌을 내려놓고 뛰어들었다. 그러나 그는 앞에 있는 번이의 몸통 대신 발 하나만 겨우 붙잡았다.

뤄씨 영감은 다행히 자기 발을 수로교 위 철근에 걸었다. 얼음 위에 엎드린 채 육중한 번이에게 끌려가던 뤄씨 영감의 몸이 수로교 가장자리에서 가까스로 멈췄다.

번이가 뭐라고 소리를 질렀다. 그러나 깊은 계곡 찬바람에 말소리가 산산이 흩어져 마치 멀고 먼 산골짜기 아래에서 모기가 앵앵대는 소리 같았다.

"뭐어라고오요?"

뤄씨 영감 눈에는 발 한 짝으로 마구 발길질하는 모습만 보일 뿐이었다.

"빨리 끌어 올려, 빨리……."

"급할 것 없어요."

뤄씨 영감도 숨이 찼다.

"철학을 잘도 배우셨더군요. 이런 날씨는 현상인가요, 아니면 본질인가요?"

"어서 빨리……."

"빨리할 것도 없어요. 여기 참 시원한데, 뭐. 이야기하기도 좋고."

"엄마야……."

젊은이 몇 명이 그들 옆으로 다가와 줄을 연결하고 손을 뻗었다. 모두 힘을 합해 수로교 아래 매달린 서기를 간신히 끌어 올렸다.

위로 올라온 번이는 잔뜩 얼굴이 상기된 채 더 이상 호기를 부리거나 현상이니 본질이니 하는 철학 따위를 늘어놓지 못했다. 그는 다른 사람에게 부축받으며 조심스럽게 수로교를 내려와 잰걸음으로 마을로 돌아왔다. 그는 돌아오자마자 고기 한 근을 끓이고 술을 받아 생명을 구해 준 뤄씨 영감을 후하게 대접했다.

이후 번이는 마차오 사람 누구에게나 욕을 퍼부었지만 오직 뤄씨 영감에게만은 예외였다. 번이는 좋은 술이 생기면 항상 뤄씨 영감의 초가를 찾아갔다. 번이가 톄샹과 하루가 멀다 하고 부부 싸움을 할 때 툭하면 뤄씨 영감 집에 가서 엉겨 붙어 살았던 것도 바로 이런 연유였다고 한다. 그들은 술 먹고 이야기를 나누는 일 말고도 다른 사람들이 잘 이해할 수 없는 일도 함께 했다. 예를 들어 함께 목욕을 한다든지, 모기장에 들어가 침대가 삐걱거릴 정도로 함께 지낸다든지 하는 일이었다. 대체 무슨 짓들을 하는지 알 수 없었다. 같이 사는 형제라 해도 이불을 함께 덮고 자는 일은 없는데 말이다. 누군가가 뤄씨 영감 집 뒤뜰에서 죽순을 훔치다가 창호지 틈으로 방 안을 엿보고 놀란 적이 있었다.

'왜 저렇게 붙어 있지?'

남자들끼리 비정상적인 일을 벌이고 있었다.

그러나 마차오 사람들은 이런 일에 별로 관심이 없었다. 장자팡에도 이렇게 지내는 사람이 있었고, 이웃 마을에도 홍화 영감과 홍화 삼촌이 이런 일을 벌였다는 이야기가 있었다. 그러나 사람들은 별로 이상하다고 생각지 않았다. 하루 종일 일에 시달리느라 분주한 데다 잔뜩 화가 난 벤이에게 감히 그 일을 물어볼 사람도 없었으며, 딱히 물증도 없었다.

어르신(你老人家)과 기타

마차오에서 이 말은 무슨 실질적 의미가 있지 않다. 겸양어로서 노인뿐 아니라 젊은이는 물론 심지어 아이들에게도 쓰는 말이다. 이런 말은 많이 사용하면 오히려 겸손의 의미가 퇴색하기 마련이다. 그저 말 사이에 곁들이는 기침이나 하품 정도가 되어 말들 틈에서 모습을 감추어 버린다. 이런 말이 귀에 익은 사람은 굳이 마음에 담아 둘 필요가 없으므로 말의 존재조차 느끼지 못하기도 한다. 예를 들어 공급합작사에 가서 돼지를 잡았느냐고 물어보면 그곳 사람들은 이렇게 대답한다.

"잡았습죠, 어르신!"

그리고 그 사람이 "고기 사셨나요?" 하고 물어보면 상대방 역시 "고기 샀는데요, 어르신!" 하고 답한다. 이럴 때 상대방은

'어르신'이라는 말을 굳이 귀담아듣지 않으니 언제라도 빼고 말할 수 있다. 괜히 이런 표현에 신경을 쓸 경우 오히려 귀에 거슬릴 수도 있다. 한번은 뤄씨 영감이 길에서 모를 지고 가던 여성 지식청년을 보자 배시시 웃으며 인사했다.

"모내기하러 가나, 어르신?"

마을에 온 지 얼마 안 되는 데다 그리 예쁜 편이 아니었던 그녀는 발끈 화를 내며 홱 고개를 돌리고 걸어갔다. 나중에 그녀가 다른 사람에게 말했다.

"그 노인네 말이 너무 심하지 않아? 내 피부가 조금 까맣긴 해도 아무렴 노인네 같을까. 설마 내가 그 사람보다 늙어 보여?"

외지인에게 그리 익숙하지 않은 허사(虛辭) 때문에 생긴 오해이며, 지식청년들이 나이 든 사람을 귀하게 여기고 젊은 사람을 천하게 여기는 마차오의 전통을 이해하지 못해 발생한 일화이기도 하다. 사실 상대를 나이 많은 사람처럼 대하는 것은 공손한 아첨이나 다름없는데 말이다.

자세히 살펴보면 언어의 분포나 발전이 결코 고르지 않다는 사실을 발견할 수 있다. 세상에는 일은 있지만 말이 없거나, 말은 있는데 이에 관련된 일이 없는 등 무질서하고 불균형이 심한 상황이 존재하기 마련이다. 이는 마치 세상에 가문 곳은 한없이 가물고 물이 넘치는 곳에서는 홍수가 나 물에 빠져 죽는 이가 생기는 것이나 마찬가지이다. 물에 잠겨도 너무 심하게 잠기는 바람에 멀쩡한 '말'이 통통 불어 잔뜩 비대해진다. 설사 물이 빠진 뒤라도 홍수로 인한 질병이 만연하는 것처럼 비대해진 말은 여전히 남는다.

외국인이 일본에 가면 '세사(世辭)'라는 쓸모없는 말에 항상 주의를 기울이지 않으면 안 된다. 가령 일본인이 당신 상품에 칭찬을 늘어놓고 당신 계획에 찬사를 보내면서도 합작 건에 대해서는 구체적으로 말하지 않는다고 치자. 그럴 때면 절대로 일본인의 찬사를 진실로 생각해서는 안 된다. 물론 집에서 멍청하게 상대방의 주문서를 기다릴 필요도 없다. 프랑스 파리에 간 외국인들 역시 경계할 일이 있다. 누군가가 당신을 자기 집에 초대하고 싶다고 말할 때가 있다. 그럴 때 상대방이 친절하게 당신의 어깨를 치며 악수하고 심지어 당신을 포옹하고 얼굴을 비벼 댄대도 자신의 주소를 건네거나 구체적인 시간을 약속하지 않는다면 그저 그런가 보다 생각하고 웃어넘기는 것이 좋다. 그저 형식적인 사교 예절, 누구에게나 똑같은 우정의 공수표 정도로 생각하고 마음에 담아 둘 필요가 없다. 그러니 절대로 그에게 전화를 걸어 "제가 언제 가면 되나요?"라고 물어봐서는 안 된다.

일본이나 프랑스 사람이 특히 가식적이라고 말할 수는 없다. 말만 하고 실상은 없는 수완은 중국인들도 대단히 뛰어난 편이라고 할 수 있다. 마차오의 경우 오랫동안 '혁명 군중', '전국적으로 상황이 우수하며 날이 갈수록 좋아진다', '상부의 영명한 지도와 깊은 관심 아래', '우리의 마음을 있는 그대로 말했다', '대대적으로 사상 수준을 향상했다', '전승을 거두지 않는 한 전쟁을 그만두지 않겠다' 등의 말도 진지하게 생각한 사람은 거의 없었다.

촌장인 뤄씨 영감이 세상을 떠났다. 그는 늙은 빈농 출신인

데다 토지개혁에 참가한 늙은이이며, 약간 애매하기는 하지만 홍군 경력이 있는 노익장이기 때문에 그럴듯한 장례를 지낼 수 있었다. 추도회에서 번이는 당 지부를 대표해서 침통하게 연설문을 읽기 시작했다.

"황금 원숭이(손오공)가 1000근 여의봉을 휘두르니 옥우(玉宇)[6] 만 리 티끌조차 깨끗이 사라지고 사해가 용솟음치고 구름과 물결이 분노한 듯 휘몰아치니 오대주(五大洲)가 진동하며 바람과 우레가 격동했도다. 전 현민(縣民)이 마오쩌둥 철학 사상을 학습하는 열기 속에서 전국의 혁명 생산이 뛰어난 형세를 보이고, 상급 당 조직의 영명한 지도와 깊은 관심 속에서 우리 생산대가 전면적으로 공사 당 대회의 전략 부서를 구체화하자는 열기에 사로잡혔을 때 우리 뤄위싱(羅玉興) 동지가 미친개에게 물려서……."

현의 민정국에서 온 청년 간부가 눈살을 찌푸리며 번이를 건드렸다.

"무슨 말입니까? 대체 이게 상급의 영명한 지도와 무슨 관계입니까?"

번이가 눈을 깜빡거리며 이상하다는 듯이 말했다.

"내가 지도자 얘기를 했습니까? 방금 미친개 이야기를 했는데."

"그 앞에 말이에요, 앞에 뭐라고 했습니까?"

"별말 안 했는데요? 그냥 듣기 좋은 말을 좀 했는데. 왜, 하

---

6) 옥황상제가 사는 궁전.

면 안 됩니까?"

  민정국 간부가 끼어드는 바람에 추도회는 시작부터 엉망이
되고 말았다. 당사자인 번이는 크게 화가 났고, 그 자리에 참
석한 사람들도 흥이 깨졌다. 내가 볼 때 민정국 사람은 사람의
귀라고 해서 모두 같지 않다는 사실을 모르는 듯했다. 번이가
'미친개' 운운하기 전에 장황하게 늘어놓은 말은 지금까지 수
리 건설이나 지주 타도, 학교 개설은 물론이고 거름을 치거나
나무를 베러 가면서 훈화할 때도 항시 거론되던 말이었다. 이
런 말들을 정말 많이 접했기 때문에 듣는 사람도 듣는 둥 마
는 둥 했다. 이런 이야기에 귀를 기울이는 이는 오직 외지 사
람들뿐이었다. 게다가 아직 젊은 민정국 사람은 말이 실제보
다 과장되기 마련이고, 현실에서는 말과 실제가 다른 일이 허
다하다는 사실을 잘 몰랐음이 분명하다.

  은밀하게 끼어들어 있는 언어의 군더더기나 잔해에는 수많
은 겸사나 치사가 있다. 결코 한꺼번에 정리되거나 매장될 수
없다. 오히려 특정 상황에서 그것들은 갑자기 대거 몸집이 불
어나 인류의 미덕을 드러내는 '의미가 증폭된 언어'가 되거나
인류의 가혹함을 숨기는 '언어 성형'이 되기도 한다. 처세에 능
한 사람들은 항상 이에 충분히 준비한다.

  처세는 쓸모없는 말을 운용하는 능력이라 할 수 있다. 혹은
세상에 존재하는 수많은 도덕적 허사와 정치적 허사가 만들
어 낸 일종의 인체 기능이라고 할 수도 있다.

  어떤 외국 작가는 저속한 말이야말로 가장 힘 있는 언어이
자 가장 중요한 언어의 보고(寶庫)라고 말했다. 물론 조금 지

나친 발언이기는 하다. 그러나 내가 어떤 특정한 각도에서 그 작가의 말에 동감한다면 그건 단 한 가지 이유 때문이다. 즉 그가 가장 우아한 나라에서 태어났기 때문일 것이다. 그가 그런 이야기를 한 까닭은 아마도 처세에 능한 이들과 끝없이 우아하고 우호적인 교제를 나누며 수많은 겸사와 치사 속에서 지내다가 끝내 화가 치밀고 욕설을 참지 못하는 지경에 이르렀기 때문일 것이다. 그는 분명 겹겹으로 가려진 언어의 가면 속에서 숨이 막히기 일보 직전이었을 것이다. 그리하여 마침내 더 이상 참지 못하고 더러운 말을 마구 퍼붓기 시작했는지도 모른다. 이는 바지를 벗겨 항문을 드러내는 것처럼 언어의 탈을 벗겨 언어의 항문을 드러내는 것과 마찬가지이다. 항문은 코나 귀, 손과 마찬가지로 예쁘든 예쁘지 않든 상관없는 기관이며 처음부터 생긴 모습이 중요한 신체 부위가 아니다. 허식으로 가득 찬 세상에서 항문이야말로 진실로 향하는 최후의 출구로 생명의 활력을 모아 놓은 해방구라 할 수 있다.

그래서 우리는 거창한 추도회가 끝난 후 번이가 어두운 밤하늘을 향해 실컷 욕을 해 댄 심정을 이해할 수 있었다.

"에라, 니 에미 씹이다아(屄)!"

그가 돌부리에 걸려 넘어졌다. 마치 돌에 대고 욕을 퍼붓는 것 같았다. 여하튼 실컷 욕을 한 뒤에 온몸의 체증이 시원하게 풀린 것은 분명해 보였다.

밥을 먹다(茹飯):[7] 봄날의 용법

봄이 왔다. 봄을 모르는 이야 없겠지만 그렇다고 봄이 언어가 변화하는 계절이라고 느끼는 사람도 없다. 뤄씨 영감의 먼 조카뻘 되는 이가 목탄을 구하러 집에 찾아왔다. 조카가 도착하기 무섭게 뤄씨 영감이 "밥 먹었니?(茹飯了)" 하고 물어보았다.

이곳에서는 밥을 먹는다고 말할 때 '여반(茹飯)'이라고 한다. 옛날 원시인들이 짐승의 털도 뽑지 않고 피도 씻지 않은 채로 먹었다고 하여 비참한 생활을 하는 것을 '여모음혈(茹毛飮血)'이라고 하는데, 여기에도 '여(茹)' 자가 쓰인다. 사람을 만나면 먼저 상대방에게 밥을 먹었느냐고 물어보는 것이 마차오

---

7) 여(茹, 루rú)는 최초로 전문(篆文)에 보인다. 이 글자는 처음에 『설문해자』에 기록되었으며, 『시경』에서도 찾아볼 수 있다. 원래 뜻은 '소나 말을 먹이다'이다. 이 밖에 동사로 '삼키다', '탐하다', '받다'의 의미가 있다.

사람들의 습관이다. 물론 그냥 별 뜻 없이 지껄이는 것일 뿐 진짜로 밥을 먹었는지 확인하려는 것은 아니다.

보통 대답은 항상 "먹었어요."이기 마련인데, 이 역시 실제로 밥을 먹었는지와 관련 없다. 특히 아지랑이 피는 봄날, 보릿고개도 제대로 넘지 못해 집마다 죽도 제대로 먹지 못할 때면 어찌나 배가 고픈지 제대로 서 있지도 못할 만큼 무릎이 시렸다.

그런데 뜻밖에 조금 우둔한 편인 영감의 조카는 곧이곧대로 "안 먹었는데요."라고 대답했다. 깜짝 놀란 영감은 당황한 기색이 역력했다. 그가 다시 물었다.

"정말 안 먹었어?"

조카가 대답했다.

"정말 안 먹었어요."

그가 눈을 끔뻑거리며 다시 말했다.

"자식도 참, 먹었으면 먹은 거고 안 먹었으면 안 먹은 거지. 먹었어, 안 먹었어?"

그의 말에 조카의 얼굴이 울상이 되었다.

"정말 안 먹었다니까요."

이쯤 되자 뭐씨 영감은 살짝 화가 났다.

"나도 네가 이제껏 거짓말만 해 왔다는 걸 알아. 먹고도 안 먹었다고 하고, 안 먹고도 먹었다고 하고 말이야. 뭐 하는 짓이냐? 정말 안 먹었으면 내가 가서 밥을 해 줄 텐데. 땔감도 있겠다, 쌀도 있겠다, 불만 피우면 될 것 아냐? 아니면 다른 집에서 한 그릇 빌릴 수도 있고. 뭐 그렇게 겸손을 떨고 그래."

뤄씨 영감의 말에 조카는 머리가 돌 것 같았다. 대체 자기가 무슨 겸손을 떨었다는 것인지 부끄러움에 땀이 다 날 지경이었다.

"저…… 저 정말……."

뤄씨 영감이 더 험악한 얼굴로 말했다.

"너도 참. 결혼할 나이가 다 된 사람이 왜 그렇게 말도 잘 못해? 말하기가 뭐 어려운 게 있다고. 자기 집이나 마찬가지니까 편하게 해. 모르는 사람도 아닌데 먹었으면 먹었다고 하고, 안 먹었으면 안 먹었다고 해야지."

더 이상 당해 낼 재간이 없던 청년은 하는 수 없이 마지못해 더듬더듬 말했다.

"저…… 먹었(茹)……."

뤄씨 영감이 흥분해서 손으로 자기 다리를 내리치며 말했다.

"거봐, 내가 다 알아! 한눈에 알아봤다고. 그렇지? 거짓말은 왜 하고 그래? 벌써 환갑이 다 되어 가는 삼촌한테 거짓말이나 하고. 그럼 안 되지. 어서 앉아."

그는 문지방 쪽 작은 의자를 가리켰다.

조카는 고개를 숙인 채 자리에 앉지도 못하고 찬물 한 사발만 후딱 들이켠 후 목탄을 메고 떠났다.

뤄씨 영감이 좀 더 쉬었다 가라고 하자, 조카는 기어 들어가는 목소리로 더 있으면 늦을 것 같다고 말했다.

뤄씨 영감이 짚신이 낡았으니 새것을 신고 가라고 하자, 조카는 새 짚신은 물집이 생긴다면서 그냥 떠났다.

얼마 후 조카가 뤄장강을 건널 때 잠시 강에서 목욕하다가 실수로 익사하고 말았다. 뤄씨 영감은 자손이 없었기 때문에 먼 친척형제가 그의 장례를 치러 주게 되어 있었다. 그들 부부는 영감이 상심할까 걱정되기도 하고 그의 책망이 두렵기도 해 아이의 죽음을 차마 이야기하지 못하고 그냥 일자리를 구하러 도시에 나갔다고 거짓말했다. 급하게 가느라 인사도 제대로 못 했다는 식으로 얼버무렸다. 이후로 영감은 한동안 걸핏하면 배시시 웃으며 조카 이야기를 꺼냈다. 누군가가 그에게 원목을 빌리러 오면, 그 원목은 조카가 장가갈 때 침대를 만들려고 남겨 둘 것이라고 말했다. 이제 조카가 나라의 녹을 먹고 도시에서 살아야 하니 당연히 시내에 사는 목수를 불러 신식 침대를 만들 것이라는 말도 덧붙였다. 누군가가 그에게 꿩 한 마리를 팔면 또 씩 웃으며 좋은 꿩인데 훈제해 뒀다가 조카가 오면 먹겠다고도 했다.

시간이 지나면서 마차오에 뤄씨 영감의 조카가 죽었다는 소문이 퍼지기 시작했다. 마을 사람들은 그 사실을 모두 알았기 때문에 영감이 그 일을 정말 모르는지 의심이 들었다. 그들은 영감이 조카 이야기를 꺼낼 때면 자신도 모르게 다시 한번 그를 쳐다보았다. 영감 역시 사람들의 눈길에서 무언가를 느꼈는지 아주 잠깐 멈칫했다. 마치 무언가를 하려다가 잊어버린 사람처럼 당황했다.

사람들은 그가 다른 이야기를 하길 바랐지만 그럴수록 그는 더욱 조카 이야기만 늘어놓았다. 마치 그의 조카 이야기를 피하려는 사람들 때문에 도저히 참을 수 없는 것처럼 보였다. 그는 다른 집 아이를 볼 때도 먼저 이렇게 입을 열었다.

"아이들이 언제 자라나 걱정할 필요 없어. 내 조카 말이야, 닭똥 가지고 놀던 놈이 어느새 커서 나라의 노동자가 되었잖아!"

"그래요, 그래……."

주위 사람들이 얼버무렸다.

뤄씨 영감은 이쯤 해서 그만두지 않고 더욱 신이 나서 조카 이야기에 열을 올렸다.

"자식, 편지도 안 보내고 말이야. 자식을 키워 놓으면 무슨 소용이 있어? 정말 그렇게 바쁜가? 나도 도시에 가 봤는데, 바쁘긴 뭐가 바빠? 하루 종일 그냥 놀기만 하던데."

사람들은 차마 뭐라 말도 못 하고 그저 몰래 눈짓만 나눌 뿐이었다.

그가 얼굴을 한 번 훔친 후 말했다.

"좋은 게 좋은 거지. 나도 굳이 그 애더러 다녀가라고 말한 적이 없어. 뭘 봐? 나라고 혼자 고기도 못 먹는 줄 아나 보지? 아니야. 나도 솜이 생기면 옷을 해 입기도 해! 정말이야."

그는 한참 조카를 자랑하며 한껏 위신을 세웠다. 그러고는 다시 큰아버지로서 자신의 행복과 우려를 한껏 누린 뒤에야 비로소 뒷짐을 지고 자신의 초가로 발걸음을 돌렸다. 분명히 많은 이들의 수상쩍은 눈길이 거북스러웠나 보다. 눈 깜짝할 사이에 그의 등이 구부정해졌다.

모범(模範): 맑은 날의 용법

공사에서 각 생산대에 철학 학습 '모범(模範)'을 한 명씩 추천해서 공사 회의에 참석시키라는 명령이 내려왔다. 번이가 집에 없었기 때문에 뤄씨 영감이 이를 주관했다. 아침을 먹은 그는 천천히 타작마당으로 나와 여유 있게 한 바퀴 빙 둘러보았다. 달팽이 한 마리가 기어가고 있었다. 혹시라도 달팽이가 사람들 발에 밟힐까 걱정된 그는 달팽이를 집어 풀숲에 옮겨 놓은 후 모인 사람들에게 작업량을 할당하기 시작했다. 그가 잘 떠지지도 않는 눈을 끔뻑거리며 고개를 숙이고 담배를 말면서 즈황, 우청, 자오칭에게는 소를 부리도록 하고 푸차에게는 쇠똥을 치우게 했으며 옌짜오에게는 농약을 치도록 했다. 이어 여자들과 하방 청년들에게 유채를 뽑도록 지시한 다음 마지막으로 완위를 모범으로 선발했다.

나는 웃음을 참을 수 없었다.

"모범……. 그거 선발 평가 같은 거 안 해도 돼요?"

뤄씨 영감이 이상하다는 듯 말했다.

"완위를 회의에 안 보내면 뭘 시키란 말이야? 여자 같은 허리를 가지고 소를 부리라고 하겠어, 아니면 쇠똥을 치우라고 하겠어? 어제 손가락을 다쳐서 퉁퉁 부었으니 유채를 따라고 할 수도 없잖아. 아무리 생각해도 사람이 없어. 적합한 사람이 완위밖에 없어."

자리에 있던 사람들 역시 완위가 모범에 적합한 인물이라고 생각했다. 그렇다고 푸차에게 가라고 할 수는 없잖아? 비가 오는 날이라면 푸차가 가도 될 텐데. 수준이 있으니까. 그러나 문제는 오늘 날씨가 맑다는 데 있었다. 날이 맑으니 일을 해야 할 것 아닌가. 푸차가 가 버리면 쇠똥은 누가 치운단 말인가? 퇀위추(團魚丘)의 똥도 안 치운 마당에. 똥을 치워야 내일 쟁기질을 할 텐데, 도대체 어쩌란 말인가?

사람들은 오히려 나를 이해하기 힘들다는 눈초리였다. 그제야 나는 모범의 의미가 맑은 날과 비 오는 날에 다르다는 것을 깨달았다. 결국 나도 완위를 추천할 수밖에 없었다.

현묘한 이야기를 하다(打玄講)

완위가 죽은 후 철학 모범은 뤄씨 영감 차지가 되었다. 생산 대에서는 나에게 뤄씨 영감이 체험 원고 쓰는 것을 도와주라고 명령했다. 이 외에 원고를 다 쓴 다음 그가 공사나 현에서 열리는 대회에 철학공(哲學工)으로 참가해 원고를 발표하도록 문장 암기도 책임져야 했다. 간부들은 전에 완위가 공사에 갔을 때는 철학 연설을 제대로 하지 못했지만 뤄씨 영감은 나이가 많으니 말발이 설 것이라고 했다. 게다가 수로교에서 용감하게 사람을 구한 적도 있어 상부에서도 만족할 것이라고 말했다.

푸차가 몰래 나에게 뤄씨 영감에 대해 귀띔해 줬다. 뤄씨 영감은 누구나 알아주는 혁명 노익장이지만 머리가 나쁜 데다 글자를 몰라 입만 열었다 하면 헛소리를 하니 난데없이 딴소리를 하기 전에 미리미리 준비해 두라고 했다. 무엇보다도 나는 그가 원고를 다 외우도록 만들어야 했다.

나중에야 나는 뤄씨 영감이 철학 보고를 할 때 헛소리하지 않도록 하는 일이 얼마나 힘든지 깨달았다. 그는 이야기를 시작하기 무섭게 가까스로 암기한 내용을 깡그리 잊어버렸다. 무, 배추, 의자, 걸상 등 원고에 쓰인 말들은 어느새 오간 데 없이 사라졌다. 제발 본론으로 돌아오기를 간절히 원했지만 그는 점점 흥에 겨워 더 멀리 주제를 벗어나기 일쑤였다. 그는 평생 독신으로 살면서 한 번도 여자를 가까이한 적이 없었다. 그런데 하필이면 이럴 때 끊임없이 저속한 헐후어(歇後語)[8]를 늘어놓았다. 예를 들면 다음과 같다. 계집애가 기침을 하면 무담(無談)[9]하고, 어린 계집애가 거시기를 보면 무심(無心)[10]하며, 어린 계집애에게 애새끼를 낳게 하는 것은 패만(覇蠻)[11]이다 등등. 도대체 이렇게 많은 '어린 계집애' 이야기는 어디서 들었는지 모르지만, 철학과 전혀 상관없는 이야기임은 틀림없었다.

내 눈빛을 보고 무언가 문제가 생겼다는 것을 느꼈는지 그가 눈을 깜빡거리며 말했다.

---

8) 해학적이고 형상적인 어구로 된 일종의 숙어. 일반적으로 앞뒤 두 부분으로 나뉘는데, 앞부분은 수수께끼 문제처럼 비유하고 뒷부분은 답안처럼 그 비유를 설명한다. 종종 동음이의어의 재치 있는 요소가 재미를 더한다.
9) 원래 말이 없다는 뜻이나 담(談)과 담(痰)의 음이 같아 가래도 안 나온다는 뜻도 된다.
10) '수치를 모르다'라는 뜻이다.
11) 횡포한 일.

"빌어먹을, 또 틀렸나?"

연습하면 할수록 그는 더 긴장했다. 나중에는 아예 입을 열자마자 틀렸다.

"지도자, 동지 여러분, 저 뤄위싱은 금년 쉰여섯 살……."

이 부분은 조금 설명하고 넘어갈 필요가 있다. 사실 그가 나이를 틀리게 말한 것은 아니었다. 다만 당 지부에서 그의 혁명적 품격을 높이려고 나이를 예순다섯 살까지 올리라고 명령을 내렸기 때문이다. 쉰여섯 살 노인보다는 예순다섯 살 노인이 비를 맞으며 추수하는 모습에서 더 깊은 철학적 의미를 느낄 수 있다는 취지에서였다.

나는 연거푸 '예순다섯 살'을 강조하며 그에게 숫자를 예순부터 시작하는 것을 명심하게 했다.

"요 주둥이 하고! 에이, 사람이 늙으면 정말 쓸모가 없지?"

터져 나오려는 웃음을 애써 참는 나와는 상관없이 그가 애절한 모습으로 하늘을 바라본 다음 마음을 가다듬고 처음부터 다시 시작했다.

"지도자, 동지 여러분, 저 뤄위싱은 금년 쉰……."

"또 틀렸잖아요!"

"저 뤄위싱은 금년…… 쉰……."

거의 절망적이었다.

그가 화를 냈다.

"내가 쉰여섯 살이 아니면 몇 살이란 말이야? 철학이면 철학이지, 왜 남의 나이는 바꾸고 그래? 나이가 철학 하는 데 방해라도 된단 말이야?"

"아저씨 경험을 더욱 감동적으로 만들려고 그러는 거잖아요."

나는 이미 설명한 이야기를 다시 한번 자세하게 되풀이한 다음 룽자탄의 한 노인이 나이 일흔에 돼지를 키운 철학이 방송을 탄 적이 있다고 강조했다. 일흔에 비하면 쉰여섯은 너무 어리기 때문에 그를 능가하는 감동을 줄 수 없다는 뜻이었다.

"내가 벌써 이놈의 철학인가 뭔가가 정직한 일이 아니란 걸 알아봤어. 그저 실없이 말만 많고 이야기를 함부로 지어낸단 말이야. 공산당이란 것들이 처녀 사타구니에 무를 꽂아 놓고 그걸 사내라 우기는 꼴이야!"

그의 반동적인 표현에 나는 놀라 기절할 것 같았다.

바로 그때 공사 간부 한 사람이 시찰을 나왔다. 뤄씨 영감이 그를 맞이하며 우리가 하는 일 이야기를 꺼냈다. 눈을 깜빡거리는 모습이 마치 아직도 잠에서 덜 깬 듯했다.

"철학이요, 암 그거 배워야죠! 그걸 안 배우면 되겠습니까? 어제 한밤중까지 공부했어요. 이 공부란 게 할수록 힘이 나더군요. 괴뢰 정부 시절엔 배우고 싶어도 학당 문조차 들어갈 수 없었지 않습니까? 이제 공산당에서 이렇게 배움의 길을 터 주니 이거야말로 빈농들에게 관심을 쏟는 게 아니겠습니까? 이 철학이라는 게 그야말로 광명의 학문, 이치의 학문, 힘의 학문 아니겠습니까? 정말 때맞춰 배우길 잘하는 것 같습니다."

그의 말을 들은 간부는 만면에 웃음을 머금으며 역시 나이 든 빈농은 사상 경계가 확실하다고 했다. 얼마나 훌륭하고 심오한 결론인가? 광명의 학문, 이치의 학문, 힘의 학문이라니!

나는 마음속으로 감탄을 금치 못했다. 그는 정말 임기응변의 달인답게 입에서 내뱉는 대로 문장이 되었다. 비록 눈은 항시 게슴츠레했지만 말만 시작했다 하면 조목조목 듣는 사람의 가려운 곳을 잘 긁어 주었다. 나는 나중에야 이런 그의 진면목을 제대로 파악했다. 그는 마을 사람들과 이제껏 얼굴을 붉힌 일이 없었다. 마치 말하는 입이 두 개라도 되는 것처럼 사람에 맞춰 상대방이 듣기 좋아하는 말들을 조리 있게 늘어놓았다. 돼지 키우는 사람을 만나면 그는 돼지 키우는 일이 얼마나 좋은지 늘어놓았다.

"직접 돼지를 키우다니 말이야. 먹고 싶은 부위를 아무 때나 먹을 수 있으니 얼마나 좋나? 애써 도살장까지 갈 필요도 없고 말이야."

그러다 돼지를 키우지 않는 사람을 만나면 그는 돼지 같은 것은 키우지 않는 편이 좋다고 금방 말을 바꾸었다.

"고기가 먹고 싶으면 돈 들고 도살장에 가서 잘라 오면 될 것 아닌가. 돼지 키우느라고 왜 그 수고를 하겠나, 정말 미친 짓이지! 자기는 배불리 못 먹어도 돼지한테는 매일 세 끼 꿀꿀이죽을 끓여 바쳐야 하니, 이거야말로 짜증 나는 일 아니겠어!"

뤼씨 영감은 사내애를 낳은 여자를 만나면 "그래도 일을 하려면 사내 녀석을 낳아야지. 멜대도 메고 소도 부리고 말이야. 자네 복일세."라고 말했다. 그러나 여자아이를 낳은 사람에게는 금세 여자아이가 좋다고 말을 바꾸었다.

"며느리가 들어오는 순간 아들은 잃어버리는 거야. 그런데 여자아이를 혼인시키면 신랑이 생기지 않나. 생각해 보게. 그 빌어먹을 젊은 놈들이 어디 효도하는 것 봤나? 잘했어. 그래도 딸애가 부모를 생각하지. 앞으로 찹쌀 경단도 먹을 수 있고 신발이랑 양말도 걱정할 필요 없으니 얼마나 좋아! 축하하네."

그의 말을 곰곰이 생각해 보면, 모두 진심에서 우러나오는 사실을 늘어놓은 것일 뿐 거짓말이라고 할 수 없었다. 그의 말투에서는 항시 힘이 느껴졌고, 얼굴 또한 항시 진지했다. 마차오 사람들은 뤼씨 영감이 '현묘한 이야기(打玄講)'를 제일 잘한다고 했다. 여기서 '현(玄)'은 현학이자 음양의 도를 뜻한다. 옳기도 하고 그르기도 하며, 이것이기도 하고 저것이기도 하니 어느 한 극단에 치우치지 않는 원만하고 융통성 있는 모습을 의미한다. 그래서 언제나 분명하게 이야기하면서도 영원히 분명하게 이야기할 수 없다.

자손이 없는 그는 핑장현에 수양아들이 하나 있었다. 그 지방 관습에 따르면 아이를 낳은 후 그 집에 처음 들어오는 손님이 바로 그 아이의 '하늘이 점지한 수양아버지'나 '하늘이 점지한 수양어머니'가 되었다. 여러 해 전, 뤼씨 영감이 핑장현에 고약을 팔러 간 일이 있었다. 당시 길가에 있는 어떤 집에 물을 얻어 마시러 들어갔는데, 마침 그 집에 사내아이가 태어나는 바람에 얼떨결에 그 아이의 수양아버지가 되었다. 그 후 핑장현에 갈 일이 있을 때마다 뤼씨 영감은 아이를 생각해서 고구마 과자를 한 봉지씩 사다 주었다. 그런데 뜻밖에도 그 아이가 홍군에 들어가 장군이 되었다. 도시로 나간 장군이 뤼씨 영감을 난징으로 초청했다. 난징 부두에 도착하자 장군 부부가 그를 고래 등 같은 차에 오르게 했다. 차가 출발하자 그는 마치 온 천지가 흔들리는 것 같은 느낌이 들었고, 결국 소리를 지르고 난리를 치며 차에서 내리겠다고 고집을 피웠다. 장군은 할 수 없이 그와 함께 걸어서 집에 가고 차는 천천히 그 뒤를 따라왔다.

그는 장작불이나 오줌통이 없는 장군 집이 영 불편하기만 했다. 집 뒤에 공터가 있었는데, 그곳에 채소를 키우면 좋겠다는 생각이 든 뤄씨 영감은 흙을 고르고 땅을 평평하게 다졌지만 아무리 해도 오줌통을 찾을 수 없었다. 그래서 물통이랑 도자기 항아리를 가져다 분뇨통을 만들었다. 이 분뇨통을 발견한 장군 부인과 두 아이가 코를 움켜쥐고 비명을 지르며 더럽고 야만적이라고 소리를 질렀다. 화가 난 뤄씨 영감은 꼬박 하루 동안 아무것도 먹지 않았다. 그는 장군에게 마차오에 돌아가고 싶으니 배표를 사 달라고 고집을 피웠다.

그는 이야기하면서 자신이 정말 복도 지지리 없는 늙은이라고 말하곤 했다.

"게으른 녀석들!"

두 손녀 이야기가 나오면 그는 고개를 절레절레 내저었다.

"게을러터졌어. 살은 통통하게 찐 것들이 돼지도 키울 줄 모르고 베도 짤 줄 모른단 말이야. 도대체 앞으로 누구에게 시집을 갈지!"

듣자 하니 명절 때마다 장군이 그에게 돈을 부쳐 준다고 했다. 나는 부러운 눈초리로 그에게 돈 이야기를 물어보았다.

"내가 무슨 돈을 그리 많이 가지고 있겠나? 쪼끔, 아주 쪼끔 있어."

그가 주머니의 살담배를 만지며 눈을 끔뻑거린 다음 얼버무렸다.

"음, 그러니까, 그게 한 3, 4위안 정도 되지."

"그것밖에 없어요?"

"이 나이에 내가 왜 거짓말을 하겠나? 처녀 귓밥만큼, 딱 그만큼 있어."

"내가 뭐 토지개혁이라도 하라고 할까 봐 그래요?"

"뒤져 봐, 뒤져 보면 알 거 아닌가?"

나는 그의 이런 이야기가 정말 흥미로웠다. 빈농들의 소박하고 검소한 계급적 특질(도시에서 한가하게 복을 누리고 싶어 하지 않는 모습)을 엿볼 수도 있고 그의 영광의 역사(홍군과 관계가 밀접한 부분)도 포함되기 때문이었다. 그래서 나는 그 부분을 그의 연설 내용에 첨가했다. 그러나 이야기에 깊이를 더하자 엉뚱한 곳으로 빠지는 고질병이 재발하는 바람에 나는 눈앞이 아득했다. 예를 들어 홍군을 찬양하는 대목에서는 계속 홍군을 찬양하기만 하면 되는데, 어느새 그는 말을 바꿔 홍군이 얼마나 지독한지를 이야기했다. 소대장 한 사람이 고향 사람과 의형제를 맺었는데 새로 온 연대장이 그를 반혁명분자로 처형했어. 나이가 겨우 열여섯 살인 연대장이 말이야. 키가 작아서 위로 껑충 뛰어오르며 소대장 목을 잘랐어. 그 순간 피가 하늘 높이 솟구치는데 그 연대장이 목까지 다가가 그 뜨거운 피를 마시더라고. 어때, 끔찍하지 않나? 그는 계급의 적에 대해 이야기하면서 반동적인 눈물까지 동원하고 말았다.

"마바쯔가 왜 나쁜 사람이야? 정직하게 논을 갈고 살아가던 강한 사람이었는데. 불쌍하기도 하지, 겨우 투항했는데……. 자기들이 투항하라고 해 놓고, 그래 놓고 거짓으로 투항했다고 결국 아편을 삼키게 만들다니. 불쌍하기도 하지…….”

그가 손바닥으로 코를 받쳤다. 나는 그의 행동을 제지할 수밖에 없었다.

“왜 울고 그래요? 정말 왜 그래요? 공산당이 비적을 청산하고 악덕 지주를 처벌한 것은 혁명적 행위예요. 왜 마바쯔 편을 들고 그래요?”

“나…… 울면 안 돼?”

뤄씨 영감이 어리둥절한 표정으로 물었다.

“물론 울면 안 되죠. 울면 안 됩니다. 당신은 빈농이에요. 생각해 보세요. 방금 누굴 위해 울었어요?”

“아이고, 대체 머리가 어떻게 된 거 아니야? 그러니까 연설 같은 거 안 한다는 사람에게 왜 자꾸 연설을 시켜 가지고.”

“꼭 그런 건 아니에요. 어떤 부분은 아주 잘하셨는데요.”

화장실에 간다던 그가 거의 삼십 분이 지나도록 돌아오지 않았다. 이상하다는 생각이 들었다. 잠시 후 그가 돌아오자 나는 그에게 국민당 반동파들의 악행을 떠올리라고 했다. 물도 좀 마시고 일단 마음을 가라앉힌 다음 다시 이야기를 시작하라고 했다. 그제야 그는 늙은 빈농 신분으로 되돌아와 예전에 공산당을 토벌하던 국민당이 얼마나 악랄했는지 이야기했다. 그들은 여자고 아이고 간에 사정을 봐주지 않았다. 세 살짜리 어린아이 하나는 국민당 반동에 의해 벽에 내던져져 비명 한 번 제대로 지르지 못하고 머리가 그대로 으깨져 죽고 말았다. 끓는 가마에 던져진 사람도 있었다. 살 타는 냄새가 사흘 밤낮으로 진동했다. 그는 루다마쯔(陸大麻子) 이야기도 했다. 아마도 국민당 두목 가운데 한 사람인 듯했다. 그에 따르면 국민당 반동 중에서 가장 악랄한 사람이었다. 그는 홍군의 간을 꺼내 커다란 솥에 소고기와 함께 섞은 다음 사람들에게 먹였다. 처음에 무언지도 모르고 고기를 먹은 그도 나중에 사실을 알고 얼마나 토했는지 오장육부가 다 뒤집힐 뻔했다고…….

한 달 동안 홍군 생활을 하다가 낙오된 그는 하는 수 없이 집으로 돌아왔다. 물론 그도 하마터면 루다마쯔에게 간을 빼먹힐 뻔했다. 그러나 어머니 몫으로 준비해 둔 관을 팔아 술자리를 마련해 거하게 대접하고 두 명이나 보증을 세워 다행히 목숨을 건질 수 있었다.

"루다마쯔, 어디서 그런 놈이 나와 가지고. 쥐하고 돼지 잡종 같은 놈, 멍청한 데다 악랄하기 짝이 없는 놈. 아마 일주일 동안 내리 쳐도 숨이 끊어지지 않을 거야!"

어머니 관 이야기가 나오자 그는 더 이상 참을 수 없었는지 울음을 터뜨렸다. 눈물, 콧물 온통 범벅이 되었다. 뤄씨 영감이 손바닥으로 콧구멍을 막았다.

그제야 나는 조금 안심되었다.

"마오 주석과 공산당이 오지 않았더라면 어떻게 지금의 뤄 위싱이 있을 수 있었겠나!"

"좋아요. 단상에 올라가서도 그렇게 말해야 해요. 그리고 꼭 울어야 해요."

"울라고? 그럼 당연히 울어야지."

그러나 유감스럽게도 단상에 올라간 그는 눈물을 흘리지 않았다. 그래도 연설은 그럭저럭 잘 끝난 편이었다. 긴장해서 말을 더듬거렸지만 기본적으로 외운 대로 연설했다. 역사에서 현재까지, 개인에서 사회까지, '본질과 현상' 같은 철학을 동원하기도 했다. 또한 그는 자신의 뛰어난 경험을 바탕으로 사회주의를 찬양했다. 지나치게 옆길로 새는 일도 없었다. 단상에 올라가기 전에 다시 한번 일러 줬기 때문에 예전에 국민당에서 짐꾼을 했다거나 미국 밀가루를 먹었다는 식의 어리석은 말은 하지 않았다. 기껏해야 수정주의 철학을 비판할 때 즉흥적으로 수정주의는 확실히 잘못된 것이다, 마오 주석에게 해가 되었을 뿐 아니라 지금 이렇게 회의를 열게 만들어 우리 작업 시간을 방해하지 않느냐는 식의 발언을 했을 뿐이었다. 핵심을 찌르지는 못했지만 그래도 주제와 연관 있는 발언이었다.

사흘 동안의 연습은 결코 헛수고가 아니었다.

이후 공사에서는 몇 번이나 그를 지목해 다른 공사에 가서 연설하도록 했다. 그 후 나는 임시로 현 문화관에 가서 극본을 쓰도록 파견되었기 때문에 그와 접촉할 기회가 많지 않았다. 나중에 그가 철학공 일을 나갔다가 마을로 돌아오는 길에 미친개에게 다리를 물렸는데 제대로 치료하지 않아서 몸져누운 지 반년이 넘었다는 소식을 들었다. 그리고 좀 더 시간이 흐른 뒤 그가 흩어졌다는, 즉 세상을 떠났다는(散發) 소식을 들었다.

마지막으로 뤄씨 영감을 만난 때였다. 이마에 고약을 붙인 그는 두 눈만 퀭한 것이 바짝 여위어 있었다. 그는 논 옆에서 소를 지키고 있었다. 황금색 나비가 소 잔등에 앉아 있었다.

안부를 묻자 그가 눈을 크게 뜨고 나에게 말했다.

"이상하지 않나? 개가 날 문 적이 없었는데. 그것도 왜 옛날(現) 상처 자리를 물었는지."

무슨 소리인지 잘 이해되지 않았다.

그가 다리를 걷어 올려 흉터를 보여 주었다. 전에 낫에 베여 생긴 것이라고 했다. 그런데 이상하게 넘어질 때마다 항상 그곳만 다치더니 결국 개도 그곳을 물었다고 했다. 자꾸 그곳만 다치는 것이 아무리 생각해도 이상하다고 했다.

"거의 다 나았죠?"

"어떻게 낫겠어?"

"주사 맞았죠?"

"세상 의사들은 병만 고치지 운명은 고치지 못해."

"마음을 굳게 먹으세요. 그럼 좋아질 거예요."

"뭐가 좋아지는데? 또 나가서 힘쓰는 것밖에 더 있겠어? 벼 베고 땅 파고, 좋을 게 뭐 있나? 이렇게 앉아서 소나 보는 것만 못하지."

"그래도 좋아지고 싶지 않으세요?"

"하긴 상처가 안 좋아지면 또 뭐가 좋겠나? 걸을 때마다 아파 죽겠어. 변소에 가도 쪼그리고 앉지도 못해."

그는 무슨 말을 해도 청산유수였다.

그의 손에 분홍색 작은 라디오가 들려 있었다. 아마도 수양아들인 장군이 최근에 보내 준 것 같았다. 시골 사람들에게는 신기한 물건이었다.

"이거 정말 좋아."

그가 라디오를 가리켰다.

"하루 종일 얘기해. 하루 종일 쉬지 않고 노래도 부르고. 어디서 그런 힘이 나나 몰라."

뤄씨 영감이 라디오를 내 귀에 대 주었다. 소리가 잘 들리지 않았다. 아마도 건전지가 다 떨어져 가는 듯했다.

"베이징에 비가 오는지 안 오는지도 알 수 있다니까."

그가 웃으며 말했다.

나중에야 알았지만 그때 이미 그의 병세는 돌이키기 어려운 상태였다. 혹여 갈 때가 되어 신발도 제대로 신지 못하는 것은 아닐지 걱정하던 그는 죽을 때 신고 갈 신발을 침대 머리맡에 놔두었다. 내가 다시 그를 찾아갔을 때도 마찬가지였다. 그는 여전히 평소와 다름없이 자리에서 일어나 소를 살피고 우리에 풀도 새로 깔아 주었으며, 소를 맬 새끼줄도 두 개나 꼬아 두었다. 그리고 나와 함께 베이징의 비 이야기를 나누었다.

현(現)

현(現)은 마차오를 포함한 강남 여러 지역에서 사용된다.
『현대한어방언대사전』(장쑤교육출판사, 1993년)에 이 단어가
수록되어 있는데 예를 살펴보면 다음과 같다.

현화(現話): 중복되는 말.
현채(現菜): 남은 음식.
현반(現飯): 남은 밥. "남은 밥을 세 번 볶으면 개도 안 먹는다."

사전에 나오는 '현'의 의미는 두 가지로 요약할 수 있다.
(1) 원래 상태를 유지함. (2) 남은 물건.
내가 보기에 '원래 상태'이든 '남은 것'이든 간에 이 둘은 공
통적으로 낡은 것, 오래된 것, 원래의 것, 예전의 것이라는 의

미를 지닌다. 예를 들어 "개가 현(現) 상처를 물었다."라고 하면, 개가 예전의(낡은, 오래된, 원래) 상처를 물었다는 뜻이다.

마차오에서 사용하는 '현'은 상반되는 의미를 동시에 나타낼 때도 있다. 오래되지 않은 것, 낡지 않은 것, 원래의 것이 아닌 것, 예전의 것이 아닌 것, 즉 현대 표준 중국어에서 말하는 '현재'의 의미처럼 쓰이기도 한다. 『사원(詞源)』(상무인서관, 1989년)에는 이 단어가 불교에서 기원한다고 설명되어 있다. 불교에서는 과거, 현재, 미래를 삼세(三世)라고 한다. 『구사론(俱舍論)』에 보면 다음과 같이 적혀 있다.

"세법(世法)에 삼세가 있다. ……작용이 있을 때는 현재라고 이름하고…… 이미 생겨나 아직 없어지지 않은 것을 현재라고 한다."

나는 프랑스 한학자 A. 줄리앙과 중국인의 시간관념에 대해 이야기하면서 '현(現)'과 '전(前)'에 대해 언급한 적이 있다. '전'은 과거(이전(以前), 종전(從前), 전야(前夜))를 표시하는 동시에 미래(전도(前途))를 나타내기도 한다. 나는 중국인이야말로 시간관념이 가장 뛰어난 민족이라고 생각한다. 세상에 이처럼 방대하고 거대한 역사의식을 지닌 민족이 또 있을까? 역사를 기록할 때 매년, 매달, 심지어 매일의 사실을 기록하지 않았던가. 그러나 다른 한편으로 생각하면 중국인은 세상에서 가장 시간관념이 없는 사람들이라는 생각도 든다. 중국어에는 시제도 없고 과거, 현재, 미래를 나타내는 표현도 없다. 그렇지만 '현'처럼 과거를 의미하면서 현재나 미래도 나타내는 말이 있다. 아마도 윤회를 믿는 중국 사람들은 조상이 때로 자기 자손이 될 수도 있고, 자손이 자기 조상이 될 수도 있다고 믿기 때문인 듯하다. 정말 그렇다면 과거와 미래에 무슨 차이가 있으며 그런 구분에 무슨 의미가 있겠는가?

이런 환경이라면 '현(現)'과 '지(志)' 같은 단어를 이해하기는 그리 어렵지 않을 듯하다.

작가들은 자꾸만 과거를 되돌아보며 과거의 일, 과거에 대한 이야기를 쓴다. 그러나 사실 그들의 글자 하나하나, 문장 하나하나에는 모두 지금이 개입되어 현재의 사유와 감정으로 가득 차 있으며 끊임없이 '현'을 말한다. 작가들은 과거의 현재, 현재의 과거를 찾는 데 익숙한 사람들이다. 그들은 영원히 시간의 오버랩 속에서 생활한다. 그들은 시간을 발견하려고 애쓰면서도 근본적으로 시간을 거절하고자 한다는 점에서 모순을 드러낸다.

취살(嘴煞)과 번각판(翻脚板)

생산대에서 죽세공을 불러 광주리를 보수하게 했는데 돈이 없어서 죽세공에게 먹일 고기를 잡을 수 없었다. 회계인 푸차는 고기를 잡아 장인을 접대할 책임이 있었다. 그는 뤄씨 영감에게 여윳돈이 좀 있을 거라고 생각했다. 어쩌면 수양아들이 난징에서 부쳐 온 돈이 있을지도 모르기 때문이다. 그는 급한 대로 뤄씨 영감에게 돈을 빌리기로 마음먹었다.

뤄씨 영감이 돈이 없다고 말했다. 수양아들은 무슨 수양아들! 월급을 모두 당비로 바치느라 수양아비 생각할 겨를이 어디 있다고.

푸차는 그의 말이 믿기지 않았다. 그냥 달라는 것이 아니고 곧 갚겠다고 했다. 벽에다 숨겨 놓아 퍼렇게 곰팡이나 슬 것을 왜 그렇게!

뤄씨 영감은 짜증이 났다.

"말하는 거 하고. 터진 입이라고 아무 말이나 하면 되는 줄 알아? 푸차, 내가 네 아비보다 여덟 살이나 많아. 코흘리개 때부터 널 봤는데 어디서 함부로 입을 놀려?"

푸차는 사방으로 돈을 빌리러 다녀도 소득이 없자 이글이글 내리쬐는 햇볕 아래 마음이 초조해지기 시작했다. 길을 걷던 그는 자기도 모르게 욕이 나오려 했다.

"이놈의 번각판(翻脚板)!"

태양이 이글거리는 한낮에는 욕설이 나올 수도 있다.

하지만 마차오에서 '번각판'은 가장 심한 말로 상대방 조상의 무덤을 파헤치는 행위 정도로 무지막지하다. 푸차의 입에서 그 말이 튀어나오자 주위에서 광주리를 엮던 장인이 깜짝 놀라며 푸차를 자꾸만 바라보았다. 푸차 역시 나와 마찬가지로 이 말의 내력을 제대로 몰랐고, 그 욕이 정말로 액살(厄煞)을 불러오리라는 것도 그다지 믿지 않았다. 그래서 순간적으로 별생각 없이 입에서 나오는 대로 지껄인 것이다.

그런데 뜻밖에도 다음 날 뤄씨 영감이 미친개에게 물려 사망했다.

뤄씨 영감이 죽자 푸차는 속병이 들었다. 마을 사람들은 푸차가 책임져야 한다고 수군거렸다. 마차오 사람들은 이런 액살을 불러들였다면 다시 그 액살을 물리칠 수도 있다고 생각했다. 푸차가 제때 문 옆에 향을 피우고 닭 머리를 자른 다음 닭 피로 문지방을 씻었다면 뤄씨 영감은 목숨을 보존할 수 있었을 것이라고 했다. 그러나 그날 정신없이 바빴던 푸차는 아무 조치도 취하지 않았다. 나중에 그는 사람들에게 그날은 순간적으로 실언했을 뿐 결코 뤄씨 영감에게 저주를 퍼부어 죽일 생각은 없었다고 해명했다. 그는 입으로 내뱉은 욕설이 그렇게 무시무시한 결과를 가져오리라고는 꿈에도 생각하지 못했다. 왜 미친개가 하필이면 그때 뤄씨 영감을 물었단 말인가? 푸차가 이런 넋두리를 할 수 있는 최고의 상대는 지식청년들이었다. 지식청년들은 외지 사람들이라 마차오의 미신에 개의치 않았고 그를 관대하게 대했기 때문이다. 지식청년들은 욕설이 액살을 부른다는 이야기를 믿지 않았다. 어떤 지식청년들은 기가 찬 듯 가슴을 치며 자기에게 가장 심한 욕을 해서 정말 귀신을 불러올 수 있는지 시험해 보자고 말하기도 했다.

그 말에 살짝 감동받은 푸차는 아리송해하며 집으로 돌아갔다.

얼마 후 푸차는 다른 사람과 가뭄과 식량에 대해 이야기하다가 엉겁결에 다시 뤄씨 영감 이야기를 꺼냈다. 그는 정말 그럴 마음이 아니었고 다만 햇볕을 너무 쬐다 보니 머리가 떵해서 말이 헛나갔을 뿐이라고 했다. 이런 말을 되풀이하기도 성가셨다.

이런 식의 말은 일종의 금기어이다. 사실 말은 그저 말에 불과할 뿐이니, 그냥 한 귀로 듣고 한 귀로 흘리면 그만으로 누구에게 털끝만큼의 상처도 입힐 수 없다. 그러나 푸차는 순식간에 몸이 부쩍 여위고 흰머리도 눈에 띄게 늘었다. 웃더라도 그저 실없는 웃음일 뿐이었다. 진짜 즐겁거나 마음에서 우러나와 웃는 것이 아니라 그저 얼굴 근육을 움직일 뿐이었다.

전에는 옷도 항상 바르게 입고 외출하기 전에 거울을 보며 머리도 빗었다. 옷깃에도 옷핀을 꽂아 항상 옷차림을 단정히 하려고 신경 썼다. 그러나 이제 그는 옷차림도 단정치 못하고 어깨에는 진흙을 묻힌 채 정신이 오락가락, 단추도 바로 채우지 못하고 펜이나 열쇠를 잃어버리기 예사였다. 이전에 연말 결산을 할 때면 하루밤에 걸리지 않던 사람이 지금은 사나흘 내내 그저 땀만 삘삘 흘릴 뿐 장부를 엉터리로 작성하기 일쑤였다. 도대체 왜 이렇게 됐는지 자신도 알 길이 없었다. 때로 장부를 잃어버렸다고 한참 찾다가 나중에는 아예 자기가 무얼 찾는지조차 잊어버리기도 했다. 마침내 공급합작사의 면화 대금 500위안을 잃어버리자 생산대 위원회에서도 더 이상 그에게 회계를 맡길 수 없다고 생각하게 되었다.

스스로 느끼기에도 더 이상 회계를 맡을 수 없다는 생각이 들었는지 장부를 내놓고 회계를 맡길 사람을 찾았다. 이후에도 그는 무슨 일을 하든 제대로 되는 일이 없었다. 오리를 키워 보았지만 돌림병에 걸려 모두 죽고 말았으며, 목공을 배워 보려 했지만 영 배울 수 없었다. 어쨌거나 무슨 일을 해도 제대로 되는 일이 없었다. 나중에 신부를 맞이해 신방을 꾸렸지만 웬일인지 신부라는 여자가 매일 산발한 채 쏘다니는 것이 정신이 나간 여자 같았다.

한마디 욕설로 야기된 액살이 이처럼 한 사람에게 수십 년간 영향을 끼칠 수 있다니, 나는 정말 놀라웠다. 액땜할 길은 없을까? 처음부터 다시 시작할 수는 없을까?

마차오 사람들은 거의 모두 불가능하다고 생각했다. 이미 지나간 일이다. 엎질러진 물을 다시 담을 수 없듯 푸차의 입에서 나온 액살은 영원히 그곳에 있었고 갈수록 더 크게, 더 단단하게 굳을 뿐 다시는 원상태로 되돌릴 수 없었다.

말의 힘은 이미 우리의 생명 깊숙한 곳에 자리한다. 인간은 언어를 자신들의 가장 큰 장점으로 생각하므로 언어가 없는 동물을 불쌍하게 여긴다. 언어가 없으니 지식도 없고, 언어가 없으니 사회도 만들 수 없으며 문화 축적과 과학 발달이라는 강력한 위력도 얻을 수 없다는 것이다. 그러나 문제는 다른 데에 있다. 동물은 소리를 잘못 냈다고 해서 푸차처럼 오랫동안 정신 나간 사람처럼 살지 않는다. 이렇게 보면 언어는 사람을 개보다도 허약한 존재로 만든다.

'살(煞)'은 사람이 약정한 어떤 규칙 같은 것으로 경외하는 마음을 기탁하는 형식이다. 언어를 통해 동물에서 분리되어 나온 인간들은 자신의 감정을 어떤 형식을 빌려 표현하며, 이를 체계화하고 정형화해 공공 심리의 바탕을 만들어 낸다. 마차오 사람들은 언어의 금기를 만들었다. 세상 사람들이 결혼할 때 결혼반지가 필요하고, 국가에 국기가 필요하며, 종교에 우상이 필요하고, 인도주의에 우아한 가곡이나 열정적인 연설이 필요한 것과 마찬가지이다. 사람들이 이런 것들을 관습적으로 쓰다 보면 이후에는 그것 자체가 신성불가침해진다. 이를 관습적으로 사용하는 사람들 사이에서 이에 대한 규율을 어긴 사람은 그저 금속 하나(반지), 천 하나(국기), 돌덩이 하나(우상)와 소리의 파동(가곡과 연설)을 함부로 대한 것에 그치지 않고 그들의 감정, 정확하게 말하면 그들이 확정해 놓은 어떤 감정 형식을 능멸했다는 취급을 당하기 마련이다.

　논리와 실용만을 추구하는 철저한 과학주의자가 있다면 그는 말이 액살을 부른다는 마차오 사람들의 생각을 비웃을 것이다. 또한 일부 금속, 천, 돌덩이와 소리의 파동을 신성시하는 것도 기괴한 심리적 구조라고 비웃을 것이다. 논리적으로 생각하면 사물을 사용하면서 반드시 그런 식으로 사유해야 할 어떤 이유도 없다. 그러나 실제 상황은 그렇지 않다. 한 인간은 한 마리 개와 같다고 할 수 없다. 물질을 그저 물질로만 간주할 수 없다는 말이다. 설사 과학주의자라 해도 그 역시 어떤 물질에 환상적인 정신적 영혼을 부여할 때가 있다. 예를 들어 한 무더기 금속 물질 가운데 한 덩어리 금속(애인이나 어머니 또는 할머니의 반지)을 꺼내 들고 다른 눈으로 이 금속 덩어리를 바라보는 것은 그것에 특별한 감정을 싣기 때문이다. 그럴 때면 그 역시 논리적인 사람에서 벗어나 그다지 과학적이지 않은 사람이 된다. 그 순간부터 평범한 사람이 되기 시작하는 것이다. 반지 하나를 그저 단순한 금속 덩어리로 간주하지 않을 경우, 과학주의는 신앙주의의 기반이 되며 이치에 닿지 않는 모든 이치의 기반이 된다. 사람의 생활에는 기이하게 허황된 모습과 신성한 모습이 하나로 융합되어 있다.

　"군자는 부엌을 멀리한다."라는 공자의 말도 감정을 형식화한 것이라고 할 수 있다. 차마 피가 흥건한 도살 장면을 볼 수 없는 군자라도 고기를 먹거나 특히 말린 육포를 즐겨 먹어도 문제가 되지 않는다. 불교 신자들이 살생을 금하고 심지어 비린내 나는 음식을 금하는 것도 감정의 형식화이다. 그들은 식물 역시 생명이라는 점을 무시한다. 현대 생물학 연구에 따르면, 구원의 소리를 외칠 수 없다는 점을 제외하면 나무도 동물과 마찬가지로 신경 반응을 가지고 고통을 느낀다고 한다. 심지어 나무 역시 반응을 나타내는 신체적 동작을 할 수 있다고 한다. 그러나 그렇다고 우리가 불교 신자들의 감정 형식을 비웃을 수 있을까? 대체 우리가 어떤 의미에서, 또 어느 정도로 그들을 허황하고 허위적이라고 비웃을 수 있단 말인가? 만약 이런 현실과 달리 모두에게, 심지어 아이들에게까지 병아리, 개, 고양이, 백조 등 먹을 수 있는 모든 것을 함부로 도살하도록 장려한다면, 그리하여 우리가 피비린내 나는 유희를 즐기는 아이를 지켜보면서도 섬뜩하거나 불안한 느낌이 들지 않는다면, 그것은 우리 생활에서 허황되고 허위적인 모습이 사라져 버린 결과라고 할 수 있다. 그러나 정말 그렇다면 우리의 삶에 무언가가 부족하다는 생각이 들지 않을까?

우리는 어떻게 할 수 있을까? 아이들에게 고기는 물론 그 어떤 것도 먹지 못하도록 할 것인가, 아니면 아름다운 생물에 대한 그들의 동정, 공자나 불교도 또는 과거 문화인들이 보인 동정을 비웃고 아예 포기하도록 할 것인가?

이런 생각이 들자 나는 비로소 푸차를 이해할 수 있었다. 그는 제때 액살을 물리지 않았기 때문에, 뭐씨 영감을 위해 제때 닭 한 마리를 죽여 그 피를 문지방에 바르지 않았기 때문에 영원히 벗어날 수 없는 죄책감에 시달렸다.

그는 정말 어이가 없다.

하지만 그러면서도 충분히 일리가 있다.

결초고(結草箍)

　푸차는 인근에서 드물게 고등학교까지 나온 지식인의 한 사람이었다. 회계를 잘할 뿐 아니라 피리와 호금 연주도 잘하고 노인을 공경할 줄도 알았다. 일 처리가 꼼꼼했던 그는 뽀얀 얼굴로 어디를 가나 여자들의 시선을 끌었다. 그러나 그는 여자들의 눈길도 본체만체, 시선을 함부로 두는 법 없이 항시 전방을 주시했다. 그리고 비교적 믿을 만하고 안전한 대상이라고 할 수 있는 노인이나 논밭에만 시선을 두었다. 그가 과연 재잘거리며 수줍은 표정을 짓거나 짐짓 놀라는 척하는 여자들의 속마음을 알기나 하는지 궁금해하는 사람이 많았다.

　어떤 여자들은 그가 나타나면 어떻게 하나 보려고 일부러 모를 비뚤비뚤하게 심었다. 간부 입장에서 당연히 나서서 지도해야 하기 때문이다. 그러나 그럴 때도 그는 무심하게 "모 똑바로 심으세요."라고 사무적으로 한마디 던지면서 걸음을 멈추지 않고 지나쳐 버렸다. 또 어떤 여자는 그가 나타나면 혹시 그가 다가와 도와주지 않을까 일부러 미끄러지며 어깨에 멘 찻잎 바구니를 떨어뜨리고 비명을 질렀다. 물론 간부인 그는 당연히 도와주어야 한다. 그러나 그는 담담한 표정으로 찻잎을 광주리에 주워 담은 다음 자기가 직접 들고 걸어갔다. 여자가 땅에 주저앉아 눈물을 흘리는데도 그런 모습이 찻잎보다 더 중요하다고 생각하는 기색은 전혀 없었다. 그는 그저 "미안합니다. 먼저 가겠습니다."라는 한마디로는 턱없이 부족함을 깨닫지 못하는 듯했다. 게다가 여자들이 알록달록한 옷을 입거나 머리에 계수나무꽃이나 복사꽃을 꽂아도 그것이 자신과 어떤 관계가 있는지 느끼지 못했다.

여자들은 날이 갈수록 독하고 오만한 푸차의 태도에 울화통이 터졌다. 인근에 사는 몇몇 사람이 푸차 어머니를 찾아가 혼사 이야기를 꺼냈다가 푸차에게 거절당하자 그들의 울분은 점차 집단적 분노로 변했다. 분노는 마차오에서 그치지 않고 근처 마을까지 널리 퍼졌으며 그에 관한 이야기는 인근 마을에 사는 결혼 적령기 여자들에게 공통의 화제가 되었다. 작업장에 가는 길이나 공사의 군중대회에서 푸차와 마주치면 그들은 적을 향한 적개심으로 똘똘 뭉쳐 그의 피리와 호금, 그의 하얀 얼굴에 비난의 화살을 퍼부었다. 그들은 마차오에서 평생 독신으로 살아온 영감 뤄 씨가 있으니 아마도 푸차가 숫총각 영감 2호가 될 것이라고 떠들었다. 미안한 말이지만 황제도 마다하는 환관이 곧 나올 것이라고 입을 모으기도 했다. 이렇게 한바탕 흥을 본 후 여자들은 눈물을 찔끔거릴 정도로 깔깔거리며 즐거워했다.

어쩌면 여자들이 꼭 화가 나서 그런 것만은 아닐 것이다. 하지만 여자들의 감성은 집단 속에서 확대되기 마련이다. 일단 여자들이 뭉치면 상황이 달라졌다. 여자들은 세포와 신경을 더 이상 제어할 수 없는지 전혀 아프지 않은 곳도 괜히 아픈 것 같고 전혀 가렵지 않던 곳도 새삼스럽게 가려워지는가 하면, 별로 재미없는 일에도 괜히 신이 나고 전혀 화날 일이 아닌데도 울컥 화가 치밀었다. 마치 모든 일에 법석을 떨지 않으면 안 된다고 단단히 작정한 듯했다.

결국 여자들 가운데 열 명이 몰래 굳은 맹세를 했다. 그들은 앞으로 그 남자에게는 절대로 시집가지 않을 것이며 만약 약속을 어기는 사람은 돼지나 개로 변하거나 천벌을 받아도 좋다고 굳게 맹세했다.

마차오에서는 이런 맹세를 '결초고(結草箍)'라고 불렀다.

시간이 흘러갔다. 푸차는 마을 처녀들이 이런 맹세를 한 줄도 몰랐으며, 이처럼 신성한 의식이 있는 줄도 전혀 몰랐다. 마침내 푸차도 결혼을 했다. 그러나 어느 귀한 집 금지옥엽과 짝을 이룬 것이 아니라 마지막으로 남은 어떤 여자일 뿐이었다. 그가 얻은 여자는 빗질을 하지 않아 머리가 언제나 닭 둥지처럼 지저분하게 헝클어져 있었다. 닭 둥지 같은 머리를 한 이 여자로 말미암아 십여 년 동안 굳은 결심으로 적에게 대항한 처녀 열 명의 굳은 맹세는 싱겁게 끝을 맺었다. 물론 그들도 모두 친정을 떠나 다른 이의 아내가 되었다. 그들 중 세 명은 다른 선택을 할 수도 있었다. 매파가 푸차를 대신해 그 여자들의 집을 방문해 푸차 어머니의 뜻이자 푸차의 뜻을 전달한 적이 있었기 때문이다. 그러나 그들은 지난날의 굳은 맹세가 떠올라 차마 나머지 여자들에게 의롭지 못한 행동을 할 수 없었다. 그들은 옛 약속을 성실하게 이행하면서 보복의 쾌감과 더불어 의리를 위해 사사로운 감정을 버리겠다는 결연한 의지로 청혼을 거절했다.

내 눈에 그들의 맹세는 마치 저주의 말처럼 또 하나의 언어 폭력으로 보인다. 위에서 말한 세 여자 가운데 한 사람, 장자팡의 추셴(秋賢)은 바로 이런 폭력의 강압적 제재로 말미암아 수의사에게 시집갔다. 물론 이런 강압적 제재가 최악의 결과를 낳았다는 말은 아니다. 그녀는 재봉도 할 줄 알고 시댁도 부유한 편이었다. 다만 그들 부부는 성격이 잘 맞지 않았다. 그뿐이었다.

하늘이 잔뜩 찌푸린 어느 날이었다. 그녀가 가게 문을 닫은 후 자전거를 타고 집으로 돌아가는 길이었다. 딱히 기분이 나쁜 이유는 모르겠지만 괜히 집으로 돌아가고 싶지 않았다. 추셴은 큰아버지 집에서 하룻밤 묵어 가기로 결심했다. 큰아버지 집으로 가는 길에 그녀는 길에서 아이를 때리고 있는 남자를 발견했다. 그 순간 그녀는 가슴이 철렁 내려앉았다. 도저히 자기 눈을 믿을 수 없었다. 흰머리가 무성하고 이마에 주름살이 가득 잡혔으며 한쪽 바짓가랑이를 접어 올린, 저토록 구질구질한 남자가 바로 전에 자신들이 알던 푸차란 말인가! 그가 그녀를 향해 겁먹은 듯 고개를 끄덕이지 않았더라면 그녀는 자기가 사람을 잘못 봤다고 생각했을 것이다.

"푸차 오빠……."

이제는 낯설게만 느껴지는 이름이었다.

"허허……."

상대방은 쓴웃음을 짓더니 이렇게 말했다.

"저 녀석 좀 봐. 이렇게 비가 오려고 하는데 안 가겠다고 떼를 쓰잖아."

"커커(科科)야, 내 자전거 탈래?"

추셴의 눈길이 아이를 향했다. 자전거를 본 아이의 눈이 반짝거렸다.

"괜찮아. 나도 어차피 마차오를 지나가야 하거든."

아이는 아버지와 여자를 번갈아 보다가 잽싸게 자전거에 기어올라 익숙한 솜씨로 자전거 앞쪽에 자리를 잡았다.

푸차는 어쩔 줄 몰랐다. 아마도 여자에게서 아이를 데려가기가 멋쩍은 듯했다. 멀찌감치 떨어진 푸차는 땅만 툭툭 찼다.

"안 내려? 어서 내리지 못해? 맞고 싶어?"

"커커야, 아빠에게 괜찮다고 말해."

"아빠, 괜찮대!"

"아빠한테 물어봐. 아빠도 타시겠느냐고!"

"아빠, 아빠 탈래요?"

"아니, 난 아니……."

"아빠도 올라타래. 아빠, 아줌마가 아빠도 타래."

"아니, 아니. 먼저들 가……."

추셴은 잠시 머뭇거리다 맞은편 산 쪽에서 빗소리가 들리기 시작하자 가지고 있던 우산을 푸차에게 건네주고 앞을 향해 자전거 페달을 밟았다. 아이는 살갗에 느껴지는 공기에 기분이 달아올라 말 달리는 소리에 이어 다시 자동차 소리를 흉내 내다가 맞은편에 아이들이 나타나면 더 신나서 소리를 질렀다.

"커커야, 아빠, 그러니까 너희 아빠가 엄마에게 잘해 주니?"

"네. 이럇!"

"둘이 안 싸워?"

"아니, 안 싸워요."

"정말 안 싸워?"

"엄마가 그러는데 아빤 성격이 좋대요. 싸우지 못해서 오히려 재미가 없대요."

"한 번도 안 싸웠어?"

"네."

"못 믿겠는걸?"

"정말 안 싸워요."

"엄마 팔자가 정말 좋네."

추셴의 말투에 실망한 빛이 역력했다.

잠시 있다가 다시 그녀가 물었다.

"너, 너희 엄마 좋아?"

"네."

"엄마 어디가 좋은데?"

"엄마가 찹쌀 경단 만들어 주니까."

"또?"

"또…… 내가 숙제 안 하면 푸차는 막 때리는데 그럴 때마다 엄마가 푸차에게 욕을 해 줘요."

아이는 기분 나쁜 일을 말할 때면 아버지 이름을 그대로 불렀다.

"엄마가 게임기도 사 주니?"

"아니요."

"엄마도 자전거 탈 줄 알아?"

"아, 아니요."

"안됐구나, 그렇지?"

추셴이 신난 듯 말했다.

"아뇨. 엄마 자전거 안 타도 돼요."

"왜?"

"자전거 타면 넘어질 수도 있잖아요. 구이샹(桂香) 아줌마가 자전거 타다가 하마터면 트랙터에 깔려 죽을 뻔했어요."

"너 정말 나쁘다. 그럼 이 아줌마가 자전거 타다 넘어지는 건 걱정 안 해?"

"아줌마는 넘어져도 별 볼 일 없어요."

별 볼 일 없다는 말은 괜찮다는 의미였다.

추셴이 꼬치꼬치 캐물었다.

"왜 괜찮은데?"

"아줌마는 우리 엄마가 아니잖아요. 드드드……."

언덕길이 나오자 아이는 신나서 엔진이 돌아가는 소리를 냈다.

추셴은 얼떨했다. 갑자기 눈시울이 축축해지는 것을 느꼈다. 눈물이 나올 것 같았다. 그녀는 입술을 꼭 깨물고 앞만 보며 페달을 밟았다. 다행히 가을비가 내리기 시작했다.

문서(問書)

　내가 다시 푸차를 만났을 때 그는 머리가 완전히 허옇게 세고 바짓가랑이를 한쪽만 걷어 올린 채 손을 비비며 내게 자기 집에 들렀다 가라고 말했다. 정말 시간이 없었지만 그가 말없이 옆에서 끈질기게 기다리는 바람에 어쩔 수 없이 그를 따라갔다. 나중에야 나는 그가 자신이 쓴 책을 보여 주고 싶어서 그랬다는 사실을 알았다. 장부 용지에 빼곡하게 적은 한 무더기 원고가 화학비료를 담는 비닐 포대에 싸여 있었다. 포대 속 원고에는 마른 풀까지 함께 섞여 있었다. 잉크도 별로 좋지 않고 색깔이 너무 흐려 잘 보이지 않는 데가 많았다. 그런데 놀랍게도 그의 원고는 지금까지 내가 본 글 중에서 가장 대담한 내용을 담고 있었다.

　그는 원주율을 새롭게 연구해 모두가 공인하는 파이(π)를 수정해야 한다고 주장했다.

　나는 수학적 지식이 없었기 때문에 그의 연구 내용에 이견을 제시하기가 힘들었다. 세상이 깜짝 놀랄 그의 이론이 어떤 것인지 궁금했다.

　그는 담담하게 미소 짓더니 살담배를 비벼 대나무 담뱃대에 채워 넣었다. 그는 분야가 다르면 전혀 알 수가 없으니 아마 내가 이해할 수 없을 것이라고 말했다.

　"위에 아는 사람 있어?"

　"누구요?"

　"수학 하는 사람."

　내가 재빨리 대답했다.

　"아니요."

　그의 눈에 실망의 빛이 역력했지만 그래도 계속 웃으면서 말했다.

　"괜찮아. 내가 다시 찾아보지."

　내가 시내로 돌아온 후 그가 나에게 편지를 보냈다. 이번에는 원주율 대신 언어에 관한 이야기가 적혀 있었다. 예를 들어 그는 '사(射)'와 '왜(矮)'의 의미가 완전히 뒤바뀌었다고 주장했다. '사(射)'는 글자로 볼 때 1촌(寸)의 몸을 뜻하므로 왜소하다는 의미를 지니는 데 반해 '왜(矮)'는 '시(矢)'라는 글자로 시작하기 때문에 이것이야말로 '쏘다'라는 의미를 갖는다고 했다. 그는 이 의견을 서신으로 작성해 아는 사람을 통해 국무원과 국가문자개혁위원회의 '어문(語文)을 하는 사람'에게 전달해 달라고 부탁했다.

또 다른 편지 한 통에는 '문서(問書, 글을 묻다)'라는 말에 대한 내용이 들어 있었다. 전에 마차오 사람들은 공부한다는 표현을 문서라고 했고 그의 아버지도 이런 표현을 썼다고 한다. 학문을 하면서 어찌 묻지 않고 배운다 할 수 있겠는가? 그 표현과 비교하면 지금의 '공부하다'라는 의미인 '독서(讀書)'는 그저 문서 독해와 암기만을 강조하는 경향이 있다고 했다. 편지에서 그는 전국 학교에 문서라는 말을 부활시키는 것이 국가 현대화에 이롭다고 건의했다.

헤이샹궁(黑相公)

어느 날 밤, 마을에서 갑자기 누군가가 고함을 지르는가 싶더니 갑자기 "워어, 워어." 하는 소리가 여기저기서 들려오기 시작했다. 순식간에 마을 개들까지 가세하는 바람에 온 마을에 큰일이라도 난 것만 같았다. 나는 침대에서 내려와 문을 열고 밖을 내다보았다. 희미한 달빛 아래 특히 완위의 목소리가 우렁찼는데 오싹 소름이 끼칠 정도였다. 알고 보니 산에 사는 멧돼지 한 마리가 마을에 들어와 남자들이 모두 나와 칼과 몽둥이를 동원해 멧돼지 사냥에 나선 것이다. 돼지는 이곳저곳에 검붉은 핏자국과 몇 움큼씩 털만 남긴 채 어디론가 사라져 버렸다. 남자들이 못내 아쉬운 듯 어두컴컴한 언덕을 향해 다시 "워, 워!" 하고 소리를 질렀다.

마을의 모든 대문이 활짝 열리고 거의 모든 남자들이 도구를 들고 뛰쳐나온 상황이었다. 완위처럼 개미허리에 목소리가 가는 사람마저 손에 부엌칼을 들고 달려 나와 다른 사람들 뒤를 쫓아가며 사방을 두리번거렸다. 푸차는 숨을 헐떡이며 이것은 아무것도 아니라며 헤이샹궁(黑相公)뿐 아니라 종류 가리지 않고 야생동물이 마을에 들어올 경우 누가 소리만 질렀다 하면 마을 사람이 모두 문을 열어젖히고 달려 나온다고 했다. 그럴 때 문을 닫고 있는 사람이 있다면 그 후부터는 사람 구실을 할 생각은 아예 하지 말아야 한다고도 했다.

그들은 멧돼지를 '헤이샹궁'이라고 불렀다.

남자들의 커다란 고함 소리가 산봉우리까지 전해져 힘찬 메아리로 울려 퍼졌다. 더 이상 멧돼지를 잡을 가망이 없어 보이자 사람들은 비로소 씩씩거리며 각자 집으로 향했다. 처마 밑까지 걸어간 나는 창문 아래 엎드린 시커먼 그림자를 보고 놀라 기절하는 줄 알았다. 재빨리 다른 지식청년들을 불러왔다. 한참 동안 살펴보았지만 아무런 움직임도 없었다. 그제야 나는 용기를 내어 앞으로 다가섰다. 시커먼 그림자는 여전히 요지부동이었다. 힘껏 발로 걷어차 보니 멧돼지가 아니라 마른 장작더미였다.

하지만 온몸은 이미 땀범벅이었다.

헤이샹궁(黑相公)_계속

마차오 사람들은 '사냥'은 '고기를 쫓다'로, '독약을 놓는다'는 '손님을 초대하다'로, '함정을 파다'는 '가마를 대령하다'로, '화통'은 '종달새'로 표현한다. 그들은 동물들도 사람 말을 알아듣는다고 생각하기 때문에 실내에 모여 사냥 이야기를 할 때도 항상 은어를 사용한다. 혹시라도 동물들이 그들의 말을 엿듣지 않을까 걱정하기 때문이다.

특히 방향을 나타내는 말은 반드시 새로 암호를 정했다. 예를 들면 '북쪽'은 실제로는 '남쪽'을 가리키고 '동쪽'은 '서쪽'을 가리키는 식이다. 헤이샹궁을 잡을 때 사람들은 징을 울리며 여럿이 시끄럽게 말했다. 함정이나 사냥꾼의 방향을 숨기기 위해 암호를 정해 성동격서 전술을 펼쳐야 동물의 허를 찌를 수 있다고 생각했다.

모우지성(牟繼生)은 이런 상황을 모두 알았지만 마음에 두지 않은 터라 때로 상황이 닥치면 머리가 잘 돌아가지 않았다. 2학년 8반으로 나보다 한 기수 높았던 그는 나와 함께 하방되었다. 언젠가 우리는 뤄장강 가에서 모종을 사서 가져와야 했다. 그는 일찍 돌아가 신발을 빨아야 한다며 혼자 앞장서서 걸었고 어느새 시야에서 사라져 버렸다. 우리는 모두 씩씩거리며 투덜거렸다. 정말 못됐군, 신발은 무슨? 언제부터 자기가 신발을 빨아 신고 다녔어? 분명히 누군가가 너무 피곤해서 걸을 수 없게 되면 덩치 좋은 자기가 대신 짐을 져야 할까 봐 걱정돼서 달아난 거야. 도와주기 싫으면 말 것이지, 저렇게 도둑놈처럼 슬그머니 도망을 가 버려? 짜증 나.

　모우지성은 정말 신발을 빨아 신고 다닌 적이 없었다. 신발이 더러워지면 신발을 도랑에 그냥 담가 둘 뿐이었다. 며칠이 지나 끌어 올린 신발에서는 여전히 고린내가 났다. 그래서 그가 신발을 벗기라도 하면 사람들은 재빨리 냄새를 피해 사방으로 달아났다.

　과연 우리가 생각한 대로였다. 그날 그는 신발을 빨러 간 것이 아니었다. 그뿐이 아니었다. 집에 돌아가 보니 그의 멜대가 없었다. 그가 아직 집에 돌아오지 않았다는 증거였다. 맨 뒤에 처져서 오던 이들까지 모두 귀가하고 다시 논 몇 배미에 모를 다 심은 후에도 그는 돌아오지 않았다.

　날이 컴컴해진 후에야 그의 무거운 발소리와 풀무가 돌아가는 것 같은 거친 숨소리가 들려왔다. 비로소 우리는 안도의 숨을 쉬며 가슴을 짓누르던 근심을 내려놓을 수 있었다. 그는 온몸이 진흙투성이인 채로 돌아왔다. 대나무 멜대에 가득해야 할 모종은 바닥이 드러날 만큼 조금밖에 남아 있지 않았다. 멜대도 제대로 들 기운이 없었는지 그가 자꾸만 헛발질하며 비틀거렸다. 그가 욕을 퍼부었다.

"제기랄, 뭐 이딴 데가 다 있어! 나쁜 자식들! 말하는 것 하고! 그놈들 때문에 산을 얼마나 헤맨 줄 알아? 하마터면 올가미에 걸릴 뻔했어! 후레자식 같은 놈들!"

누구를 욕하는지 알 수가 없었다.

무슨 일이냐고 물어보았다. 하루 종일 대체 어딜 갔다 왔어? 그는 잔뜩 화가 나서 사람들을 거들떠보지도 않고 자기 방으로 들어가 닥치는 대로 물건을 집어 던졌다. 시간이 한참 지나고 나서야 우리는 그가 방향을 바꿔 표현하는 이 지역 사람들의 습관을 까먹은 데다 사투리를 잘 알아듣지 못하는 바람에 실컷 고생했다는 사실을 알았다. 차라리 물어보지 않았으면 괜찮았을지도 모른다. 괜히 사람들이 말한 대로 엉뚱한 길만 따라가다가 그 무거운 짐을 지고 마차오 동쪽에 있는 솽룽궁에서 마차오 남쪽의 룽자탄까지 이리저리 헤매고 다녔다. 날이 어둑해질 무렵에야 지나가던 마을 사람이 그가 말을 알아듣지 못했음을 알고 자세히 길을 일러 주었다. 기절초풍할 지경이었다.

우리는 폭소를 터뜨렸다.

이 일을 전해 들은 농민들도 웃겨 죽을 지경이었다. 뤄씨 영감이 말했다.

"그 뚱땡이가 사람 말을 알아듣지 못하는 걸 보니 헤이샹궁이 된 것 아냐?"

산에 야생 동물이 점점 줄어들기 때문에 당시 헤이샹궁은 별로 사용할 일이 없는 단어였다. 그런데 뜻밖에 모우지성이 이 말을 생각나게 한 것이다. 다만 옛날과는 단어의 뜻이 바뀌었을 뿐이다. 모우지성은 평소 일을 나갈 때 밀짚모자를 쓰지 않고 웃통을 벗은 채 일하느라 뙤약볕에 검게 그은 몸에 반질반질 윤기가 흘렀다. 그는 마치 곰처럼 덩치가 다부지고 좋아서 뛰었다 하면 온몸에 까무잡잡한 살결이 출렁거렸다. 그에게 헤이샹궁이라는 별명이 붙고 보니 그가 정말 멧돼지를 닮았다는 생각이 들었다.

체격이 좋은 그는 걸핏하면 주변 사람들과 한판 힘자랑하기를 좋아했다. 특히 그는 마을사람들과 겨루기를 좋아했다. 누가 곡식이 가득 찬 광주리 두 개를 들면 그는 기어코 네 개를 들어 올려 멜대를 두세 개 부러뜨려야 직성이 풀렸다. 사람들이 모두 놀라 혀를 내두르고 나서야 그는 헐떡거리는 숨을 가까스로 참으며 만족한 듯 멜대를 내려놓았다. 눈이 내려 마을 사람들이 솜옷을 입을 때도 그는 입술이 시퍼렇게 질리면서도 일부러 짧은 반바지를 입고 나왔다. 사람들이 너도나도 그의 모습에 감탄사를 연발하며 옷을 입으라고 권하면 그는 그제야 이를 꽉 다물고 못 이기는 척 집으로 돌아가 옷을 바꿔 입었다. 그는 농구를 좋아했다. 한낮의 삼복더위에도 그는 농구공을 달고 살았다. 공터에서 이글거리는 태양 아래 혼자 농구 연습을 했다. 이렇게 농구 연습을 할 때면 멜대를 메고 끙끙대지 않아도 온몸이 땀으로 범벅이었다. 어찌나 더운

지 개구리나 닭은 물론 매미마저 울지 않는 날에도 그는 농구를 했다. 고요한 마을에 울려 퍼지는 그의 농구공 소리에 사람들은 혀를 내둘렀다.

"난 열세 살 때까지 젖을 먹었어. 엄마가 출장 가면 유모가 한사코 나에게 젖을 물려서 말이야!"

그는 늘 이런 식으로 자신의 신체가 강해진 이유를 설명했다. 은연중에 자신이 혁명 간부의 가정에서 태어났다는 사실을 드러내는 것이기도 했다.

모유는 사람에게 가장 좋은 음식이다. 농민들은 그의 말이 충분히 설득력 있다고 생각했다.

이후 중치가 그에게 특별한 관심을 보이기 시작했다. 겨울에 중치는 일이 없을 때마다 불씨가 담긴 조롱을 들고 마을을 이리저리 돌아다녔다. 조롱은 목탄이 두세 개밖에 들어가지 않을 만큼 작았다. 혼자 겨드랑이나 가슴에 끼고 다니기에 적합할 정도였다. 그래도 불씨가 있으면 온기를 느낄 수 있었다. 중치는 이 불씨 조롱을 남에게 빌려준 적이 없었다. 여자들이 손을 좀 녹이려 하면 실실 웃으며 살짝 불을 쬐게 해 줄 뿐이었고 그나마도 잠시였다. 그는 여자들 앞에서 목탄 값이 얼마나 비싼지, 그들이 열기를 얼마나 뺏어 가는지 구시렁거렸다. 그런 그가 유독 헤이샹궁에게는 저벅저벅 장화를 끌고 가서 자진해서 조롱을 내밀었다. 그러나 안타깝게도 헤이샹궁은 이런 물건에 전혀 흥미가 없었다. 워낙 건강해서 추위를 타지 않던 그는 항상 조롱을 한 번 쓱 쳐다보고는 코웃음 치며 지나쳐 버렸다.

중치는 또한 마을의 비밀을 많이 알았고 좀처럼 이런 비밀을 사람들에게 털어놓지 않았다. 기껏해야 화두를 던지듯 몇 마디 뜬금없는 말을 꺼내고 사람들이 궁금해하면 득의양양하게 호기심을 부추길 뿐이었다.

"맞혀 봐. 어서 맞혀 보라니까!"

사람들은 아무리 해도 그가 무슨 말을 하려 하는지 알아맞힐 수 없었다. 그런 그가 유독 헤이샹궁에게만은 자진해서 비밀을 털어놓았다. 오늘은 "푸차네 집에 어제 닭털 한 무더기가 있었대."라고 말하고, 다음 날은 "뤄씨 영감이 며칠 전에 산에서 넘어졌대." 같은 다른 비밀을 말해 주었다. 그리고 그다음 날은 더욱 비밀스럽게 다른 비밀을 알려 주었다.

"수이수이의 친정에서 사람이 왔는데 돼지 새끼 두 마리를 가져왔대."

모우지성은 이런 비밀에 그다지 흥미를 느끼지 못했다. 그래서 중치에게 다른 이야기를 해 보라고 했다. 쑥스러운 듯 한참 더듬거리던 중치가 무언가 화끈한 이야기를 하기로 결심했는지 얼굴이 벌게져서 푸차의 아내에 관한 이야기를 시작했다. 몇 년 전 어느 날 낮잠을 자던 푸차의 아내가 비몽사몽 중에 낯선 남자가 자기 몸에 올라타고 있는 것을 발견했다. 너무 졸려 내칠 힘도 없었던 데다 그 사람이 누구인지 알아볼 생각도 없었던 그녀가 안방을 향해 고함을 질렀다.

"얘, 이리 와 봐. 엄마 더워 죽겠다! 이 실없는 인간이 도대체 여기에서 뭘 하는 거냐!"

방 안에서 잠을 자던 아들은 그 소리를 듣고도 깨어나지 않았다. 하지만 수상한 남자는 그녀의 고함 소리를 듣고 놀라서 달아나 버렸다. 그녀는 그제야 편안한 듯 몸을 뒤척인 후 계속 단잠을 청했다.

"그게 끝이야?"

모우지성은 크게 실망한 듯했다. 이 비밀 이야기도 별로 재미가 없다는 표정이었다. 하지만 중치와 모우지성은 날이 갈수록 사이가 가까워지는 것 같았다. 항상 밤만 되면 모우지성은 어서 불을 끄고 자자고 구시렁거리곤 했다. 그런데 요즘 들어서는 자주 혼자 외출하고 때로 밤이 늦어서야 집으로 돌아왔다. 어디에 갔다 왔느냐고 물으면 그는 수상쩍은 모습으로 대충 얼버무렸다. 무언가 꿍꿍이가 있는 것이 분명했다. 때로 대추나 달걀 냄새가 나는 트림을 할 때도 있었다. 그때마다 우리는 놀라는 한편 질투를 느꼈다. 어디선가 혼자 잔뜩 먹고 온 것이 분명했다. 하지만 그는 설사 때려죽인다고 해도 진실을 털어놓을 사람이 아니었다. 우리는 그를 너무 잘 알았다. 나중에 우리는 그의 트림이 중치와 관련 있다는 사실을 알았고, 중치가 그에게 찹쌀 경단을 만들어 준다는 사실도 알게 되었다. 중치의 아내가 모우지성의 이불이나 신발을 빨아 주었다는 이야기도 들었다. 우리는 아무리 생각해도 이해가 가지 않았다. 중치처럼 인색한 인간이 왜 다른 사람도 아닌 저 멍청한 헤이샹궁의 비위를 맞추지 못해 안달이 났을까?

일찍 잠자리에 든 어느 날 밤, 우리는 거친 문소리에 놀라 잠에서 깨어났다. 기름등잔을 밝히고 보니 헤이샹궁이 잔뜩 화가 나서 침대에 앉아 있었다.

"왜 그래?"

"늙은이가 날 눌러 죽이려고 하잖아!"

"누구?"

그는 아무 말도 하지 않았다.

"동의 아저씨 말이야?"

그래도 아무 말이 없었다.

"너한테 무슨 짓을 했는데?"

"잠이나 자!"

헤이샹궁은 나무 침대를 요란하게 삐걱거리며 다른 사람은 다 깨워 놓은 채 혼자 코를 골며 잠이 들었다.

다음 날 오후 중치의 장화 소리가 들려왔다. 달걀만 한 마오 주석 배지가 가슴에서 번쩍거렸다.

"마오 주석이 그러시는데 돈을 빌렸으면 갚아야 한대. 사회주의 세상에서 돈을 빌리고도 갚지 않는 법이 어디 있어?"

그가 크게 헛기침을 했다.

"오늘 할 일이 없어서 온 줄 알아? 모우지성이 돈을 갚지 않아서 온 거라고. 식량으로 대신 갚아도 돼."

모우지성이 방에서 뛰쳐나왔다.

"내가 무슨 빚을 졌는데? 이 늙은이가 어디서 막말을!"

"빚을 졌는지 안 졌는지는 속으로 생각해 보면 알걸?"

"매번 당신이 억지로 먹였잖아? 내가 언제 달라고 한 적 있어? 먹고 다 밖으로 내보냈으니까 다시 가져가려면 뒷간에나 가 봐!"

"동지, 발뺌할 생각 마. 아직도 학습이 모자라군. 당신네 지식분자들은 날개가 아직 튼튼해지질 않았어. 그래서 빈농들에게 재교육을 받고 있잖아. 알겠어? 사실 너에 관한 거라면 뭐든지 다 알아. 이야기하지 않는다 뿐이지. 너한테 할 만큼 했단 말이야!"

"말해, 말해 보라니까!"

"말하라고? 그렇게 꼭 듣고 싶어?"

"얼마든지!"

"좋아. 작년에 땅콩 심을 때 생산대의 땅콩이 항상 근수가 모자랐어. 네 똥에서 나온 땅콩을 내가 못 봤을 줄 알아? 며칠 전에 너 목욕한다고 했지? 사실 너 그때 뭐 했어?"

얼굴이 새빨개진 헤이샹궁이 중치에게 달려들어 그를 밖으로 끌고 나갔다. 문틀에 머리 부딪치는 소리가 났다. 이어 중치의 처참한 비명이 울려 퍼졌다.

"사람 죽네, 사람 죽여!"

정말 무슨 일이라도 날 것만 같았다. 우리는 재빨리 헤이샹궁에게 달려가 그의 팔을 잡으며 두 사람을 떼어 놓으려 했다. 그 틈에 중치가 내 겨드랑이 사이로 잽싸게 빠져나갔다. 그의 장화 소리가 요란하게 울려 퍼졌다.

욕을 퍼붓는 소리가 사라지자 우리는 모우지성에게 자초지종을 물어보았다.

"무슨 일이냐고? 그 영감이 나한테 저질 같은 짓을 하라고 하잖아?"

"뭔 이상한 짓을 하라고 했는데?"

"자기 마누라랑 자래!"

잠시 침묵이 흘렀다. 너무 놀라운 말이라 아무 말도 나오지 않았다. 그러다 우리는 한꺼번에 폭소를 터뜨렸다. 여성 지식 청년 하나는 비명을 지르며 밖으로 뛰쳐나갔다.

자초지종을 알고 보니, 생식 능력이 없는 중치가 헤이샹궁에게 대신 수고해 달라고 부탁했던 것이다.

"모우 형, 이제 별 볼 일 없어졌네."

"먹고 마시고 게다가 여자까지 품었어?"

"그렇게 좋은 일을 혼자서 꼭꼭 숨기고 있었군."

신바람이 난 우리는 헤이샹궁의 결백을 절대 인정해 주지 않기로, 중치네 집에서 아무 일도 없었다는 것을 절대 믿지 않기로 작정했다.

"피도 눈물도 없는 늙은이야!"

그가 우리 이야기를 못 들은 척 딴전을 피웠다.

"누굴 욕해? 솔직하게 말해 봐. 잤어? 안 잤어?"

"너 같으면 자겠어? 그 마누라 그게 어디 사람 꼴이야? 얼굴만 쳐다봐도 밥도 안 넘어가! 차라리 돼지랑 잠을 자지!"

"잠도 안 자고 그 양반네 닭을 또 먹었어?"

"무슨 닭? 닭 한 마리로 한 달을 먹었어. 매번 국물만 한 국자씩 퍼 줬다고. 무슨 맛인지 느끼기도 전에 그릇이 텅 비었는데 무슨 놈의 닭이야! 내가 말을 말아야지, 생각만 해도 속이 터져서, 원!"

오후 일을 나가서도 우리의 중심 화제는 헤이샹궁이었다. 그런데 이상하게 푸차 말고는 마을의 누구도 중치가 잘못했다고 생각하는 사람이 없었다. 불쌍한 중치는 그저 헤이샹궁과 친구가 되고 싶어 하지. 이것저것 챙겨 먹이기가 쉬운 일인가? 자기 몸이 부실하니까 죽은 후에 자기 제사에 향불 밝혀 줄 자손 하나 보려고 씨나 좀 빌리려고 한 거잖아. 그거야 인지상 정이지. 결혼을 하라고 한 것도 아니잖아? 별로 중요하지도 않은 것 좀 빌려 달라는데 뭐가 어려워? 달리 방법이 없어 그런 방법을 생각한 거야. 자오칭은 백번 양보해도 헤이샹궁의 잘못이 크다고 말했다. 거절하려면 그냥 거절할 것이지 왜 남의 것은 그렇게 많이 받아먹어? 너무 양심이 없는 거 아냐?

물론 지식청년들은 이런 기상천외한 이론에 동의하지 않았다. 오후 내내 사람들은 입에 침이 마르도록 논쟁을 벌였다.

지식청년들은 이구동성으로 공사에 고발해야 한다고 했다. 중치가 우리 혁명 지식청년을 여자와 잠자리나 하도록 꼬드긴 것은 절대 용서할 수 없다고 생각했기 때문이다. 아마도 보통 사람이 이런 이야기를 꺼냈다면 그것으로 끝이었을 것이다. 그러나 당 지부 서기 번이도 이를 공정하게 평가하지 않았다. 그는 지식청년 회의를 소집하고, 한 지식청년에게 신문에 난 사설 몇 편을 읽도록 했다. 낭독이 끝나자 그는 졸다가 일어나 하품한 다음 모우지성에게 물었다.

"작년에 생산대 땅콩을 얼마나 훔쳤나?"

"저, 저 그냥 몇 줌밖에 안 가져갔는데요."

"땅콩 종자 한 알을 심으면 얼마나 많은 땅콩이 나오는 줄 아나? 알아, 몰라?"

"번이 삼촌, 오늘 중치 이야기는 땅콩하고는 관계가 없습니다."

"왜 관계가 없어? 아주 작은 일에서도 그 사람이 집단에 어떤 태도를 가지는지, 빈농에게 감정이 있는지를 알 수 있는 거야. 지난달에 연못 팔 때 말이야, 자오칭의 아이를 때려서 울게 한 것도 저 사람이지?"

번이가 모두를 향해 눈을 부릅떴다.

아무도 말이 없었다.

"문제를 보려면 전체적으로 봐야지. 역사적으로 봐야 한다고! 마오 주석께서 말씀하셨잖아. 어떻든지 간에 사람을 때리는 건 잘못이라고 말이야!"

"그땐 너무 화가 나서……."

모우지성이 켕기는 듯 변명을 했다.

"화가 나도 사람을 때리면 되나? 어디서 주먹질을! 자넨 대체 지식청년이야, 건달패야?"

"앞으로, 앞으로 안 때리면 되……."

"그것도 그래. 잘못했으면 잘못했다고 말해야지. 사람은 모름지기 솔직해야 한다고. 분명히 잘못해 놓고 무슨 변명이 그렇게 많아? 됐어. 이렇게 해. 반성문은 안 써도 돼. 대신 식량 30근을 제하겠네."

번이가 뒷짐을 진 채 자리에서 일어섰다. 원만하게 사건을 마무리했다는 표정이었다. 문을 나서던 그가 코를 움찔거렸다. 아마도 우리 주방의 개구리피망볶음 냄새를 맡은 듯했다. 그는 중치 일은 해결할 것이라고 말했다.

사실 그 후로 이 사건은 다시 언급된 적이 없이 그냥 흐지부지 끝난 셈이다.

지금 와서 그 일을 생각해 보면 세상 이치가 유용할 때도 있지만 쓸모없을 때도 있고, 정확하게 설명할 수 있을 때가 있는가 하면 그러지 못할 때도 있는 것 같다. 마차오 당 지부와 많은 사람이 주장하는 특유의 이론 앞에서 우리가 아무리 틀렸다고 말하고 화를 내 보았자 아무 소용 없었다. 모우지성은 계속해서 여론의 비난을 받았다. 중치에게 절대 돈을 돌려주지 않겠다거나 곡식을 배상하지 않겠다고 말하면 꼼짝없이 그의 불의를 증명하는 증거로 작용했다. 그 후로 모우지성은 의기소침해지기 시작했다. 행여 사람들의 관심을 끌 수 있을까 하는 마음에 그는 도자기 조각을 삼키거나 한쪽 팔로 수레를 들어 올리거나 동료들을 모두 자도록 하고 혼자서만 기름 찌꺼기를 짜기도 했다. 그러나 이런 행동들은 더 이상 사람들의 경이로운 시선을 모으거나 환호와 추종을 받지 못했다. 그의 여자도 그를 떠났다. 아이 같은 얼굴의 그 여성 지식청년은 아마도 자기와 중치 아내를 연결해 생각하고 싶지 않은 모양이었다. 설사 그런 관계가 전혀 근거 없는 것이라 해도 불쾌한 상상을 떨쳐 버릴 수 없었을 것이다. 어느 날 갑자기 헤이샹궁이 가슴에 마오 주석 배지를 가득 달고 우리 앞에 나타났다.

　"모우 형, 뭐 하는 거야?"

　"타이완을 해방시키러 가야지."

　그가 웃었다.

　나는 깜짝 놀라 그의 눈을 쳐다보았다. 그때까지 내가 알던 눈빛이 아니었다.

헤이상궁은 신경쇠약증 진단을 받고 도시로 돌아갔다. 듣자 하니 그는 아직도 건장한 모습으로 농구도 잘하고 시내에서 영화도 보고 담배도 피우며 자전거를 타고 돌아다니는 등 활기차게 산다고 한다. 다만 사람을 잘 알아보지 못하고 가끔 헛소리를 지껄이며 기분이 오르락내리락한다는 소문이었다. 아마도 신경쇠약 초기 증상인 것 같았다. 어떤 친구가 거리에서 그를 만나 툭 치며 인사를 나누려 했더니, 눈만 끔뻑이며 잠시 주춤한 후 고개를 숙이고 지나쳐 버렸다고 한다.

재앙의 주문(魔呪)

마차오 사람들이 나쁜 짓을 많이 하는 외지인들에게 보복하는 수단 가운데 하나가 바로 '재앙의 주문(魔呪)'이다. 예를 들어 누군가가 마차오 사람 조상 묘에 아무렇게나 오줌을 깔긴다거나 여자들에게 예의 없이 굴어도 그들은 전혀 내색하지 않는다. 대신 몰래 그 사람 주변을 세 바퀴 돈 후 조용히 그 사람이 산이나 숲으로 들어가기를 기다린다. 일단 그 사람이 산으로 들어가면 산의 모든 지명을 입속으로 중얼거린 후 복잡한 주문을 외우기 시작한다. 산에서 길을 잃게 만드는 그들만의 주문이다. 일반적으로 이런 주문은 매우 영험하다. 숲에 들어간 가증스러운 외지 사람은 갑자기 천지가 빙글빙글 도는 것처럼 느껴지는 바람에 전혀 방향을 구분하지 못하게 된다. 아무리 산길을 걸어도 다시 제자리로 돌아가기 일쑤이

다. 점점 더 어두워지는 하늘을 바라보며 소리를 질러 보지만
아무 소용 없다. 그는 산에서 온몸이 얼어붙는 추위와 배고픔
에 시달려야 한다. 잘못하면 동물을 잡으려고 쳐 놓은 올가미
에 걸릴 수도 있고, 말벌이나 독개미에게 물려 얼굴이나 몸통
이 퉁퉁 부어오를 수도 있다. 전에 외지인 하나가 소를 훔친
적이 있었다. 산에 갇힌 그는 단풍나무가 그리 무성하지도 않
은 톈쯔령 북쪽 숲에서 빠져나오지 못해 그곳에서 죽고 말았
다. 그 밖에 혼을 앗아 가는 주문도 있다. 악한의 머리카락 한
올을 빼내 주문을 외우며 머리카락을 문지르면 그 악한은 정
신이 혼미해지며 결국 산송장 신세가 된다고 한다.

　사람들은 병 때문에 도시로 돌아간 헤이샹궁을 두고 은밀
히 이런 이야기를 쑥덕거렸다. 중치의 아내가 헤이샹궁에게 주
문을 외웠다는 사람도 있었다. 물론 나는 그들의 이야기를 믿
지 않는다. 나도 그의 아내를 본 적이 있다. 그 여자는 헤이샹
궁을 미워했지만 그렇다고 그에 대해 악담을 하지는 않았다.
때로 그녀는 다른 여자들 앞에서 바보같이 한숨을 쉬며 넋두
리를 늘어놓았다. 평생 재산을 탐하지도 않고 오래 살기를 바
라지도 않았다면서 그저 헤이샹궁같이 건장한 아들이나 하나
있으면 좋겠다고 말했다. 그녀는 앉으나 서나 그의 모습이 어
른거린다고 했다. 정말 그럴 수만 있다면 젖가슴을 달고 이 세
상에 태어난 것이 그다지 원통하지 않을 것이라고도 했다.

삼 초(三秒)

　　모우지성은 마차오에 있을 때 넘쳐흐르는 정력을 주체하지 못해 일을 마치고도 항상 농구를 즐겼다. 피곤에 지친 지식청년들이 공에서 손을 떼고 싶어질 때면 그는 마을 청년들을 데리고 농구를 했다. 때로는 몇 리나 떨어진 공사의 고등학교까지 가서 한밤중까지 농구를 즐겼다. 그의 농구공 소리에 달빛까지 흔들릴 정도였다.

　　그는 학생들에게 매우 엄격한 코치였다. 때로 그는 호각을 불며 운동장에 있는 사람을 향해 이렇게 외쳤다.

　　"바지춤 잘 여며!"

　　그는 바지춤까지 단속하는 심판이자 코치였다.

　　그는 학생들에게 '삼 초(三秒)'를 포함해 경기장에서 적용되는 가장 엄격한 규칙을 가르쳤다. 전에도 마차오의 청년들은 농구를 했다. 다만 규칙을 별로 적용하지 않았을 뿐이다. 드리블을 두 번 할 수도, 계속 공을 끌고 다닐 수도 있었다. 오직 사람을 때리는 것만 허용되지 않았다. 모우지성은 성의 가장 우수한 팀을 기준으로 그의 학생들을 훈련함으로써 삼 초라는 말의 전파자가 되었다.

여러 해가 지난 후 내가 다시 마차오를 방문했을 때 마을에는 이미 개인이 경영하는 문화 센터가 건립되고 원래 크기의 절반 정도인 농구장도 있었다. 아이들이 그곳에서 고함을 지르며 농구를 하고 있었다. 모두 낯선 아이들이었지만 단 한 가지 친근한 소리, 바로 "삼 초(三秒)!"라는 소리가 끊임없이 귀에 울려 퍼지는 바람에 나도 순간적으로 마음이 울컥했다.

그들은 '지식청년'이 무슨 뜻인지도 몰랐다. 오래전에 마을에 몇 년 동안 머문 사람들, 마차오에 살면서도 마차오를 잘 모르던 외지인들에 대해 전혀 몰랐으며 아무 관심도 없었다. 나는 온 마을을 둘러보았다. 마차오에는 당시 우리가 살았다는 흔적이 전혀 남아 있지 않았다. 하다못해 낯익은 담벼락 틈조차 남아 있지 않았다. 내 기억 속에 어렴풋이 자리하는 사람들도, 그들의 흔적도 찾아볼 수 없었다. 그들은 작년 또는 재작년, 재재작년에 잇따라 세상을 떠났다. 그들의 죽음으로 내 기억 속 마차오는 하나하나 무너지고 말았으며, 이제 얼마 남지 않은 기억마저 모두 사라질 것이다. 나는 이곳에서 육 년 동안 생활했다. 이제 그 육 년이라는 세월은 바람결에 흩어진 구름처럼 사라져 버리고 이미 그 뜻이 변해 버린 삼 초라는 말만 남아 있다. 경기장에서 농구를 하는 청년들에게 그

삼 초는 프리스로 지역에서 삼 초를 넘길 수 없다는 규칙은
물론이거니와 공을 가진 손을 치거나 사람을 밀거나 공을 잡
고 걸어 다니는 등 모든 반칙을 의미했다. 삼 초는 반칙의 동
의어인 셈이었다. 아마도 당시의 모우지성은 전혀 상상조차 하
지 못한 일일 것이다.

와위(萬瑋)

　　겨울이 되자 공사에서 식량 창고와 중고등학교 건물을 짓겠
다고 사람들에게 각기 임무를 할당했다. 마을 사람들은 할당
받은 임무에 따라 한 사람당 벽돌을 다섯 장씩 내놓아야 했
다. 마차오에서는 벽돌을 살 돈이 없으면 산에 올라가 주인 없
이 버려진 무덤의 벽돌을 캐 왔다. 사람들은 대개 초가나 나
무 집에 살았지만, 무덤만은 결코 아무렇게나 만드는 법이 없
었다. 그들은 언제나 튼튼한 벽돌로 천년만년 영원히 썩지 않
을 무덤을 만들었다. 세월이 오래 지나다 보면 무덤도 절로 무
너지고 그 위로 빽빽하게 가시덤불이나 잡풀이 자라나 평지
의 초목과 한데 뒤엉켜 버렸다. 그래서 무심코 둘러보면 어디
가 무덤이고 어디가 맨땅인지 구분되지 않았다. 낫으로 무덤
위의 풀을 베어 낸 후 쇠스랑으로 표면의 흙을 치우면 묘를

에워싼 청색 기와가 하나씩 모습을 드러냈다. 그쯤 되면 겁 많은 여자들은 지레 놀라 멀찌감치 도망쳐 버렸다. 그럴 때마다 남자들은 더욱 용감하게 쇠스랑을 벽돌 틈으로 집어넣어 벽돌 사이를 헐겁게 한 다음 "영차!" 하는 기합과 함께 첫째 벽돌을 들어 올렸다.

비교적 보존 상태가 괜찮은 무덤은 마치 보온이 잘되는 밥솥처럼 느껴졌다. 무덤을 열면 그 안에서 하얀 기체가 뭉게뭉게 피어올랐다. 연기에서 풍기는 시체 냄새 때문에 우리는 종종 비위가 뒤틀리곤 했다. 하얀 기체가 천천히 흩어지고 나면 조금 더 가까이 다가가 벌어진 벽돌 틈으로 무덤 안의 암흑세계를 들여다보았다. 어두운 무덤 속을 비추는 빛줄기 사이로 언젠가 이 세상을 살다 간 해골, 퀭한 두 눈구멍과 넓적한 골반이 보였다. 아무렇게나 흐트러진 흙더미와 썩은 나무들만 보일 때도 있었다. 무덤을 파헤치면서도 행여 무덤 속에서 금은보화를 발견할지도 모른다는 기대는 하지 않았다. 그저 청동기나 도자기 한두 점을 발견할 수 있으면 그것으로 족하다고 생각했을 뿐이다. 우리가 판 무덤들 가운데는 얼굴을 아래로 향한 시신들이 많았다. 이 지역 사람들에 따르면 이런 사람들은 큰 죄를 지은 사람들로, 벼락을 맞거나 목매달리거나 총살당한 사람이라고 했다. 사람들은 절대로 그들이 환생해 이 세상에 악운을 가져오는 일이 일어나지 않기를 바랐다. 그들의 얼굴이 땅을 향하게 한 것은 다시는 태양을 볼 수 없도록 하려는 의도였다.

사람은 살 때도 각기 다른 인생을 살고 죽어서도 각기 다른 대우를 받는다.

언젠가 여자 시신 한 구를 파낸 적이 있었다. 몸은 이미 백골이 되었지만 까맣게 윤기가 흐르는 머리카락에는 생기가 흘렀다. 머리카락이 족히 배꼽까지 닿을 듯했다. 게다가 채 썩지 않은 앞니 두 개가 입 밖으로 튀어나왔는데 적어도 세 치 정도는 되었다. 혼비백산한 우리는 사방으로 달아났다. 나중에 생산대 위원회는 재앙을 전혀 두려워하지 않는 헤이샹궁에게 고기 두 근과 술 한 근을 주기로 하고 여자 시신을 화장하게 했다. 혹시라도 그 여자 귀신이 재앙을 불러오는 일이 없도록 하기 위한 일종의 의식인 셈이다. 여러 해가 지난 뒤 나는 한 학자로부터 실제로 그런 시신이 발굴되는 일이 그리 드물지 않다는 사실을 알았다. 그에 따르면, 사람의 죽음은 매우 서서히 진행되는데 사람의 시신 가운데 머리와 이는 비교적 특수한 기관이라 환경만 적합하면 생명이 끊어진 후에도 상당히 오랫동안 계속해서 자란다고 한다. 외국 의학계에서는 이미 이에 대한 연구가 상당히 이루어졌다고 했다.

산에서 운반해 온 무덤 벽돌이 점점 많아졌다. 물론 시신은 그냥 산 위에 내팽개쳐져 있었다. 그 일대에 유독 매가 많이 살았는데, 하늘을 맴돌던 매들이 비린내를 맡아 식욕이 동했다고 한다. 밤에 산에서 남자와 여자의 고함이 들렸다는 사람도 있었다. 분명히 귀신이 뛰쳐나와 추워 견딜 수 없다며 무덤을 파헤친 사람들을 저주하는 소리일 것이라고 했다.

그럼에도 우리는 매일 산에 올라 부도덕한 일을 반복했다.

자오칭은 멜대가 아주 작았지만 무덤 파헤치는 일에는 결코 뒤처지는 법이 없었다. 그가 항상 이 일에 앞장서는 이유는 무덤에서 행여 진귀한 물건을 발견하지 않을까 하는 속셈 때문이었다. 그가 말하는 진귀한 물건이란 잎사귀 크기가 각기 다른 양배추처럼 생긴 것인데, 반짝반짝 빛나며 주로 죽은 자의 입속에서 자라났다. 흡사 숨(호흡)의 응결체처럼 보이는 이 물체는 아득한 세월 동안 무덤 속에서 깜짝 놀랄 만큼 아름다운 봉오리를 터뜨렸다. 농민들은 양배추같이 생긴 이 물건을 '와위(萬瑋)'라고 불렀는데, 세상에서 가장 좋은 보약이라고 했다. 그들에 따르면, 와위는 인체의 정기를 모아 기를 조절하고 보혈 작용을 일으킨다고 했다. 또 정력을 왕성하게 하고 풍기(風氣)를 막으며 태(胎)를 보호하고 수명을 연장한다고도 했다. 『증광현문(增廣賢文)』에 "황금은 가짜가 없고, 와위는 진짜가 없다."라는 말이 있을 만큼 귀한 것이었다! 그들은 또한 사람이 죽었다고 아무나 입에서 이런 와위가 자라지는 않는다고 했다. 부귀해 좋은 음식에 비단 금침을 베고 한평생 호화롭고 귀한 삶을 살아야만 백 년쯤 지나 입에서 와위가 맺힌다고 했다.

어느 날 땅을 파던 자오칭이 갑자기 길게 한숨을 내쉬며 말했다.

"생각지도 못할 일이지, 정말이야. 이렇게 살면 무슨 의미가 있어?"

그가 고개를 내저었다.

"내 입에서 와위가 자랄 리 없지."

그의 말뜻을 알아차린 옆 사람들도 얼굴에 근심이 서렸다.

매일 먹는 것이라고는 붉은 고구마와 옥수수, 바짝 말린 시커
먼 채소밖에 없는 사람들이었다. 방귀를 뀌어도 냄새가 안 나
는 사람들 입에서 무슨 와위가 자라겠는가?

"뤄씨 영감이라면 생길 수도 있는데."

완위가 자신 있게 말했다.

"수양아들이 외지에서 돈을 부쳐 오니까 말이야."

"번이도 희망이 있긴 해. 기도 세고 살도 많잖아."

자오칭이 말했다.

"그 자식은 하루 이틀이 멀다 하고 위에 올라가 회의에 참
석하잖아. 회의만 열었다 하면 돼지를 잡거든. 큼직한 고깃덩
어리를 제법 먹을 텐데, 뭐."

"간부들 회의는 혁명 사업이야. 그것도 질투가 나?"

중치가 말했다.

"무슨 사업? 와위 양성 사업 아니고?"

"그런 식으로 말하면 안 되지. 그저 너도 나도 자라는 와위
라면 너무 값어치가 없잖아. 그런 물건이었다면 『증광현문』에
오르기나 했겠어?"

"토지개혁이 있던 해에 이 몸도 간부가 될 뻔했다 이거야."

자오칭이 아쉬운 눈길로 당시를 회고했다.

"자기 이름도 거꾸로 놓고 보는 사람이 간부는 무슨! 자네가
간부가 되면 난 매일 물구나무서서 손바닥으로 걸어 다니게?"

자기가 한 말이 웃겼는지 중치가 끽끽거리며 웃어 댔다.

자오칭이 말했다.

"야, 이 쩔뚝발이야. 그 꼬락서니에 매일 어록이나 걸쳐 메

고 마오 주석 배지를 달고 다니면서 누구에게 보여 주려고 그래? 그렇게 하면 주둥이에서 와위가 자라날 것 같아?"

"난 그런 거 싫어."

"너한테선 자라나지도 않아."

"다른 사람이 무덤 팔 일을 왜 해? 난 그런 것 필요 없어."

"다른 사람이 팔 무덤이나 있을 것 같아?"

자오칭의 말은 조금 도가 지나쳤다. 자식이 없는 중치는 죽은 후 그를 묻어 줄 사람이 없었다. 자식이 대여섯 명이나 되는 자오칭이 이런 말을 내뱉다니, 자신의 처지를 자랑삼아 남의 아픈 곳을 찌른 것이나 다름없었다.

"너 이 자식, 이 너저분한 새끼."

"이 돼지 불알 같은 놈이."

"네 어미 아비가 주둥이도 안 씻어 준 모양이지, 이놈아?"

"넌 씻어도 소용없을걸? 배 속에 똥만 가득 차 가지고."

두 사람의 말이 점점 상스럽고 거칠어졌다. 옆에 있던 사람들이 끼어들어 겨우 두 사람을 떼어 놓았다. 푸차가 분위기를 바꾸려고 공사의 저우(周) 서기 이야기를 꺼냈다.

"번이가 상대가 되나, 뭐? 한 달에 회의를 다섯 번 한다고 쳐. 그래 봤자 어쩌다 입술에 기름칠할 뿐이지. 그렇다고 배 속에 가득 찬 고구마나 옥수수 냄새가 없어지겠어? 그래도 공사 간부 정도는 돼야지. 하루가 멀다 하고 가는 곳마다 사람들에게 대접받느라 정신없으니 그 사람은 하루하루가 명절 같아. 하얗고 발그레한 살 좀 보라고. 솔 하나는 기름으로 적실 정도로 윤기가 번지르르하잖아. 목소리는 또 어떻고. 우렁

찬 목소리에 기가 넘치는 걸 봐. 아무리 연설해도 징 소리처럼
쩌렁쩌렁 울려. 톄샹 목소리보다 더 듣기 좋아. 나중에 이런
사람 입에서 자라나는 와위가 작을 리 있겠어?"

뤄씨 영감이 말을 이었다.

"맞아, 맞아. 누구한테서 와위가 자라나는지가 문제가 아니
라 누구 것이 진짜인지를 봐야지. 번이 입에서야 기껏 해 봤자
토란만 한 게 나오겠지. 아마 번이 것 열 개를 합쳐도 저우 서
기 것 하나만 못할걸? 나중에 무덤을 파려면 저우 서기 걸 파
야 한다고."

사람들의 이야기는 점차 허(何) 부장에서 현과 성의 유명
한 인물로, 그러다가 마오 주석으로까지 옮겨졌다. 그들은 마
오 주석이 제일 큰 복을 타고났다고 말했다. 복이 제일 크니
백 년 후쯤 되면 와위가 대단할 거야. 온갖 질병을 낫게 하는
것은 물론이고, 불로장생 단약이나 다름없을걸. 이런 국보라
면 가장 뛰어난 화학적 방법으로 보존하고 군대를 동원해 밤
낮 가리지 않고 지켜야 할 거야. 모두 그 말이 옳다고 생각했
다. 해가 벌써 서산으로 기울고 있었다. 사람들이 슬슬 쇠스랑
을 끌며 집으로 돌아갔다.

며칠 후 저우 서기가 벽돌 수집 임무를 어느 정도 달성했는
지 상황을 파악하려고 마차오를 방문했다. 그는 나에게 자료
를 베껴 써 달라고 부탁하면서 송체(宋體)를 본뜬 내 표제가
아주 훌륭하다고 칭찬했다. 웃음을 띤 그의 통통한 얼굴을 보
며 나는 문득 그의 입에 자라난 양배추만 한 와위를 상상했
다. 확실히 그의 목청은 카랑카랑했다. 그는 방송 음악에 맞춰

최근에 나온 베이징 찬양 노래를 불렀고 가끔 나에게 노래가 어떠냐고 물어보았다. 그럴 때마다 나는 한껏 그를 치켜세웠다. 그는 또 자신이 현의 문화국장이 되면 어떻겠느냐고 물어보았다. 나는 당연히 "좋습니다."라고 대답했다.

"서기님의 예술적 감각이야 분명히 문화국장감입니다."

그는 더욱 신이 나서 계속 노래를 흥얼거렸고, 누구를 만나건 반갑게 인사하며 아이들 이름도 물어보고 돼지가 잘 크는지도 물어보았다. 사후 자신의 입에 커다란 와위가 자라날 것이라고 온몸으로 확신하는 듯했다.

그는 번이를 대동하고 벽돌을 보러 갔다. 마치 큰 와위가 작은 와위를 대동하고 사후에 와위가 자랄 리 없는 사람들이 벽돌 나르는 모습을 보러 가는 것처럼 느껴졌다. 아무리 떨쳐 버리려고 해도 이런 쓸데없는 생각이 자꾸만 떠올랐다. 이렇게 황당한 상상을 벗어나지 못하는 것은 이번에 무덤을 너무 많이 파서 머릿속에 시체 생각만 가득하기 때문일지도 모른다고 생각했다.

"자네가 보기에 송체 말고 어떤 글씨체가 좋은가?"

"와위요."

"응?"

"아, 뭘 물어보셨는지……."

"좋은 글씨체가 또 뭐가 있느냐고 물었어."

나는 재빨리 정신을 가다듬고 글씨체에 관해 대답했다.

단장초를 보내다(放藤)

단장초(黃藤)는 독성이 강한 식물이다. 여자들은 자살하고 싶을 때 언덕으로 단장초를 캐러 가고, 남자들은 물길이 완만한 곳에서 물고기를 잡을 때 이 식물을 사용한다. 또한 단장초를 꺾어 세 번 매듭지은 후 닭털을 꽂거나 닭 피 한 사발을 뿌려 상대에게 보내면 전쟁하기 전 최후의 통첩이 된다. 이 정도에 이르면 피를 보기 전에는 사태를 수습할 수 없을 정도로 심각한 상황이라는 뜻이다.

민국 초기 마차오 사람들이 룽자탄 사람들에게 '단장초를 보낸(放藤)' 일이 있었다고 한다. 어느 날 룽자탄에 사는 싱자(興甲)라는 영감이 소 한 마리를 사서 돌아가다 친척 집에 들렀다. 잠시 친척 집에서 술을 마셔야 했던 노인은 소를 대문 밖에 매 놓았다. 술에 거나하게 취했을 무렵 문밖에서 소 울음

소리가 들렸다. 노인은 아이에게 무슨 일인지 밖에 나가 살펴보라고 했다. 아이가 나갔다 와서 한다는 말이 어디서 왔는지 검은 소 한 마리가 우리 소 등에 올라타고 있다고 했다. 싱자 영감이 화가 나서 말했다.

"방금 사 온 소한테 어느 놈의 소가 그렇게 막돼먹은 짓을 하나? 아직 숨도 돌리기 전에 겁간이라니?"

사람들이 우르르 달려 나갔다. 그러나 검은 소의 주인은 보이지 않았다. 거나하게 취한 싱자 영감의 조카가 술김에 횃불을 들고 뛰쳐나가 검은 소의 가랑이 사이에 찔러 넣었다. 검은 소는 크게 놀라 소리를 내지르며 흔들리는 횃불을 꽂은 채 달아나 버렸다. 듣자 하니 그때 횃불을 너무 깊게 꽂는 바람에 심장이 상한 소는 집으로 돌아간 그날 바로 죽었다고 한다.

그 소는 공교롭게도 마차오 사람들 것이었다. 이튿날 마차오 사람들은 닭 피를 바른 단장초를 룽자탄에 보냈다. 십여 일간 서로 무기를 들고 싸웠는데 마차오 사람들은 도무지 체면을 세울 수 없었다. 당시 룽자탄의 펑(彭) 씨는 종갓집이었기에 인근 서른여섯 마을의 펑씨들을 모두 모아 한꺼번에 쳐들어왔다. 그들을 모두 대적하기에는 역부족이었던 마차오 사람들은 하는 수 없이 사람을 세워 중재를 부탁했다. 그 결과 마차오 사람들은 소 값을 물리기는커녕 가옥을 뜯고 곡식을 팔아 룽자탄에 줄 징 하나, 돼지 네 마리, 술상 여섯 개를 마련한 후에야 겨우 사건을 무마할 수 있었다. 마차오의 노인 네 명과 젊은이 네 명이 룽자탄에 배상하러 떠났다. 그들은 머리에 바지를 뒤집어쓰고 벼를 한 다발씩 걸머진 채 징을 울리

며 패배자임을 인정하는 수모를 겪었다. 룽자탄에서 화해의
술 한 단지를 받기는 했지만 분이 풀릴 리 없었다. 마을로 돌
아온 그들은 통곡하며 조상의 위패 앞에서 무릎을 꿇고 앉아
일어날 줄을 몰랐다. 이제 조상님들을 무슨 면목으로 대한단
말인가? 무슨 낯짝으로 살아갈 것인가? 밤새도록 술을 마셔
눈이 벌게진 그들은 모두 단장초를 삼켰다. 이튿날 사람들은
사당에서 싸늘하게 식은 여덟 구의 시신을 발견했다. 온 마을
남녀노소가 하늘이 떠나갈 듯 통곡했다. 수십 년이 흘러 내가
파낸 무덤 중에는 당시 그 사람들 것도 있었다고 한다. 자오칭
이 한숨을 내쉬며 이들은 아예 후손이 없거나 있어도 모두 도
망갔다고 알려 주었다. 그는 또한 단장초를 보낸 해에 흉년이
들었기 때문에 당시에 죽은 사람들은 좋은 음식은커녕 죽도
실컷 먹지 못했다면서 이런 무덤에 와위가 자라지 않는 것은
당연한 일이라고 말했다.

　무덤에서 잠시 쉴 때면 마차오의 남자들은 여기저기 흩어
진 시신들을 힐끗거리며 되도록 멀리 떨어져 앉으려고 애썼
다. 그들은 어딘가 공허한 모습으로 너도나도 완위를 소리쳐
불렀다. 그렇게 하면 무서운 생각이 조금 덜 드는 모양이었다.
완위는 바람을 피해 구덩이 속에 오그리고 앉아 새빨갛게 언
코를 비틀어 푼 다음 느릿느릿 노래 구절을 중얼거렸다.

　　형제 네 사람 뿔 네 개 잡고,
　　각자 손에 쇠뿔을 잡고 제 갈 길을 가네.
　　500년 후에 다시 고향으로 돌아오니,

어쩔 수 없는 혈육이라.
큰아이는 동남 골짜기로,
둘째는 서북 언덕으로,
셋째는 명주(明珠) 바다로,
넷째는 통천하(通天河)를 건넜네.
500년 그리고 다시 500년이 지나
날마다 해는 지는데
사방 길은 텅 비어 있으니,
형제들은 언제나 서로 소식을 전할까……?

진파노(津巴佬)

　　도로를 만드느라고 온 공사가 출동했을 때 공사장 막사에
서 사람들의 미움을 가장 많이 받은 이는 자오칭이었다. 사람
들은 자오칭이 공사장에 오면서 달랑 불알(龍)만 달고 왔을
뿐 아무것도 가져오지 않았다고 했다. 다른 사람들이 가져온
물건이 모두 그의 물건이었다. 식사 때가 되어 젓가락이 없어
져서 보면 십중팔구 그가 선수를 쳐서 그 젓가락으로 식사하
고 있었다. 수건이 없어져도 마찬가지였다. 분명 그가 빼돌린
것이 틀림없었다. 없어졌다는 것을 알아차릴 때쯤이면 그가
어딘가에서 그 수건으로 뼈마디 앙상한 가슴팍이나 커다란
콧구멍을 열심히 문지르고 있었다. 지식청년들은 수건을 도둑
맞는 일을 제일 싫어했다. 그의 누런 이와 긴 콧수염이 머릿속
에 떠오르기 때문이었다. 그래서 그의 손에서 수건을 뺏어 온

후에는 비누로 몇 번이나 빡빡 비벼 빨고 나서도 혹시 그의 콧구멍 때가 남아 있지 않나 걱정했다.

그는 뻔뻔한 얼굴로 상대방의 쫀쫀한 모습을 비웃고 때로는 심한 말도 서슴지 않았다.

"원, 내가 그 수건으로 마누라 사타구니라도 닦아 준 줄 알아? 뭘 그렇게 호들갑을 떨어?"

자오칭은 무슨 이야기를 하든 사타구니와 관련된 말이 빠진 적이 없었다. 누군가가 코피를 흘리면 월경하느냐고 물었고, 오줌을 누러 가면 거시기가 고개를 내밀고 하늘이라도 보고 싶다고 하느냐고 말했다. 아무리 그런 말을 되풀이해도 지겹지 않은 듯 항상 신나서 농담을 지껄였다.

그는 자기 아들 쌴얼뒤 이야기가 나오면 그놈의 불효자식이 톄샹을 꼬드겨 도망갔다고 말했다.

"그놈이 나보다 선수를 쳐서 여자를 꼬드겼으니 내가 화 안 나겠어?"

자오칭을 제일 혐오스러워하는 사람들은 바로 여성 지식청년들이었다. 그들은 일을 나갈 때마다 그가 동행하는 것을 싫어했다.

그는 집에서 단 한 번도 비누를 써 본 일이 없었다. 그러나 남이 조금이라도 특별한 물건을 쓰면 그냥 내버려 두지 않았다. 얼마 지나지 않아 비누에 흥미를 느끼기 시작한 그는 수건을 훔칠 때 비누도 함께 훔쳤다. 몸을 씻다가 신이 났는지 바지까지 빨았다. 겨우 바지 한 벌을 빨면서 대야 가득 비누 거품을 풀어 놓는 그의 모습에 비누 주인은 그야말로 머리가 돌아 버릴 지경이었다.

일을 마치고 돌아온 모우지성은 산 지 얼마 안 된 비누가 알아보지도 못할 정도로 조그맣게 닳은 것을 보고 화가 머리 끝까지 치밀었다.

"이봐요. 도무지 양심이라곤 털끝만치도 없군요. 남의 재산을 함부로 쓰는 것은 범법 행위라는 거 알아요, 몰라요?"

자오칭이 기분 나쁜 얼굴로 되받아쳤다.

"왜 소리는 질러? 난 네 할아버지뻘이야. 손자들이 대신 소도 치고 장작도 주울 수 있지, 뭘 그래? 그까짓 비누 한 번 썼다고 무슨 놈의 법을 들먹거려!"

"왜 남의 걸 함부로 써요? 물어내요! 어서 물어내라니까요!"

"물어내라면 물어내지, 뭐! 이까짓 비누 하나를 못 물어낼 것 같아? 내 10위안 내놓지. 대들기는!"

옆에 있던 사람이 빈정거렸다.

"영감, 그거 있잖아요. 그걸로 물어 줘요."

자오칭의 얼굴이 벌겋게 달아올랐다.

"내가 못 물어 줄 것 같아? 우리 돼지가 새끼를 낳았어. 하루에 돼지죽을 한 솥은 먹여야 한다고. 내다 팔 날만 기다리고 있어!"

그래도 상대방은 계속해서 물고 늘어졌다.

"그 암퇘지가 금을 깔겨도 내놓을까."

"물어낼 거야. 물어낸다고! 내가 바지를 벗어서 물어 주지."

모우지성이 펄쩍 뛰었다.

"바지는 필요 없어요. 당신 바지가 그게 사람이 입는 바지예요?"

"그럼 사람이 입는 바지 아니면 뭔데? 꿰맨 지 아직 한 달도 안 됐어."

"할망구 바지처럼 오줌 누는 구멍도 없잖아요!"

모우지성이 가장 멸시하는 것이 바로 시골 사람들 바지였다. 혁대도 단추도 없이 새끼줄 하나로 허리를 묶는, 바지통이 드럼통같이 커다래 앞뒤 구분도 가지 않는 바지였다. 시골 사람들은 항상 이 바지를 앞뒤 번갈아 가며 입었다. 뒤를 앞으로 입어 앞이 볼록 튀어나오면 몸이 앞뒤가 바뀐 것 같은 느낌을 주었다.

"그럼 어떻게 하라고?"

모우지성은 아무리 생각해 봐도 자오칭이 가진 것 가운데 마음에 드는 물건이 없었다. 그는 하는 수 없이 이 문제를 잠시 미뤄 두었다.

마차오 사람들이 왜 자오칭을 '진파노(津巴佬)'라고 부르는지 우리는 그제야 알 수 있었다. 진파노는 수전노, 인색한 사람, 옹졸한 사람을 가리키는 말이었다. 마차오 말 가운데 '진(津)'은 '암(巖)'과 상반되는 말이었다. '암'은 우직하거나 성실한 사람, 즉 산 같은 성질을 가진 사람을 말할 때 쓰였다. 이에 반해 '진'은 교활하고 영특해서 물 같은 성질을 표현할 때 사용했다. 옛사람들이 "인자한 사람은 산을 좋아하고, 지혜로운 자는 물을 좋아한다."라고 한 말과 일맥상통한다. 고대에는 물길이 지나는 곳에 교통이 발달하고 상업이 흥성해 매매와 흥정이 빈번했다. 그러니 '진'이라는 말로 계산에 능한 사람을 묘사하는 것은 그 나름대로 일리가 있다고 생각한다.

나는 며칠 동안 자오칭과 한 침대에서 생활한 적이 있었다. 잠을 잘 때마다 그가 이 가는 소리를 도저히 참을 수 없었다. 대체 누구에게 그리 깊은 원한이 있는지 밤새도록 빠득빠득 이를 갈았다. 마치 결사적으로 유리 조각이나 못 조각을 씹어 대는 사람처럼 온 막사가 다 울리도록 요란하게 이를 갈았다. 멀리 떨어진 다른 막사에 잠을 이루지 못하는 사람들이 있었다면 아마 그가 이 가는 소리에 온 신경이 죄어드는 느낌을 받았을 것이다. 가만히 살펴보니 아침에 일어난 사람들이 대부분 눈에 실핏줄이 서고 눈꺼풀이 처진 데다 머리는 엉망으로 헝클어지고 손과 다리가 힘없이 축 늘어져 있었다. 마치 큰 봉변을 겪은 사람들처럼 피곤에 지친 모습이었다. 자오칭이 이를 갈지 않았다면 이 정도까지 낭패한 모습은 아닐 것이라는 생각이 들었다.

그러나 오직 자오칭만은 아무 일도 없다는 듯이 항상 걸음걸이가 경쾌했다. 그는 한밤의 소란을 흔적 없이 덮으려는 듯 때로 누런 이를 드러내며 씩 웃었다.

참다못한 내가 이야기를 꺼냈다. 그러나 그는 당당했다.

"잠을 잘 못 자? 왜 나는 못 들었지? 난 한 번도 뒤척이지 않고 잠을 잘 잤는데!"

"아마 풍기가 있는 것 같군요. 아니면 배 속에 벌레가 한가득 들어 있든지!"

"그렇다면 한의사에게 가 봐야겠는걸. 돈 좀 빌려주게. 3위안도 좋고, 5위안도 좋아!"

또 돈을 빌려 달라고 하다니. 몇 번이나 돈을 빌려주고 못 받은 나는 그 말을 듣자마자 버럭 화를 냈다.

"미안하지도 않아요? 내가 은행인 줄 알아요?"

"한 이삼 일만 빌려 달라는 건데. 이삼 일 있다가 우리 집 돼지가 팔리면 갚는다니까."

그의 말을 믿을 수 없었다. 나뿐이 아니었다. 지식청년치고 그에게 한두 번 안 당해 본 사람이 없었다. 일단 그의 수중에 들어간 돈은 돌려받을 수 없었다. 자오칭은 돈 빌리는 일을 거의 취미처럼 즐기는 듯했다. 어쩌면 실제적인 목적과 관련 없는 문화 활동인지도 몰랐다. 그는 돈이 필요 없을 때도 돈을 빌렸다. 언젠가 그는 헤이샹궁에게 그렇게 욕을 얻어먹으면서도 오전에 1위안을 빌렸다. 그리고 헤이샹궁이 주먹을 들이대는 바람에 오후에 돈을 돌려주었다. 그사이 그는 빌린 돈으로 아무 일도 하지 않았다. 물론 그에게는 돈을 빌리는 것 자체가 일이었다. 자기 주머니에 지폐 한 장이 몇 시간 동안 따뜻하게 머물고 나면 마음까지 든든해지고 흐뭇해지는 듯했다.

"돈이 돈이지 뭐야?"

언젠가 자오칭이 매우 진지하게 말했다.

"돈 쓰는 게 뭐 그리 대단해? 돈 쓸 줄 모르는 사람도 있나? 어떤 돈을 쓰는지, 얼마나 신나게 쓰는지가 중요한 거라고."

그가 다시 말을 이었다.

"인생은 한세상, 초목도 가을 한 철뿐이야. 돈? 그딴 게 뭐야? 사람이란 모름지기 인생을 즐겁게 살 줄 알아야지."

그의 말에 제법 철학적 이치가 담긴 것 같기도 했다.

자오칭은 계속해서 이를 갈았다. 견디다 못해 나는 결국 그를 다른 막사로 쫓아내 버렸다. 말이야 다른 막사로 옮겨 갔다지만 사실 옮겨 갈 물건도 거의 없었다. 그는 이불, 가방, 그릇, 젓가락, 심지어 멜대나 괭이조차 가지고 있지 않았다. 이처럼 아무것도 없는 빈털터리이니 누군들 호의를 느껴 자신의 막사에 들어오기를 바라겠는가? 사촌 형제조차 돗자리 한 장 없는 그와 한 침대를 쓰고 싶어 하지 않았다. 여러 날이 흘렀지만 그는 돌아갈 둥지를 찾지 못했다. 그러나 그에게 이런 일은 별로 상관없었다. 그는 다른 사람들이나 마찬가지로 매일 살아 숨 쉬고 그것도 아주 즐겁게 살아갔기 때문이다.

　날이 어두워지고 칠흑 같은 밤이 그의 보잘것없는 형상을 묵직하게 짓누르기 시작한다. 그는 얼굴과 손발을 되도록 깨끗하게 씻고 가능한 한 상냥하게 웃는 얼굴로 이곳저곳 막사를 돌아다니며 목표물을 물색한다. 반은 애걸, 반은 억지로 빈 침대를 찾아 올라간다. 만일 당신이 조금이라도 방심할라치면 침대 모서리로 파고들 것이며, 당신이 조금만 더 미적거린다면 아예 코를 고는 시늉을 하기 시작할 것이다. 일단 이렇게 되면 아무리 욕을 퍼붓고 두들겨 패고 머리랑 귀를 잡아당겨도 그는 눈 하나 꿈쩍하지 않는다.

　때려죽인다고 해 보시지, 눈 하나 깜짝하나.

　작은 키에 말린 두꺼비처럼 깡마른 그가 침대 모서리를 차지하고 누우면 사실 그리 많은 공간을 차지하지도 않는다. 게다가 등은 굽고 발을 오므리고 있으니 더 작고 초라하게 느껴졌다.

사람들의 방어가 심해 끝내 조그만 귀퉁이도 얻지 못하는 날도 있다. 그럴 때면 자오칭은 바람이 불지 않는 공간을 찾아 멜대 두 개를 걸치고 옷을 입은 채 밤을 지새운다. 바로 그곳에서 자신의 절묘한 묘기를 펼친다. 심지어 그는 달랑 하나의 멜대 위에서 잠을 자는 재주를 펼친 적도 있다. 그는 그렇게 반나절 동안 미동도 없이, 물론 떨어지지도 않고 등을 구부린 채 포근하게 잠들었다. 줄타기 묘기를 하는 곡예사가 그 모습을 보았다면 분명 두 눈이 휘둥그레졌을 것이다.

　그래도 그는 매일 저녁 멜대 위에서 묘기를 펼치면 펼쳤지 절대 집에 돌아가 돗자리를 가져오는 법이 없었다. 이상한 것은 그렇게 서리를 맞으며 노숙해도 단 한 번도 병에 걸리지 않았다는 것이다. 오히려 그는 수탉처럼 기운이 펄펄 넘쳐흘렀다. 내가 잠에서 깨어날 때쯤이면 그는 벌써 바쁘게 일하고 있었다. 희미한 새벽 여명 아래 새끼를 꼬거나 쟁기 날을 갈았다. 내가 게슴츠레한 눈으로 작업장에 가면 그는 벌써 땀을 흠뻑 흘리며 일하고 있었다. 태양이 떠올라 대지를 불태우며 한없이 펼쳐진 아침 안개가 세상을 자욱하게 뒤덮으면 자오칭의 온몸은 마치 찬란한 주황빛으로 도금한 듯했다. 특히 땅을 파는 그의 동작은 매우 아름다워서 아직도 선명하게 내 기억에 남아 있다. 무거운 쇠스랑은 마치 그가 들어 올리는 것이 아니라 자동으로 위로 튀어 오르는 것 같았다. 그럴 때마다 그는 보조를 맞춰 한 걸음씩 경쾌한 곡선을 그리며 우아한 동작을 반복했다. 쇠스랑이 떨어지는 순간 손목을 흔들면 쇠스랑의 방향이 바뀌면서 울퉁불퉁한 땅을 정확하게 내리쳤다. 두

발은 박자에 맞춰 자연스럽게 서로 교차하며 땅을 내디뎠다. 절대 흙이나 물을 튀기는 법도 없고 시간이나 기력을 낭비하는 법도 없었다. 그의 동작은 사실 하나하나를 구분해서 설명할 수 없다. 모든 동작이 분리할 수 없는 하나의 동작처럼 그의 숨결에 따라 일사불란하게 이루어졌다. 주인의 뜻을 따라 매끄럽고 유연하게 이루어지는 동작은 전혀 흠잡을 데 없는 완벽한 춤을 보는 듯했다. 고개를 숙인 그의 모습은 마치 주황빛 안개 속에서 우아하고 찬란하게 몸을 움직이는 무용수 같았다.

당연히 기계처럼 일하는 자오칭의 임금이 제일 많았다. 만약 성과급으로 계산한다면 그는 하루에 두세 사람 몫을 해내는 셈이었다. 그 바람에 사람들은 눈에 핏발이 설 정도로 그가 미워도 어쩔 수 없었다. 그러나 그렇게 많은 돈을 받으면서도 그는 여전히 멜대 위에서 밤을 보냈다. 나중에야 안 사실이지만 그는 평소 집에 있을 때도 이런 식으로 생활했다고 한다. 많은 자식을 먹여 살리느라 침상은 두 개뿐이었으며, 그나마도 아이들 차지였기 때문에 그에게 돌아올 것이 거의 없었다.

계획생육(산아 제한) 운동이 실시된 이후 그는 정부의 주요 피임 수술 대상이었다. 자오칭은 이것이 가장 큰 불만이었다. 공산당이 세상일에나 간섭할 것이지 왜 남의 바짓가랑이 아래 일까지 간섭하려고 들어?

하지만 결국 자오칭은 고분고분 공사 위생원에 출석했다. 왜 그의 아내가 아니고 그가 수술을 받으려고 하는지에 대해 사람들은 의견이 분분했다. 그는 아내가 병이 있어서 수술을 받을 수 없다고 했다. 그러나 사람들은 자오칭 자신이 수술받은 이유는 아내가 서방질을 하지 않을까 걱정하기 때문이라고 했다. 혹시 아내가 수술받고 나서 자기를 속이고 몰래 나쁜 짓을 하지 않을까 걱정이라는 뜻이었다. 또한 그게 아니라 수술받은 사람은 정부에서 지급하는 포도당 두 봉지와 돼지고기 다섯 근을 받을 수 있어서라고 말하기도 했다. 자오칭은 포도당 같은 것은 먹어 본 적이 없거든. 그래서 자기가 수술을 받겠다고 고집을 부린 거야. 자기가 그걸 받아먹으려고 말이야. 수술한 지 열흘여가 지난 후 그가 다시 밖으로 나와 일하기 시작했다. 면도해서 시퍼런 얼굴에 발그레하게 화색이 돌았다. 아마도 포도당이 효과를 본 모양이었다. 청년들이 그를 보고 웃으며 아내에게 수술받게 하면 되지 남자가 잡아매는 사람이 어디 있느냐고 말했다.

"수술하면 그거 내시나 마찬가지 아냐?"

내시라는 말에 다급해진 그가 정부에서 보장했다고, 그럴 일은 절대 없다고 말했다. 사람들이 못 미더워하자 그는 바지를 끌어 내리며 모두에게 남성이 건재함을 보여 주려고 했다.

비누 사건 때문에 그에게 단단히 원한이 맺힌 헤이샹궁이 이 기회를 놓칠 리 없었다. 헤이샹궁은 모양이야 변하지 않았지만 그래도 계속해서 쓸 수 있을지 누가 알겠느냐고 말했다.

자오칭이 말했다.

"그래? 그러면 그 처자 좀 나와 보라고 그래. 쓸 수 있는지 없는지 보여 줄 테니까."

그가 말하는 처자란 헤이샹궁이 마음에 두던 샤(霞)씨 여성 지식청년을 가리켰다.

헤이샹궁의 얼굴이 벌겋게 달아올랐다.

"이 멍청한 건달 늙은이가!"

자오칭이 천천히 바지춤을 여몄다.

"네 여자 친구 얘길 하니 마음이 아프지? 그 둥근 엉덩이를 남에게……."

말이 끝나기도 전에 헤이샹궁이 그를 향해 달려들었다. 그가 마치 씨름하듯 자오칭을 땅바닥에 내리꽂았다. 고개를 쳐든 자오칭의 얼굴이 온통 흙투성이였다.

자오칭은 흙이 잔뜩 묻은 얼굴로 멀리 달아나며 욕을 퍼부었다.

"이 자식, 너! 손자까지 본 사람한테, 그것도 이제 막 수술하고 퇴원한 환자에게 이게 무슨 짓이야! 공사의 허 부장까지 국가에 공헌했다고 병문안을 왔는데, 네놈이 날 쳐? 감히 어디서……."

그는 배를 움켜쥐고 집으로 돌아가 내상을 입었다고 허풍을 치며 한약을 5위안어치 넘게 지어 먹었다. 그러고는 헤이샹궁의 쟁기를 들고 가서 3위안에 저당 잡혔다. 그는 수건 한 장을 5마오에 저당 잡혔다고 쳐도 헤이샹궁이 2위안이나 빚을 지고 있다면서 아직 계산이 끝나지 않았다고 말했다.

이후 그가 정관 수술을 했다는 사실은 무슨 일에나 돈을 요구하는 빌미가 되었고, 도처에서 써먹을 수 있는 일종의 우대권이 되었다. 오늘 논에 쟁기질을 나가는 것(쟁기질 임금이 높을 때)도 그가 수술했기 때문이고 다음 날 쟁기질을 나가지 않는 것(기름을 짜는 임금이 더 높을 때)도 그가 수술했기 때문이었다. 또한 오늘 저울 눈금을 좀 높이 치켜 주는 것(생산대에 가서 곡식을 나눌 때)도 그가 수술했기 때문이며 다음 날 다시 저울을 조금 낮게 잡아 주는 것(생산대에 똥거름을 낼 때)도 역시 수술받았기 때문이었다. 그는 계속해서 모든 일을 자기 뜻대로 밀고 나갔다. 심지어 자오칭은 이 수술 평계를 마차오 말고 다른 지역에서까지 써먹으려 했다. 푸차와 함께 현에 종자를 사러 간 그는 창러가에서 차를 탈 일이 생겼다. 그는 죽어도 차표를 사지 않겠다고 버텼다. 돈이 없는 것도 아니었다. 그것도 자기 돈도 아닌 공금이었다. 그러나 그는 돈을 내는 일에 본능적으로 반감을 가졌다. 돈이 드는 일이라면 지긋지긋하게 싫어한 그는 가격이 얼마건 무조건 불만이었다.

"1위안 2마오? 지금 어디서 1위안 2마오를 달라고 그래? 이 정도면 기껏해야 2마오면 되겠구먼!"

자오칭이 딱 잘라 말했다.

매표원이 그를 비웃었다.

"누가 차에 타 달라고 애걸이라도 했나요? 차 타려면 이 가격을 내야 해요! 안 탈 거면 어서 내려요."

"3마오, 3마오면 됐지? 4마오, 아니면 4.5마오?"

"국가 돈이에요. 어디서 흥정하려 들어요?"

"그것참 이상하군. 이것도 장산데 흥정할 수 없다니. 우리 고장에선 똥거름을 사도 가격을 흥정하는데."

"그럼 가서 똥거름이나 사세요. 누가 차에 타라고 했어요?"

"이 처녀 말하는 것 좀 보게!"

"어서요, 어서. 1위안 2마오 내놔요."

"아니, 이, 이 여자가. 그렇게 돈을 많이 받아서 뭐 하려고? 도대체가 믿지 못하겠군. 이렇게 큰 차에 사람 하나 더 탔다고 바퀴를 더 돌리나?"

"내려요, 내려!"

매표원은 귀찮다는 듯이 그를 아래로 떠밀었다.

"사람 살려! 아이고, 사람 죽네!"

자오칭은 바닥을 향해 엉덩이를 쭉 뺀 채 죽어라고 차 문에 매달렸다.

"금방 정관 수술 하신 몸을! 공사 간부까지 위문을 온 나를 이런 식으로 대접해도 돼?"

운전기사와 매표원이 아무리 말을 해도 통하지 않았다. 차에 탄 손님들도 조급해서 소리를 지르며 기사에게 빨리 차를 출발시키라고 난리를 쳤다. 걱정되었는지 푸차가 황급히 돈을 지불하고 표를 구입했다.

차를 타고 가는 자오칭의 낯빛이 계속 좋지 않았다. 창을 열고 엉덩이를 뭉그적거리며 화가 난 모습으로 계속 가래를 뱉었다. 목적지에 도착해서도 그는 차에서 내리지 않았다. 푸차가 몇 번이나 그를 불렀다. 그제야 그는 차 안에 자기밖에 없는 것을 알아챘다. 그래도 머뭇거리며 차에서 내리려 하지 않았다.

"외지 것들은 정말 이상하다니까. 똥 싸는 것만큼이나 쉬운 길을 고기 두 근 값을 들여서 차를 타고 가다니!"

그가 한바탕 지저분하게 욕을 퍼부었다.

현에서 돌아올 때 자오칭은 한사코 차를 타지 않으려 했다. 그리고 정기 운행 버스만 봤다 하면 "헤픈 년(臭婊子)", "못된 놈(賊嬲的)!"이라며 버럭 화를 냈다. 그는 바람처럼 달려가는 버스를 기를 쓰고 쫓아가 침을 뱉고 욕을 퍼부었다. 나중에는 차란 차는 모두 증오의 대상이 되어 그의 사나운 눈초리를 피해 갈 길이 없었다. 시장에 갔을 때였다. 지프차 한 대가 어떤 농민의 오리를 치어 죽였다. 지프차 운전기사가 오리 값을 배상할 수 없다고 버티는 바람에 오리 주인과 옥신각신 시비가 벌어졌다. 자오칭과는 아무 관계도 없는 일이었다. 그런데 갑자기 뛰어든 자오칭이 잔뜩 화난 모습으로 구경꾼들 사이를 비집고 들어가 다짜고짜 주먹을 날렸다. 운전기사는 그의 주먹 한 방에 코피를 흘리며 뒤로 주저앉아 버렸다. 구경꾼들은 사실 오리 주인을 동정했지만 살벌한 운전기사의 기세에 밀려 아무 말도 못 하고 있었다. 그러던 차에 누군가가 앞장서는 모습을 보고 그들은 곧바로 고함을 지르며 기사를 향해 달려들었다. 얼굴이 허옇게 질린 운전기사와 동료가 그 즉시 돈을 내서 사건을 마무리 지었다.

지프차 주인은 허둥지둥 차를 몰고 자리를 떠났다. 오리 주인은 자오칭에게 그저 감격할 뿐이었다. 그는 지프차 운전기사가 현 정부 사람으로 전에도 자주 이곳에 나타나 횡포를 부렸다고 했다. 방금 전에도 오리 값을 배상하지 못하겠다고 했을 뿐 아니라 오히려 오리 때문에 전쟁 준비에 차질을 빚었다고 엄포를 놓았다고 했다. 그는 자오칭이 때마침 용감하게 나서지 않았더라면 운전기사가 자신을 현으로 잡아갔을지도 모른다고 덧붙였다.

그러나 자오칭은 주위 사람들의 감격이나 찬사에는 별로 관심이 없었다. 또한 현 정부가 뭐 하는 곳인지도 잘 몰랐다. 그저 씩씩거리며 아쉬움을 토로할 뿐이었다.

"지프차가 너무 빨리 가 버렸어. 일찍 알았더라면 멜대를 가져다 아예 바퀴를 들어내 버리는 건데."

그와 푸차는 서둘러 길을 떠났다. 혹시 같은 방향으로 가는 트랙터라도 있으면 좀 태워 달라고 할 생각으로 몇 번이나 손짓을 했지만 그들을 태워 주는 차는 한 대도 없었다. 하는 수 없이 끔찍한 아스팔트 열기 속에 계속 길을 걸었다. 온몸이 땀으로 범벅이 된 푸차가 푸념하기 시작했다.

"어차피 생산대에서 준 차비인데, 남겨서 뭐 하려고 그래? 이게 뭐야? 왜 사서 고생이람!"

"너무 비싸서 화가 나잖아!"

차표 가격 이야기였다.

"난 말이야, 먹는 것도 덜 먹을 수 있고, 입는 것도 줄일 수 있어. 그냥 짜증이 날 뿐이야."

그들은 도로 표지판을 하나하나 세며 걸어갔다. 목이 바짝바짝 탔다. 길거리에 차를 파는 노점이 있었다. 한 잔에 1편(分)이었다. 푸차는 두 잔을 마신 뒤 자오칭에게도 차를 권했다. 자오칭이 그를 흘겨보더니 말없이 나무 그늘에서 몸을 웅크리고 잠을 청했다. 그들은 다시 작열하는 태양 아래 10여 리를 걸어갔다. 우물곁을 지나게 되었다. 자오칭은 그제야 길가 가마에서 그릇을 빌린 다음 물을 단숨에 여덟 공기나 들이켰다.

어찌나 급하게 마시는지 꿀꺽꿀꺽 요란하게 물을 넘기며 두 눈이 다 허옇게 뒤집히고 입가에서 침이 주르르 흘러내렸다. 숨도 제대로 쉬지 않고 들이켰다. 그가 거드름을 피우며 푸차를 타일렀다.

"사람, 어리석긴! 아직 거시기에 털도 다 안 자랐으니, 세상 사는 게 얼마나 고되고 힘든지 알 리가 없지. 우리 같은 사람은 다른 사람 돈은 못 벌더라도 이렇게 자기 돈은 벌 수 있다고."

생산대는 출장 가는 사람들에게 하루에 5마오씩 출장비를 제공했다. 자오칭은 하루를 꼬박 굶어 가며 걸어서 돌아왔다. 그 덕분에 출장비를 고스란히 남긴 데다 길거리 가마에서 그릇까지 공짜로 얻었다.

머리가 깨지다(破腦)와 기타

　자오칭이 돈의 액수를 말하면 사람들은 제대로 알아듣지 못해 당황스러웠다. 언제나 은어를 사용했기 때문이다. 물론 버스 매표원도 처음에는 그가 말하는 가격을 전혀 알아듣지 못해 어리둥절했다. 그제야 자오칭이 나서 표준어로 가격을 말했다.

　그는 3을 '남(南)'이라고 말했다. 또한 1은 '가(加)', 2는 '전(田)', 4는 '퐁(風)', 5는 '탕(湯)', 6은 '곤(滾)', 7은 '초(草)'라고 했다. 나머지는 지금 기억나지 않는다. 이런 발음은 마차오 이외의 지역에서는 통용되지 않았다. 예를 들어 솽룽 쪽이나 뭐장강 쪽에서는 4를 '과(戈)'나 '서(西)'라고 불렀으며, 때로 '노나가(老羅家)'라 말하기도 했던 것 같다.

　중국은 아마도 숫자 발음이 가장 다양하고 기괴한 곳이라고 할 수 있을 것이다. 후난이나 하이난에서 들은 숫자 발음만 합쳐도 아마 두꺼운 책 한 권은 족히 펴낼 수 있으리라. 중국은 거의 모든 지역과 전통 업종마다 제각기 숫자의 고유 발음을 가진다. 그들은 숫자를 은밀히 취급하고 이를 다른 말로 부호화해서 사용할 뿐 아니라 끊임없이 표현을 교체한다. 실제 상황을 은닉하고 싶은 충동을 보여 주는 듯하다. 이렇게 해서 숫자는 겹겹이 사람들을 둘러싼 보루가 되고 사람들은 자신이 간직한 비밀을 감추려고 더 좁은 울타리를 만든다. 사정이 이러므로 먼 곳에서 여행 온 사람은 가는 곳마다 대체 무슨 일이 일어나는지를 파악하기가 결코 만만치 않다.

숫자는 사회 융합을 가로막는 가장 막강한 방해 요소 가운데 하나가 되었다.

마차오의 경우 가장 큰 숫자나 '아주 많다'라는 의미의 '흔다흔다(很多很多)'[12]를 '머리가 깨지다(破腦)'라는 말로 표현한다. 아마도 마차오 선조들은 숫자가 많아지면 두뇌 용량의 한계를 느껴 머리가 깨질 것 같은 기분이 들었나 보다. 예를 들어 선생님이 내준 숙제가 너무 많으면 화가 난 아이들은 언제나 이런 식으로 말한다.

"파뇌(破腦), 파뇌(破腦) 같은 숙제!"

---

12) 很(헌hěn)은 '매우, 몹시', 多(뒤duō)는 '많다'라는 의미이다.

연상(憐相)

자오칭이 도시 구경을 하고 돌아오자 호기심에 가득 찬 사람들이 그에게 도시 이야기를 해 달라고 졸랐다. 일일이 구체적으로 말할 생각이 없던 자오칭은 그저 되는대로 묻는 말에 대답했다. 사람들이 건물이나 차, 사람 들의 생김새를 물어보면 그는 언제나 이렇게 말했다.

"다 그렇지, 뭐! 정말 연상(憐相)해."

연상은 아름답다는 뜻이었다.

그는 사람들 물음에 전혀 흥미가 없는 듯 무표정하게 그냥 몇 마디 대꾸한 다음, 일을 가려고 자리를 떴다. 나중에 현에 사는 광푸에게 듣자니 도시에 갔을 때 자오칭은 아무 데도 가지 않았다고 한다. 광푸의 집에서 의자 위에서 작은 몸을 웅크리고 내내 잠을 잘 뿐이었다. 심지어 창밖에 눈길 한 번 주는 일이 없었다. 별로 특별한 이유가 있는 것도 아니었다. 그러면서도 그는 화난 얼굴로 멋진 건물들에 전혀 관심을 보이지 않았다.

"뭐 볼 게 있어? 우리 같은 사람은 너희 도시 사람처럼 멋지지 못해서 저런 걸 쳐다보면 가슴이 답답해. 업보야! 저렇게 큰 건물을 지으려면 얼마나 많은 사람이 일했겠어?"

기차역에서 남쪽으로 운반되는 엄청난 석재와 반짝반짝 윤이 나는 대리석을 난생처음 본 그는 엉엉 큰 소리로 울면서 연신 소매로 콧물을 닦았다.

"세상에, 세상에! 얼마나 망치질을 많이 해야 저걸 다 만들어 내나."

옆에 있던 이들은 그의 말에 기가 막혀 아무 말도 하지 못했다.

시골에 돌아온 그는 이상하게 밥도 잘 먹지 않고 괜히 이웃집 개한테 버럭버럭 화를 내곤 했다. 기분이 무척 안 좋은 것 같았다. 마을 사람들은 그의 아버지가 평생을 채석장에서 일하다 돌아가셨다는 것을 알았다.

청년들이 도시에 찬사를 보낼 때보다 자오칭이 오히려 그리서럽게 울던 모습에 연상의 원래 의미가 훨씬 많이 담겨 있다고 생각한다. 마차오에는 '아름답다(美麗)'라는 말이 없다. 그저 '빼어나다(標致)', '곱다(乖致)', '참하다(乖)'라는 말로 아름답다는 표현을 대신할 뿐이다. 그중에서도 가장 많이 쓰는 표현은 '연상'이다. 중국어 표현에서 아름다울 미(美) 자는 '연(憐)'과 인연이 많다. 이상하게 생각할 필요는 없다. 가슴이 아플 정도로 아름다운 모습에 사람들은 '동애(疼愛)'라고 표현하기도 하고 연민의 정을 느낄 정도로 아름다운 모습을 '연애(憐愛)'라고 하기도 한다. 중국어에서 아름다운 것들은 모두 슬픈 정서를 드러낸다. 일본 작가 가와바타 야스나리의 작품에 대해 어떤 서양 학자가 쓴 평론을 읽은 적이 있다. 그는 가와바타 야스나리가 '비(悲)'라는 글자는 거의 쓰지 않고 대신 '애(哀)'라는 글자를 자주 썼다고 했다. 중국어에서 '애(愛)'와 '애(哀)'는 모두 '아이(ai)'로 읽기 때문에 같은 발음으로 두 가지 감정을 통용할 수 있다. 사실 가와바타 야스나리도 이 두 글자가 나타내는 감정이 동일하다고 생각하고 별 뜻 없이 문자를 나눠 사용했는지도 모른다. 서양 학자는 이런 점에서 출발해 가와바타 야스나리의 심미적 감각에 서린 슬픈 정서를 논했다. 그러나 그는 '비(悲)'에도 아름답다는 의미가 포함된다는 것을 모르는 듯하다. 옛사람들이 말하는 '비각(悲角)', '비상(悲商)', '비사(悲絲)', '비관(悲管)', '비가(悲歌)', '비향(悲響)' 등에 들어 있는 '비(悲)'는 거의 모두 '미(美)'로 대치할 수 있다. 대학 시절 고문(古文) 선생님은 1949년 출판된 『사원』에 '비(悲)'를 그저 '슬프다', '가슴 아프다'라는 의미로 설명하는 것에 반대 의견을 제시했다. 만약 이렇게만 본다면 옛사람들이 즐겁고 호방하며 웅장한 모든 종류의 음악을 표현하는 데 광범위하게 사용한 '비(悲)'의 의미를 제대로 해석할 수 없기 때문이다.

나 역시 그 고문 선생님과 의견이 같다.

당시에 문득 마차오가 생각났고, 그들이 즐겨 쓰는 연상이라는 말이 떠올랐다. 또한 고층 건물을 바라보며 엉엉 울음을

터뜨린 자오칭도 생각났다. 언제나 '애(哀)'나 '비(悲)', '연(憐)'이
라는 글자로 표현된 중국의 미(美). 그래서 현대화된 아름다
운 풍경 앞에서 자오칭은 눈물을 흘릴 수밖에 없었을 것이다.

주아토(朱牙土)

　　주아토(朱牙土)는 마차오에서 흔히 볼 수 있는 흙이자 그냥 일반적인 흙이기 때문에 굳이 주석을 많이 달 필요가 없다. 산성으로 단단하고 전혀 기름지지 않은 척박한 흙, 그것이 주아토이다. 순백색 진흙인 '금강니(金剛泥)'와 비교할 때 주아토는 붉은색에 하얀 반점이 있어 마치 표범 가죽을 보는 느낌을 받는다.

　　문제는 이 '주아토'를 이해하지 못하면 진짜 마차오를 이해할 수 없다는 데 있다. 오랜 세월 동안 사람들은 거의 매일 이 흙을 접하며 살아왔다. 쇠스랑을 거칠게 내리쳐야 하는 흙, 손에 온통 물집이 잡히고 진물이 나고 피가 배게 하는 흙, 살가죽보다 쇠를 더 빨리 닳게 하는 흙, 바지가 땀에 절다 못해 소금 덩이가 맺히게 하는 흙. 세상천지가 돌아가는 듯 현기증 나게 만들고 살아 있으나 죽은 듯한 흙. 텅 빈 시간 속에 모든 욕망이 사라지게 하고 탄식을 불러일으키는 흙. 한여름 푹푹 찌는 날씨는 물론 엄동설한 추위마저 잊게 해 그저 모든 날이 항상 한날처럼 느껴지게 하는 흙. 남자들의 분노, 여자들의 절망, 아이들의 주름을 만들어 내는 흙. 영원히 다함이 없는 흙. 사람들을 원한에 사무치게 하고, 싸움과 구타와 칼부림을 부르는 흙. 꼽추와 절름발이, 장님과 유산(流産), 바보와 천식, 갑상선, 사망을 증가시키는 흙. 사람들을 도망가게 만드는 흙. 사람들을 자살하게 하는 흙. 생명을 그저 하루하루의 시간으로 만들어 버리는 흙. 아무리 거센 시련과 시달림에도 항상 그곳에 자리하며 영원히 떠나지 않는 흙, 그것이 바로 주아토이다.

이 흙은 뤄장강 쪽에서 시작해 멀리 후난 동쪽 산에서 도도하게 흘러내리다 톈쯔령에서 갑자기 멈춘 다음 방향을 바꿔 남쪽 마을들을 향해 흐른다. 마치 강철처럼 단단하게 응결되고 불의 바다처럼 광대한 모습으로 사람들의 모든 삶을 태운다.

자오칭의 첫째 아들은 바로 이 흙에 눌려 세상을 떠났다. 당시 자오칭은 저수지 건설에 참여해 땅에서 파낸 흙으로 댐을 쌓고 있었다. 그 역시 다른 노동자들과 마찬가지로 하루라도 빨리 자신의 임무를 완수하려고 먼저 땅굴을 파듯이 아래쪽에서 흙을 파 들어간 후 위의 흙을 무너뜨리는 방법을 썼다. '신선토(神仙土)'를 붓는다고 표현하는 이 방법이 작업의 효율을 가장 높일 수 있기 때문이다. 욕심이 난 자오칭은 땅밑 3미터 깊이의 흙을 파냈다. 주아토는 단단하기 때문에 위에 있는 신선토가 그렇게 금방 무너지리라고는 전혀 생각하지 않았다. 그런데 그가 대나무 키를 가지러 간 순간 갑자기 등 뒤에서 엄청난 굉음이 들려왔다. 뒤를 돌아보니 눈앞에서 엄청나게 큰 붉은 흙덩어리가 쏟아져 내렸다. 커다란 붉은색 덩어리들이 마치 덩실덩실 춤을 추는 듯했다. 그리고 안에 있던 아들의 모습도 보이지 않고 비명도 들리지 않았다. 분명 조금 전까지만 해도 그 안에서 놀고 있었는데.

그가 달려들어 흙을 파기 시작했다. 끊임없이 파고 또 파고 한없이 파 내려가도 붉은 흙은 끝이 없었다. 그는 열 손가락에 피가 흐를 때까지, 어느 한 구석이라도 빠뜨릴세라 끊임없이 흙을 파냈다. 그가 가장 사랑한 아들이었다. 첫돌이 지나자마자 제법 말도 할 줄 알고 두 돌이 지나서는 집안의 닭도 알아보고 이웃집 닭을 쫓아내던 아이였다. 이마에 커다란 검은 점이 있는 아이였다.

파원(擺園)

도저히 아들을 잊을 수 없었던 자오칭은 오직 한마음으로 다시 그런 아들을 낳기를 원했다. 이렇게 해서 연이어 여덟이나 되는 아이를 낳았지만 이마에 검은 점이 난 아이는 나오지 않았다.

계획생육이 시작되던 시기, 자오칭의 올망졸망한 아이들은 시대의 흐름을 거스르는 상징이 되었다. 넷째 아이부터 시작해서 그는 아들 이름에 모두 '위안(元)'이라는 글자를 붙였다. 구이위안(桂元), 창위안(昌元), 마오위안(茂元), 쿠이위안(魁元). 마차오 말에서 위안(元)은 '완(完)'과 발음이 같다. 바로 이 아들이 끝이라는 뜻이었다. 왜 매번 끝을 내지 못하고 또 낳느냐고 물어보면 그는 얼버무리며 정확하게 대답하지 못했다. 당지부 서기 번이는 그의 무책임한 태도에 화가 났다. 언젠가 대회에서 보고하던 번이가 갑자기 이 일을 추궁했다.

　그가 매서운 눈초리로 말했다.

　"누구네 집은 애도 끝이다, 쟤도 끝이다 하면서 말만 끝이지 '파원(擺圓)'을 하지 않아. 눈 깜짝할 사이에 또다시 가을 수확을 거두니 도대체 이게 무슨 귀신이 곡할 노릇인지 모르겠어!"

　그가 다시 말을 이었다.

　"생산하려면 질을 생각해야지, 그저 낳아만 놓으면 다냔 말이야. 한 놈도 잘난 놈이 없어. 눈썹이 찌그러지지 않으면 코가 문드러지고. 넌 예쁠지 몰라도 난 지겨워 죽겠어!"

　아래에 앉아 있던 자오칭은 그저 구시렁거리기만 할 뿐 감히 말대꾸하지 못했다.

　앞서 번이가 한 말을 이해하려면 파원이 무슨 의미인지 알아야 한다. 이는 농사와 관련해 자주 사용하는 말로 밭의 마지막 수확을 의미하는데, '가을'이나 '끝내다'로 의미가 확대된다. 예를 들어 "파원했으니 웃옷을 더 입어야지."라고 하면 가을이라는 뜻이고, "미 제국주의가 이제 곧 파원할 것이다."라고 말할 때는 끝장난다는 뜻으로 사용된다. 번이의 눈에 자오칭의 아내는 끝없이 생산되는 채마밭과 같은 꼴이었던 셈이다.

표혼(飄魂)

자오칭의 죽음은 아직도 영원한 수수께끼로 남아 있다.

그가 실종되기 전날 밤, 나는 그와 함께 장자팡에 가서 차밭 일을 거들었다. 점심 식사에 고기반찬이 있다는 말에 그가 막내 쿠이위안도 데려왔다. 아들에게 일찌감치 조그만 젓가락을 건네준 그는 식사 시간이 되기가 무섭게 아들과 함께 두 눈을 반짝이며 고기 솥으로 달려가 쩝쩝 입맛을 다시기 시작했다. 꼬마는 사람 숫자에 포함되지 않았지만 입을 다시는 아이의 모습을 누구나 볼 수 있었다. 일꾼들은 여섯 명에 한 그릇씩 고기를 배당받았다. 자오칭 뒤에 바짝 붙은 꼬마는 일꾼 숫자에 포함되지 않았기 때문에 괜히 입 하나를 덤으로 받아들일 생각이 없던 사람들은 서로 다른 쪽으로 가라고 성화였다. 그러자 자오칭이 버럭 화를 냈다.

"이 꼬맹이가 먹으면 얼마나 먹는다고 그래? 사람들이 양심이 있어야지 말이야. 너희는 새끼도 없어? 아예 안 낳을 거야? 새끼도 안 낳고 나중에 국가 보장이나 받아 처먹으려고?"

그의 말에 난처해진 사람들은 하는 수 없이 조금 못마땅한 표정으로 그들 부자를 끼워 주었다. 요란스럽게 쩝쩝 소리를 내며 열심히 고기를 먹은 자오칭이 다른 사람보다 먼저 아이에게 고기 국물을 따라 주었다. 커다란 사발은 금세 바닥이 났다. 사발은 그의 얼굴을 다 덮을 정도로 큼직했다.

자오칭은 자기 사발의 음식이 다 없어지자 아이 그릇에 있는 고추까지 먹어 치웠다.

그는 쿠이위안을 가장 귀하게 생각했다. 어디든지 고기를 먹을 기회만 있으면 쩝쩝거리는 그 조그만 입을 항상 달고 다녔다. 얼마 전 자오칭은 쿠이위안이 산에서 놀다 하얀 옷을 입은 사람에게 찹쌀 경단을 뺏기는 꿈을 꿨다. 꿈에서 깨어난 그는 분이 가라앉지 않았는지 벌목용 낫을 들고 하얀 옷을 입은 사람에게 복수하겠다고 산으로 올라갔다. 정말 이해가 안 되는 이야기였다. 아무리 수전노라도 이렇게 해괴한 짓을 하다니. 꿈에 잃어버린 경단 하나가 그렇게 아쉬웠단 말인가?

이 이야기가 미덥지 않던 나는 일터에 나가자 궁금증을 참지 못하고 그에게 물어보았다.

아무 대꾸가 없었다. 일터에 나오면 자오칭은 항상 모든 정신을 일에 집중하기 때문에 절대 허튼소리를 하는 법이 없었다. 내가 말했다.

"뒤에 돈 떨어졌어요."

그가 고개를 돌렸다.

"정말이에요. 자세히 봐요."

"나한테 주머닛돈이라도 주려고?"

그가 다 안다는 듯 계속해서 열심히 땅을 팠다.

얼마 후 목이 말라진 자오칭이 내 물통을 힐끔거렸다. 그리고 물통 때문에 나에게 아양을 떨기 시작했다. 그가 지식청년들의 말투를 흉내 내며 말했다.

"이봐. 이리 와 봐. 그 물통 좀 보자고."

"물 마시고 싶으면 마셔요. 무슨 물통을 보자고 그래요?"

"헤헤. 이렇게 더울 줄 알았어야지."

"꼭 그렇게 일이 있어야 사람을 사람같이 보죠?"

"무슨 말을 그렇게 해? 물 한 모금 마시는데 고개라도 숙여야 된단 말이야 그럼?"

그는 물을 마시며 자연스럽게 숫자를 세기 시작했다.

"한 쌍, 두 쌍……."

여기서 '쌍'은 물 두 모금을 말한다.

나는 얄미워서 이렇게 말했다.

"어서 마셔요. 무슨 쌍을 세고 그래요?"

"습관이 돼서 말이지. 안 세면 될 거 아냐?"

그가 쑥스러운 듯 배시시 웃었다.

물을 다 마신 자오칭은 그래도 양심이 있었던지 벌목용 낫을 가지고 산에 올라갔던 이야기를 대충 들려주었다. 그러나 그런 일이 있었다는 것인지, 아니면 없었다는 것인지 정확하게 알 수가 없었다. 그저 정말 몇 번이나 꿈에서 하얀 옷을 입은 사람을 봤다고 씩씩거릴 뿐이었다. 꿈에서 그 사람은 자기 집 오이를 훔쳐 먹은 적도 있고, 닭을 훔친 적도 있다고 했다. 또한 아무 이유도 없이 쿠이위안의 뺨을 때린 적도 있다고 했다.

"너무 뻔뻔한 놈 아냐?"

그가 이를 악물며 나에게 물었다. 뭐라고 대답해야 할지 알 수 없었다. 다만 그가 벌목용 낫을 들고 복수하겠다고 으르렁거렸다는 것이 헛소문이 아님을 알았을 뿐이다.

조금 이상하다는 생각이 들었다. 흰옷 입은 사람은 왜 언제나 자오칭의 꿈에만 나타날까? 그는 왜 자꾸만 이상한 꿈을 꾸는 것일까? 물병을 받아 들던 나는 기분이 좀 꺼림칙해졌다.

자오칭이 내게 물병을 빌린 것은 그때가 마지막이었다. 다음 날 오후 그의 아내가 간부를 찾아왔다. 자오칭이 어제 집에 돌아오지 않았다고 했다. 대체 어디로 갔는지 알 수 없었다. 주위를 둘러보던 나는 그가 오전에 일을 나오지 않은 것이 생각났다. 이상한 느낌이 들었다.

"마오싱탕(猫形塘)에 갔겠지."

헤이샹궁이 웃으면서 말했다.

"이렇게 오랫동안?"

자오칭의 아내가 이해되지 않는다는 듯이 말했다.

"그냥, 그냥 그럴 수도 있다는 거예요."

헤이샹궁이 말꼬리를 돌렸다.

'마오싱탕'은 옆 마을 지명으로 두 가구밖에 살지 않는 외지고 조용한 곳이었다. 자오칭은 그 마을에 친한 친구가 있다고 했는데 구체적으로 누구를 말하는지 아는 사람이 없었다. 다만 그 마을에 일이 있을 때마다 꼭 시간을 내어 불쏘시갯거리로 나뭇가지나 풀뿌리를 한 다발 엮어 가서 성의를 표시했다는 것만 알 뿐이다. 그러고는 작업장으로 돌아와 일을 서두를 때면 항상 이상하리만큼 흥에 겨운 모습이었다. 닭 한 마리를 얻은 것도 아닌데 저렇게까지 좋을까?

저녁 무렵 마오싱탕을 둘러보고 돌아온 푸차는 그곳에서도 자오칭을 찾을 수 없었다고 했다. 그곳 사람들도 그를 보지 못했다는 것이다. 우리는 그제야 사태의 심각성을 깨닫기 시작했다. 마을 사람들이 삼삼오오 짝을 지어 수군거렸다. 사람들의 주목을 끄는 소식 하나가 있었다. 아랫마을 사람 하나가 펑장현에서 돌아오는 길에 즈황의 전 부인의 말을 전했다. 그 미친 여자 말이 자오칭에게 신발을 잘 신고 다니라고 했다는 것이다.

이는 사람들이 종종 사용하는 경고법으로 '표혼(飄魂)'한 사람에 대한 마차오 사람들의 암시였다.

마차오 말 가운데 표혼은 사람이 죽을 때가 임박해 나타나는 일종의 조짐 같은 것이다. 여러 사람에게 물어본 후 나는 표혼이 대체로 두 가지 상황을 나타낸다는 것을 알 수 있었다.

(1) 때로 앞에 걸어가던 사람이 갑자기 사라졌다가 조금 후에 나타날 때가 있다. 이런 것은 그 사람의 혼백이 빠져나가 곧 죽는다는 의미이다. 뒤에 가던 사람이 만약 좋은 사람이라면 표혼한 사람에게 경고해 줄 것이다. 다만 직접적으로 이야기할

수 없으므로 이렇게 물어봐야 한다.

"정말 빨리 가던데! 신발 잊어버리지 않았어?"

이 말을 들은 상대방은 그 뜻을 감지하고 서둘러 집으로 돌아가 향을 피우고 제물을 바치거나 도사를 청해 액운을 몰아내 가능한 한 화를 막아야 한다.

(2) 때로 잠시 잠이 들거나 정신을 잃었을 때 꿈에서 자신이 염라대왕의 부름을 받고 다른 사람의 영혼, 아마도 자신이 잘 아는 사람의 영혼을 가지러 가는 일이 있다. 그럴 경우 일단 정신을 차린 후 당사자에게 경고해야 하는데, 절대로 그 이야기를 곧이곧대로 털어놔서는 안 되고 교묘한 방식으로 전달해야 한다. 만약 어쩔 수 없이 사실대로 말해야 할 때는 반드시 상대방과 함께 땅을 떠나야 한다. 여기서 땅을 떠난다는 말은 예를 들어 나무 위에 올라가 귓속말로 작게 이야기하는 등의 방식을 취해야 한다는 뜻이다. 그래야만 그들의 말을 엿들은 땅의 신이 염라대왕에게 고해바쳐 염라대왕의 분노를 사는 일이 없다. 이러한 경고를 들은 상대방은 그저 감격할 뿐 절대로 화를 내서는 안 된다. 또한 이에 대한 고마움의 표시로 어떤 선물을 줘서도 안 된다. 염라대왕이 눈치챌 수 있는 어떤 흔적도 남겨서는 안 되기 때문이다.

미친 여자 수이수이가 신발 이야기를 했다는 것을 보면 아주 급박한 상황임이 틀림없었다. 그러나 아쉽게도 수이수이의 친정이 마차오에서 멀었기 때문에 소식을 전한 사람이 마차오에 도착했을 때는 이미 한발 늦은 뒤였다. 소식이 도착하기도 전에 자오칭이 실종되었기 때문이다. 마을에서는 사방으로 사람을 보내 그를 찾아보았다. 그가 전에 꿈속에서 흰옷 입은 사람을 보았다고 말했기 때문에 산 쪽으로도 사람들을 보냈다. 결국 산 쪽에서 자오칭의 아내가 울부짖는 소리가 바람을 따라 마을로 전해졌다.

과연 자오칭의 혼백은 이미 그의 몸을 떠난 뒤였다. 그는 매우 처참한 모습으로 죽어 있었다. 그의 시신은 시냇가에 엎어져 있었는데, 그곳에서 1미터쯤 떨어진 물속에 머리 부분이 잠겨 있었다. 이미 말거머리가 덕지덕지 붙은 상태였다. 이 흉악망측한 사건으로 인해 공사와 현의 공안이 바짝 긴장한 것은 당연한 일이다. 그들은 이 사건을 조사하려고 간부를 파견했다. 간부들은 화염이 높은 사람들이었기 때문에 표혼이나 운명 같은 것은 믿지 않았다. 처음에 그들은 산에 국민당이 공수한 특공대가 나타났거나 펑장현 쪽 소도둑이 범행을 저질렀다고 생각했다. 이상한 소문의 진상을 밝혀 민심을 안정시키려고 상부에서는 총력을 기울여 사건 해결에 나섰다. 그들은 비밀리에 각처에서 조사를 실시했다. 지문을 찾고 의심 가는 지주, 부농 들을 심문하느라 온 마을이 난장판이었다. 그러나 결국 그럴듯한 단서는 하나도 발견하지 못했다. 공사에서는 민병을 파견해 밤마다 교대로 보초를 서게 함으로써 더 이상 이런 참사가 재발하지 않도록 조치했다.

보초를 서는 것은 매우 힘들다. 날씨가 워낙 추운 데다 졸음을 이기기 어려웠기 때문이다. 겨드랑이 밑에 긴 표창을 끼고 있던 나는 두 발이 꽁꽁 얼어 수시로 껑충껑충 뛰면서 발

끝의 감각을 되살려야 했다.

텐쯔령으로 가는 길에서 발소리가 들려왔다. 등골이 오싹해졌다. 다시 귀를 기울여 보았다. 더 이상 아무 소리도 들리지 않았다. 나는 바람을 피해 담 모서리에 앉았지만 여전히 온몸이 부들부들 떨렸다. 잠시 머뭇거린 나는 뒤로 몇 걸음을 물러나 일단 집 안으로 들어간 후 창문을 사이에 두고 바깥 동정을 살펴보았다. 방법은 좀 달랐지만 어쨌거나 임무를 수행하는 것이나 마찬가지라는 생각이 들었다. 시간이 좀 더 흐르니 다리가 꽁꽁 얼어붙어 더 이상 참을 수 없었다. 이불 쪽을 몇 번이나 힐끔거리던 나는 결국 이불을 향해 뛰어들고 말았다. 그렇게 반쯤 침대에 누워 수시로 밖을 내다보며 그래도 계속해서 경계를 게을리하지 않겠다고 다짐했다.

갑자기 밖에 흰옷을 입은 사람이 나타나지는 않을까?

어렴풋이 잠에서 깨어나 보니 이미 날이 밝아 있었다. 나는 재빨리 밖으로 뛰어나갔다. 아무도 보이지 않았다. 외양간 쪽에서 전과 다름없이 고함이 들렸다. 누군가가 소를 방목할 준비를 하고 있었다. 모든 것이 평온했다.

보초 상황을 조사하러 나온 사람도 없는 듯했다. 그제야 나는 안심이 되었다.

후에 현으로 파견을 나간 나는 페인트를 사러 시내에 온 옌우를 만났다. 자오칭의 기괴한 죽음에 대해 함께 이야기하면서 혹시 다른 이유가 있을지도 모른다는 생각이 들었다. 옌우는 공안국에 자오칭이 타살된 것이 아니라 자살했을 것이라는 의견을 올렸다고 했다. 정확하게 말하면 오인에 의한 자살이라는 것이었다. 그는 자오칭이 왜 시냇가에서 죽었으며, 왜 현장에 싸움을 벌인 흔적이 남아 있지 않았는지를 그 나름대로 추정했다. 아마도 그는 시냇가에서 물고기나 다른 어떤 물건이 바위틈에 숨어 있는 것을 발견하고 벌목용 낫을 휘둘렀을 것이다. 그런데 미처 칼날 끝이 자신의 뒷목을 향할 수도 있다는 생각을 하지 못하고 지나치게 힘을 주는 바람에 허공을 스친 칼날이 한 바퀴 돌아 결국 자기 머리를 베어 버린 것이다.

매우 대담한 상상이었다. 나도 벌목용 낫을 사용해 본 적이 있었다. 나무 손잡이 부분이 길어서 사람들은 허리를 굽히지 않아도 너끈히 풀을 벨 수 있었으며, 칼날과 나무 손잡이는 직각을 이루었다. 옌우의 말에 따라 자오칭의 마지막 모습을 상상해 보니 문득 뒷목이 서늘해지며 소름이 끼쳤다.

애석하게도 당시 공안국 사람들은 계급 성분이 좋지 않은 옌우의 말에 별로 주의를 기울이지 않았다. 물론 그가 자신의 추측에 아무런 증거도 제시하지 못한 까닭도 있었을 것이다.

게으름 피우다(懈)

 그렇게 자오칭은 아무 이유도 없이 목이 떨어져 나갔다. 깊은 밤 보초를 서던 나는 달빛 속에서 갑자기 거대한 모습으로 다가오는 톈쯔령을 바라보며 그의 생전 모습을 떠올렸다. 그가 지나치게 상스럽게 구는 바람에, 너무나 인색했기 때문에 나는 그에게 좋은 말을 한 적이 없었다. 그가 죽은 다음 문득 예전에 상부의 명령에 따라 마오 주석 어록을 쓰러 갔을 때 사다리에서 미끄러진 일이 생각났다. 나는 당시 다행히 한 손으로 사다리를 붙잡아 땅으로 그대로 곤두박질치지 않았다. 그런데 멀리서 이 광경을 목격한 자오칭이 깜짝 놀라 밥그릇을 바닥에 떨어뜨리고 달려오면서 고함을 질렀다.
 "사람 살려! 아이고, 사람 살려! 큰일 났어!"
 야단법석을 떨며 팔짝팔짝 사방으로 뛰어다니던 그는 한참

216

동안 맥없이 서 있더니 또다시 이리저리 뛰어다니며 울음을 터뜨렸다.

　그렇게 위험한 상황이 아니라 그도 그렇게 대성통곡할 필요가 없었다. 게다가 사실 그는 나를 도와주려는 어떤 행동도 취하지 않았다. 그러나 어쨌거나 당시 그 자리에 있던 친구나 아는 사람들 가운데 그처럼 놀라거나 당황한 사람은 없었다. 나를 위해 그렇게 울어 준 사람은 오직 자오칭뿐이었다. 비록 아주 짧은 순간이었고, 그가 흘린 눈물도 나로서는 영원히 다가갈 방법이 없는 그의 작은 눈망울 속으로 금세 사라지고 말았지만, 나는 그 눈물에 고마움을 느낄 수밖에 없었다. 그 후 나는 어디에 가더라도, 다른 도시나 마을의 모습은 다 잊어도 사다리에서 내려다본 순간의 그의 모습은 잊을 수 없었다. 아래에 얼굴 하나가 있었다. 정말 말 그대로 얼굴 하나였다. 자꾸만 내려다보니 그의 왜소한 육신은 그의 얼굴에 가려 전혀 보이지 않았다. 그렇게 나를 위해 주르륵 누런 눈물을 흘리던 얼굴 하나가 있었다.

　나는 그에게 감사를 전하고 싶었다. 그리고 그가 나에게 무언가 조그만 것 하나라도 얻어 가기를 바랐다. 하다못해 돈 몇 푼, 비누 하나라도 좋았다. 그러나 자오칭은 그렇게 하지 않았다.

　나는 낡은 면 담요 한 장을 안고 자오칭의 집을 찾아갔다. 그리고 그의 아내에게 그것을 관에 깔아 달라고 부탁했다. 평생 멜대 위에서 잠자는 것도 마다하지 않던 그에게 지금이라도 편안한 잠자리를 선사하고 싶었다. 평생 바쁘게만 산 그가

이제는 조금이나마 게으름을 피울 수도 있어야 한다는 생각
이 들었다.

  '게으름 피우다(懈)'는 마차오에서 '하이(hai)'라고 발음하며,
'휴식'을 의미한다.

황모 장기(黃茅瘴)

마차오에 있을 때 자오칭은 내게 새벽에 산에 올라가면 안된다고 여러 번 일러 주었다. 산에 가려거든 적어도 해가 뜬 다음에 가라고 했다. 그는 산봉우리의 나무들 사이로 보일 듯 말 듯한 푸르스름한 안개를 가리켰다. 안개는 마치 실이나 끈처럼 나뭇잎에 매달렸다가 서서히 흘러내려 하나하나 둥근 원을 만들었다. 그것이 바로 장기(瘴氣)[13]라고 했다. 장기는 여러 종류로 나눌 수 있다. 봄에는 '춘초(春草)' 장기, 여름에는 '황매(黃梅)' 장기, 가을이면 '황모(黃茅)' 장기 등이 있는데 모두 독기가 대단하다. 사람이 자칫 실수로 장기에 휩싸이면 피부가 문드러지거나 얼굴색이 누렇거나 시퍼렇게 변하며 열 손

---

13) 축축하고 더운 땅에서 생기는 독한 기운.

가락이 모두 검게 썩어 버린다고 했다. 물론 그러다가 죽을 수도 있다.

그는 설사 한낮에 산에 올라가더라도 경솔하게 행동해서는 안 된다고 했다. 또한 산에 오르기 전날 밤에는 잡스러운 것을 먹어서도 안 되며 여자와 잠자리를 해서도 안 되는 등 인간이 지닌 감정과 욕망을 자제해야 한다고 했다. 되도록 산에 오르기 전에 옥수수 술을 한 모금 마셔 몸을 덥히고 양기를 보충하는 것이 좋다고 알려 주었다.

모두 자오칭이 알려 준 이야기이다.

나는 그가 말한 것을 모두 기억한다.

압자(壓字)

여러 해가 지나 쿠이위안을 만났다. 처음에는 나도 그를 알아보지 못했다. 이미 청년이 되어 있었기 때문이다. 울대뼈도 커지고 수염도 난 그는 가장자리를 감침질한 양복에 구두 차림이었다. 머리에서는 샴푸 냄새가 나고 손에 지퍼가 고장 난 검은 가죽 가방이 들려 있었다. 그가 자신이 쿠이위안, 그러니까 자오칭의 막내아들이라고 말했다.

"사오궁 삼촌, 왜 날 못 알아봐요? 삼촌 기억력 하고는, 하하하!"

한참 지난 후에야 비로소 그의 어릴 적 얼굴이 생각났고, 그제야 눈앞에 있는 낯선 얼굴과 비슷한 얼굴 윤곽이 그려졌다. 그가 편지 한 통을 내밀었다. 내가 쓴 편지였다. 몇 년 전에 내가 푸차에게 언어에 관한 문제를 적어 보낸 편지였다.

쿠이위안은 내가 보고 싶어 찾아왔다고 말했다.

"대체 여기를 어떻게 찾아왔어?"

그는 정말 어렵게 찾아왔다고 말했다. 부두에 도착하자마자 여기저기 내 주소를 물어보았으나 아무도 아는 사람이 없었다. 나중에는 시청이 어디냐고 물어봤지만 그마저 아는 이가 없었다. 그는 화가 났다. 성 정부가 어디에 있느냐고 물어보니 그제야 누군가가 그에게 방향을 가르쳐 주었다고 했다. 내가 웃었다.

"날 찾는다면서 왜 시청이랑 성 정부를 물어봤어?"

그는 매년 한두 번씩 다른 지역을 돌아다녔다고 했다. 우한, 광저우, 선전(深圳)도 모두 다녔을 정도로 타지를 여행한 경험이 많다고 말했다. 쿠이위안은 이 말로 내 질문에 대한 답을 대신했다.

정말 관공서에 갔는지에 대해 그는 분명하게 대답하지 않았다. 다만 그는 계속해서 전화를 들먹거리며 불만을 터뜨렸다.

"분명히 전화가 고장 났을 거예요. 아무리 전화를 걸어도 통화가 안 되던데요?"

나중에야 나는 그가 내 전화번호를 아예 몰랐다는 사실을 알았다. 그렇다면 그가 전화했다는 것은 무슨 뜻인가? 알 수 없는 일이다.

결국 그는 택시를 불렀다. 택시비가 자그마치 50위안이나 들었다. 가진 돈을 거의 다 쓰고 나서야 그는 내가 있는 대학을 찾을 수 있었다. 아무래도 이곳 택시비 사정을 잘 모르는 그가 못된 운전기사를 만나 사기를 당한 것 같았다.

무슨 급한 일이 있는 것도 아니었다. 그는 평소 돈에 그다지 신경 쓰는 것 같지 않았다. 어쨌거나 그는 시 정부에 연락하고 전화도 걸고 택시도 타고, 이렇게 잘난 사람들이 하는 모든 일을 한 다음에 마침내 나를 안다는 사람을 만날 수 있었다. 그 사람이 우리 집에 데려다주었다. 쿠이위안은 나를 찾지 못하리라고는 생각해 본 적도 없다고 했다. 실제로 그는 자신의 생각대로 나를 찾아올 수 있었다. 별로 힘들이지 않고 먼 길을 달려와 정확하게 우리 집으로 쳐들어오는 기적을 이루었다. 게다가 그는 내가 모르는 청년을 데리고 왔다. 드디어 왔네. 집에 도착했어. 쿠이위안은 외투를 벗고 시계를 풀고 신발과 양말도 벗어 던졌다. 그가 발에 있는 먼지도 비벼 털면서 사방을 훑어보았다. 그가 내게 왜 가죽 소파도 없고 평면 컬러텔레비전도 없는지, 왜 컬러파우더코팅 벽과 분위기 좋은 조명도, LD 음향 시설에 스테레오 가라오케 설비도 없는지 이상하다는 듯 물었다. 도시 생활에 대해서는 그가 나보다 아는 것이 훨씬 많은 듯했다. 나는 LD 음향 시설은 돈이 너무 든다고, 디스크 한 장에 40~50위안이나 한다고 했다. 쿠이위안은 내 말의 틀린 내용을 고쳐 주며 그 정도가 아니라 좋은 것은 한 장에 100~200위안은 한다고 했다.

나는 값이 올랐는지 물었다. 그는 예전부터 그 가격이라고 말했다. 나는 못 믿겠다는 듯 내 친구가 며칠 전 내가 말한 가격에 정판을 샀다고 알려 주었다. 그의 말이 그것은 3D도 아니고 디지털도 아니며 정말 음악을 아는 사람이라면 그런 것은 쓰지 않는다고 했다.

3D가 무언지 모른 나는 더 이상 따지지 못하고 그의 말을 그대로 받아들일 수밖에 없었다.

쿠이위안이 샤워를 끝낸 다음 내 옷을 입고 웃으면서 옷을 가져올 필요가 없다는 것은 벌써 알았다고 했다. 식구들에게 한사오궁 삼촌이 누구인데 그 집에 가면 옷이 없겠냐, 밥이 없겠냐, 아니면 일이 없겠냐며 집에서는 부모에게 의지하고 나가면 친구에게 의지한다는 말을 늘어놓았다고…… 말하는 사이 쿠이위안이 어느새 친근하게 내 어깨를 치고 있었다.

내가 그의 손을 내려놓았다.

나는 그처럼 간단한 일이 아니지만 일단 며칠 머물면서 다시 이야기하자고 말했다.

나는 그들을 여관으로 데려갔다. 여관에서 접수할 때 보니 그의 성은 마(馬)씨가 아니라 후(胡)씨가 되어 있었다. 나는 자오칭이 죽은 후 그의 어머니가 많은 아이를 양육할 수 없어서 쿠이위안과 그의 형, 누나를 다른 집으로 보냈다는 이야기를 듣고 나서야 상황을 파악했다. 또한 양자로 들어간 이는 '압자(壓字)'를 하기 전까지는 재산 상속권이 없다는 사실도 그때 알았다.

압자란 정식으로 호적에 이름을 올리는 의식을 말한다. 보통 계부의 장례식 후에 거행되는데, 주로 일가 가운데 가장 연장자가 계부와 계조부, 계조부의 아버지, 그 아버지의 아버지 등 윗대로 올라갈 수 있는 모든 선조의 이름을 부르는 의식이었다. 이는 양자로 들어와 대를 잇게 된 이가 동산이나 부동산의 재산을 챙겨서 원래 가족에게 돌아가는 것을 방지하려는 의도였다. 그들은 성명(姓名)은 지극히 신성하며, 죽은 자의 성명은 더더욱 신비한 위력을 가지기에 모든 사악한 힘을 누를뿐더러 불효를 징벌할 수 있다고 여겼다. 쿠이위안의 말을 들어 보니 후씨는 결코 가난한 집안이 아니었다. 집도 한 채 있었다. 그러나 아쉽게도 후씨 노인은 여든하고도 일곱 살이 더 먹은 나이에 여전히 논일을 할 정도로 건강했다. 작년 3월, 병에 걸려 침상에 누웠는데 기침을 하고 간혹 피를 토하는 것으로 보아 곧 목숨이 끊어질 것 같았다. 그런데 뜻밖에도 노인은 그렇게 며칠 앓다가 다시 자리에서 일어났다……. 이게 도대체 무슨 일이랍니까? 쿠이위안이 놀랍지 않느냐는 듯 두 눈을 동그랗게 뜨고 물었다. 그의 말인즉, 지금도 여전히 고생을 벗어나지 못하고 있으며 아직 압자조차 하지 못했고, 집 한 채도 소유하지 못했다고 했다.

이에 마냥 기다릴 수 없던 그는 다른 활로를 찾겠다고 도시로 나왔다.

게으르다(懶): 남자의 용법

친구 가운데 시내에서 기술자들을 데리고 공장을 운영하는 사람이 한 명 있었다. 나는 쿠이위안과 그를 따라온 청년을 그 친구 회사에 직공으로 취직시켰다. 대충 먹고살 방도는 챙겨 준 셈이다.

며칠이 지난 후 그들이 잔뜩 찌푸린 얼굴로 내 방문을 열고 들어왔다. 그들은 도저히 견딜 수 없다고 말했다.

"왜 그러는데?"

"뭐, 사실 별것도 아니에요."

"시내멀미 때문이야?"

"그런 건 안 해요. 그냥 좀 햇볕이 따가워서."

"햇볕이 따가워?"

"네."

"모자 안 쓰고 일해?"

"써도 그래요."

"시골에 있을 때 햇볕을 쬔 적이 없어?"

"저…… 밭에서 일해 본 적이 없어요."

"그럼 하루 종일 뭘 했어?"

"뭐 별거 안 했는데요. 때로 옌우 형네 가서 곡식을 거두거나 외상을 받아다 주고 했어요. 하지만 대부분 그냥 놀았죠. 카드놀이도 하고 다른 사람 집에 놀러 가기도 하고."

쿠이위안이 웃으며 친구에게 눈짓을 보내자 텔레비전을 보며 해바라기씨를 까먹던 친구도 그를 향해 씩 웃었다.

"젊은 놈들이. 왜 그렇게 게을러(懶)?"

나는 일부러 '게을러' 부분을 강조했다.

"네. 확실히 게으르긴 하죠."

쿠이위안이 신나서 말을 받았다.

"집에서도 게을러요. 이제껏 땔나무를 한 적도, 물을 길어 본 적도 없어요. 어릴 적부터 쭉 그렇게 지낸걸요. 쌀을 어떻게 도정하고 돼지 여물을 어떻게 만드는지도 몰라요."

씨를 까먹던 청년이 맞장구를 쳤다.

"저도요. 우리 집 낫이 어디 있는지, 멜대가 어디 있는지, 우리 집 돼지가 하루에 얼마나 먹는지 아무것도 아는 게 없어요."

"나가서 카드놀이를 했다 하면 보통 보름은 해요."

"카드놀이를 안 할 때면 현의 셋째 삼촌네 가서 놀아요. 오토바이도 타고 텔레비전도 보고요."

정말 뜻밖이었다. 그들의 자랑스러운 말투, 조금은 과장된

자기소개를 통해 나는 '게으르다(懶)'라는 단어가 얼마나 크게 탈바꿈했는지 발견했다. 이처럼 언어의 의미가 크게 바뀌는데도 나는 오리무중이었던 것이다. 내가 그토록 혐오하는 '게으르다'라는 말이 그들에게는 마치 훈장, 너 나 할 것 없이 앞다퉈 가슴에 달고 싶어 하는 훈장이라도 된 듯했다. 내가 비난의 의미로 퍼부은 '게으르다'라는 말이 어느새 그들에게는 멋있고 편안하고 체면이 서는 일이자 능력 있는 모습을 대표하는 말로 변해 있었다. 그들은 두 눈을 반짝거리며 동경하는 눈초리로 '게으름'을 갈구하고 있었다. 그렇다면 앞으로 나는 어떻게 그들과 대화해야 할까?

물론 그들이 쓰는 말에서 '게으르다'라는 말의 원래 뜻이 모두 사라진 것은 아니다. 예를 들어 배우자를 찾거나 며느리를 구할 때 그들은 누구네 여자가 게으르고 누구네 아이가 게으르지 않은지 평가해 게으른 여자들은 명단에서 하나씩 삭제한다. 이런 점에서 보면 그들은 여자들에게는 적용되지 않는 오로지 남자들만을 위한 사전 한 권을 만들어 낸 것과 같다. '게으르다'라는 말은 바로 이 새로운 사전에서 눈부신 광채를 띤다. 이를 통해 '게으르다'와 마찬가지로 사기와 약탈, 패권과 흉악스러움, 사기, 무뢰(無賴), 탐욕, 도둑질, 투기, 부패와 아첨, 세태에 영합하는 저속한 행위 등이 모두 어쩌면 남자들, 적어도 상당수 남자들의 최신 사전에서 찬양과 장려의 뜻으로 사용될지도 모른다는 생각이 든다. 그 의미를 인정하지 않는 남자들이 있다고 해서 의미가 점차 확대된다는 점을 부정할 수는 없다. 그저 언어의 변이성을 이해하지 못하는 사람들, 그래서 의미의 혁신이라는 흐름 밖으로 밀려나 역사의 어두운 그림자가 되는 이들이 불쌍할 뿐이다.

사람들의 대화는 종종 두 종류 또는 여러 종류의 사전 사이에서 이루어진다. 단어의 의미를 번역할 때 겪는 어려움, 특히 심층적 느낌을 나타내는 단어의 의미를 번역할 때 빠지기 쉬운 함정들을 모든 이가 항시 신중하게 생각하고 살펴보는 것은 아니다. 1986년 나는 미국 버지니아주의 '아티스트 콜로니'라는 예술가 창작 센터를 방문한 적이 있다. 그곳에서 나는 '콜로니(colony, 식민지)'라는 단어가 자꾸만 마음에 걸렸다.

나는 나중에야 서방의 수많은 식민지 종주국과 그곳에 사는 수많은 서양 사람에게 콜로니라는 단어는 결코 예전에 식민지에 살던 이들의 기억에 남아 있는 살인과 방화, 강간과 강탈, 아편 수입 같은 이미지가 아니라는 사실을 알았다. 오히려 그것은 평화의 의미로 해외에 거주하는 교포들의 거주지를 부르는 또 다른 호칭일 뿐이었다. 심지어 이 단어는 은연중에 개발자, 개척자라는 낭만적 의미까지 포함해, 제국주의 시절 해외 개척을 위한 원조와 항해 탐험, 문화 전파에 대한 여러 가지 법안과 증명서 등과도 관련 있었다. 그들에게 식민지는 고상한 자의 정거장, 영웅의 진영이었다. 그래서 그들은 이 단어로 예술가의 험난한 작업이 이루어지는 장소를 표현했고 누구도 그 표현이 부적합하다고 느낀 적이 없었다.

나는 미국에서 핸슨이라는 기자를 만난 적이 있다. 그는 큰 신문사의 아시아판 기자로 중국인 아내를 얻어 중국어에도 제법 능숙했다. 그는 지난 세월 중국인이 겪은 고난에 대한 내 이야기를 들은 후 깊은 동정과 더불어 그런 고난을 안 긴 이들에 대한 분노를 숨기지 않았다. 그러나 나는 그가 동정과 분노 뒤에 취한 이상한 동작을 발견했다. 안경알 속에 반짝이는 그의 눈은 분명 미소를 머금고 있었고, 손가락으로 식탁 위 한곳에 계속해서 선을 긋고 있었다. 마치 텅 빈 공간에 무슨 글자를 쓰거나 마음속으로 사람들을 들뜨게 하는 음악을 지휘하는 것 같았다. 마침내 그는 흥분을 감추지 못하고 친구에게 전화를 걸었고, 그의 친구가 찾아왔다. 그는 친구에게 나를 소개하며 내가 들려준 이야기가 매우 감동적이며, 귀한 이야기라고 말했다.

그는 내 이야기가 세상에서 가장 '뛰어난' 이야기라고 했다. 나는 '뛰어나다(精彩)'라는 표현이 귀에 거슬렸다. 내 아버지가 자살했는데, 깊은 강물 속에 가라앉았는데 '뛰어나다'라는 말이 나올 수 있을까? 그중에는 내 친구 남동생이 법원의 오심으로 총살당한 이야기도 있었다. 형이 집행되기 전 둘러싸인 군중 속에서 부모를 찾지 못해 대성통곡한 친구의 이야기를 듣고 '뛰어난 이야기'라고? 친구 아들이 깡패에게 피살된 이야기도 있었다. 대학에서 아들이 남긴 유품을 찾아온 내 친구는 아들을 위해 비문을 썼다. 그런데 지금 핸슨은 이런 이야기를 듣고 '뛰어나다'라고 말했다. 꿈에도 생각할 수 없는 일이었다. 이런 이야기를 듣고 도대체 어떻게 '뛰어나다'라는 느낌을 받는단 말인가? 물론 나는 핸슨의 동정심을 의심하지 않는다. 그는 지금까지 신문 기사를 통해 지속적으로 정의를 부르짖었고, 가능한 한 중국인을 도우려고 노력했다. 그는 내가 방문 학자로서 적절한 대우와 찬조를 받을 수 있도록 도와주기도 했다. 그러나 그가 사용한 '뛰어나다'라는 말은 내가 이해하지 못하는 또 다른 사전에서 나온 것이 분명했다. 그 사전에 의하면 '고난'은 그저 고난이 아니라 글과 연설의 소재가 되고 반항과 혁명을 불러일으키는 데 필수적인 조건일 것이다. 그래서 고난은 심하면 심할수록 더욱 좋고 뛰어난 빛을 발한다. 그 사전에는 한 가지 법칙이 있었다. 그것은 고난을 야기한 사람을 없애려면 더 많은 고난이 증거가 되어 수많은 이들이 투쟁의 필요성과 긴박성, 숭고성을 깨닫도록 해야만 한다는 것이다. 다시 말해 고난을 없애려면 먼저 고난이 있어야 한다. 고난의 구제자는 타인의 고난 속에서 연민을 느끼고 희열을 느끼며 위안받는다. 또한 사람들의 고난은 세상을 구한 영웅들의 성적표에 중요하게 기여한다.

나는 더 이상 이야기하고 싶지 않았다. 그리고 갑자기 생각이 달라졌다. 나는 그에게 피자 값을 내게 하고 싶지 않았다. 그러면 여전히 시비를 가리지 못할 수 있기 때문이었다. 나는 종종 두려움을 느낀다. 가까스로 꺼내기 힘든 말을 하고 나면 항상 오해가 싹트기 때문이다. 또한 나는 아무리 뛰어난 선전 도구라 해도 사람들의 이해를 조절할 통제력이 없어 항시 오해를 낳을 수 있다고 생각한다. 이쯤에서 쿠이위안과 함께 우리 집에 온 젊은이 이야기를 할 차례인 것 같다. 나중에 안 사실이지만 장(張)씨 성을 가진 그는 이전에 영화사에서 일한 적이 있는데, 계획생육 정책을 위반해 아이를 하나 이상 낳아 회사에서 쫓겨났다고 한다. 그 역시 자녀를 하나 이상 낳으면 어떤 결과가 벌어지는지 모르지 않았다. 국가에서 계획생육과 관련된 처벌, 장려 법령을 대대적으로 선전했으므로 그 역시 귀에 딱지가 앉을 정도였다. 그렇다고 그가 어린아이를 좋아하는 것도 아니었다. 그가 집에 자주 안 들어가는 바람에 그의 두 아들은 그의 웃는 얼굴은커녕 그냥 얼굴 자체를 보기 힘들었다. 오히려 그는 아이들을 이혼의 장애물이자 부담으로 생각했다. 그러므로 더 이상 아이를 낳을 이유가 전혀 없었다. 그와 이야기를 나눈 후 도무지 그를 이해할 수 없었던 나는 결국 한 가지 결론을 내렸다. 즉 그가 또 다른 언어체계를 지녔다는 것이다. 그의 언어체계에 자리한 수많은 단어의 뜻이 일반 사람의 상상을 뛰어넘었다. 예를 들어 '법을 어기고 기강을 어지럽게 하다'라는 말을 생각해 보자. 그에게 이런 일은 결코 나쁜 일도, 추잡한 일도 아니었다. 오히려 법을 어기고 기강을 해치는 행위는 그가 강자임을 증명하는 것으로, 강자의 특권이자 영예와 향락의 가장 중요한 원천이었다. 만약 '법을 어기고 기강을 어지럽게 하다'라는 표현에 횡령과 사기, 불법 상행위, 계집질, 아무 데나 침을 뱉거나 공금으로 먹고 마시는 일 등이 들어간다면, 이는 모두 그가 즐겁게 추구하는 행위들이 아닐 수 없었다. 그가 그런 일들을 하지 않는 이유는 오직 하나, 지금 그에게 그럴 능력이 없기 때문이었다.

산아 제한을 위반해 아이를 낳는 일은 물론 '위법 행위' 가운데 하나지만 그의 능력의 한계를 벗어나지 않았다. 그래서 그는 주저 없이 위법 행위를 택했다.

산아 제한을 어기고 자녀를 갖는 일은 일반 상식에 어긋난다. 그러나 그의 이러한 결정은 이해득실을 따져 내린 것이 아니라 모종의 이해 방식에 따른 관성적 행동이었다. 이는 모든 특권적 행위를 추구하고 싶다는 충동에서 비롯되었다. 어쩌면 그는 예전에 아이를 셋씩이나 낳고도 전혀 통제받지 않은 국장이나 사장 등을 알았는지 모른다. 그리고 은연중에 그런 사람들을 선망했을 수도 있다. 그래서 일반 사람들은 감히 할 수 없고 굳이 하지도 않는 일을 감행했을 때 그런 일 자체가 남들과 다르다는 특별한 느낌, 마치 국장이나 사장이 된 듯한 기분을 그에게 선사했을 것이다. 그는 산아 제한을 위반해 아이를 낳은 사실을 관련 부서에 숨기면서 어쩌면 뇌물을 받고도 감쪽같이 이를 숨긴 듯한 느낌을 받았을지 모른다. 이런 상황을 남몰래 즐기며 자신의 대담한 행동에 따른 성취감을 음미했을 것이다.

이런 사람들에게 선전이 무슨 소용이겠는가? 법률과 기강에 대한 선전이 무슨 필요가 있단 말인가? 물론 필요가 있긴 하다. 선전은 오히려 그에게 위험을 무릅쓰고 과감히 행동하도록 충동질하며 계속 그를 유혹할 뿐이다.

이 밖에 다른 해석은 찾을 수 없었다.

만약 내 이런 해석이 크게 틀리지 않는다면 이 모든 일은 다만 언어적 사건의 일종일 뿐이다. 말의 의미가 잘못 전달되어 중간에 실종되어 버린 황당한 일일 뿐이다. 범법자는 결국 밥그릇을 잃고 하나 또는 몇 개의 극히 일반적인 말에 대한 대가를 지불해야 한다. 정치가의 선전은 예상하지 못한 전혀 엉뚱한 결과를 초래해 도무지 종잡을 수 없는 한 청중에게 앙

앙 울어 대는 여자아이를 낳게 했다. 이 아이는 사실 어느 쪽에도 필요하지 않았다. 그러나 이런 잘못은 영원히 숨길 수도, 수정액이나 지우개로 지울 수도 없는 일이다.

하나의 생명체인 아이는 점점 자라 미래를 향해 갈 것이다. 아이는 살아 숨 쉬는 오역(誤譯) 그 자체였다.

포피(泡皮)와 기타

1990년대 들어 마차오에 새로운 말들이 유행하기 시작했는데, 그 숫자가 많을뿐더러 사용 빈도 또한 매우 높았다. 예를 들면 '텔레비전', '페인트', '다이어트', '조작(操作)', '니펑(倪萍)',[14] '리듬 댄스(勁舞)', '107국도',[15] '정력이 넘치다(生猛)', '복권', '마작(砌長城)', '오토바이(打屁車)', '중개인(提籃子)' 등이다. 1950년대에서 1970년대까지 사용되지 않다가 그제야 다시 나타난 옛 단어들도 일부 있다. 잘 모르는 사람들은 신조어라고 생각할 수도 있는데 사실 예전부터 있던 단어들이다.

---

14) 1959~. 중국 산둥성 출신 여성 앵커, 연기자 겸 작가.
15) 베이징에서 홍콩까지의 도로를 말한다.

주탈(做脫): 살인을 뜻하는 말로 원래 홍방(紅幫)[16]에서 사용했다.

요난(了難): 역시 홍방에서 사용하던 말인데 주로 관청에서 많이 사용하다가 점차 일반에 유행했다. 뜻 역시 점차 확대되어 여러 가지 문제나 어려움을 해결하는 모든 행위를 가리켰다. 신문에서도 이 말을 사용하기 시작해 '개혁으로 어려움을 해결하자(靠改革了難)'라는 뉴스 제목이 등장하기도 했다.

우두(牛頭): 권위 있는 조정자나 중재인을 의미한다. 일반적으로 나이가 많으면서 덕망 높은 노인이 맡는다. 선거나 정부 기관의 임명을 통해 선출되는 것이 아니라 일반 민중 사이에서 오랜 시간이 흐르면서 자연스럽게 선발된다.

신발 값(草鞋錢): 전에는 공무로 먼 길을 온 사람이 공무를 마친 후 당사자에게 요구하는 수고비 같은 것이었다. 1980년대 말 다시 나타난 이 단어는 기본 의미는 변하지 않았고, 예전처럼 짚신을 신은 사람이 아니라 구두나 밑창이 고무로 된 최신 신발을 신은 간부나 치안대원 또는 혼사나 상사를 알려 주는 사람에게 주는 돈으로 의미가 바뀌었을 뿐이다. 물론 이전처럼 곡식으로 지불하는 경우는 거의 없다.

포피(泡皮): 게으른 사람 또는 깡패를 가리킨다. 표준어의 발피(潑皮)와 의미가 비슷하다. 다만 유사한 다른 단어들과 달리 흉악한 의미는 들어 있지 않다. 그보다는 비겁하고 추잡하고 아부를 잘하는 사람의 의미가 강하다.

---

16) 청대 말기에 생긴 비밀 결사의 하나.

나는 쿠이위안한테 '포피'라는 말을 들었다. 사실 쿠이위안에게도 이런 기질을 엿볼 수 있었다. 우리 집 거실에 앉아 내가 정색하고 그의 게으른 모습을 비난하면 그는 마치 닭이 모이를 쪼아 먹는 것 같은 동작으로 끊임없이 고개를 끄덕였다. 심지어 그는 어디에 눈길을 두어야 할지 몰라 계속해서 안절부절 자기 잘못을 시인했다. 내가 너만 할 때는 하루에 열 시간은 노동해야 했다고 말하면, 그는 어디 열 시간뿐이랴, 적어도 열다섯 시간은 일해야 했을 테고 아침이나 저녁이나 환한 하늘은 볼 수 없었을 것이라고 했다. 내가 농촌에서도 미래를 개척할 수 있다며 마음만 있으면 양계장이나 양어장, 돈사를 건설해 수익을 연간 1만 위안 올릴 수 있다고 말하면, 그는 어디 1만 위안뿐이겠는가, 이사장이 된 사람도 있고 해외까지 회사를 확장한 사람도 있다고 했다.

"텔레비전도 못 봤어요?"

내 말에 대한 동조가 지나쳐 나중에는 그가 오히려 내게 질문을 던졌다.

하마터면 그는 자기 뺨을 갈기며 분노에 가득 차 자신은 타도 대상으로 자기 같은 놈은 죽어야 한다는 구호까지 외칠 뻔했다. 그는 쩔쩔매며 방금 말려 놓은 팬티와 양말을 걷어 지퍼가 고장 난 검은 가죽 가방에 쑤셔 넣은 다음, 빨간 비닐 끈으로 가방을 몇 번이나 꽁꽁 묶었다. 그리고 내가 빌려준 셔츠를 벗으며 오늘 저녁에 떠나겠다고 말했다. 지금 부두에 가면 마지막 정기 여객선을 탈 수 있을 거라고 했다.

쿠이위안은 차도 마시지 않았다. 깊은 밤이었다. 나는 이렇게 갑자기 황망하게 도망치듯 떠나는 그의 모습을 보고 조금 안쓰러운 생각이 들었다. 사실 이렇게 밤늦게 돌아갈 필요도 없었고 내가 빌려준 옷을 굳이 돌려줄 필요도 없었다. 적어도 마시던 차는 다 마시고 가야 하지 않겠는가.

"그렇게 서두를 필요는 없잖아? 일은 못 찾았어도 이왕 왔으니 며칠 더 놀다 가지 그래. 한 번 나오기도 힘든데……."

내가 한결 부드러운 목소리로 말했다.

"많이 놀았는걸요."

"내일 아침 먹고 가지 그래?"

"어차피 갈 거면 시원시원하게 저녁에 가야죠."

쿠이위안과 친구는 마치 시간에 쫓기는 사람처럼 곧바로 고향으로 간다며 집을 나섰다. 그들에게 낯선 도시였다. 길은 제대로 찾을 수 있을지, 부두로 가는 차는 탈 수 있을지, 마지막 여객선에 오를 수 있을지, 만일 배를 놓치면 어떻게 이 긴 밤을 보낼지 전혀 대책이 없었다. 그들은 그저 내 비난에 당황해 돌아갈 길이 험하다는 생각도 하지 못한 채 황급히 뛰쳐나가 버렸다. 내가 친구 차를 빌려 그들을 데려다주려고 하자 그들은 멀리서 큰 소리를 몇 번 지르더니 눈 깜짝할 사이에 어두운 밤공기 속으로 사라져 버렸다.

민주 감방(民主倉): 죄수들의 용법

쿠이위안은 우리 집을 떠난 후 고향으로 돌아가지 않았다. 대충 열흘쯤 지난 무렵이었나 보다. 누군가가 우리 집 문을 두드렸다. 문을 열어 보니 머리가 헝클어진 소년이 서 있었다. 그는 나에게 구깃구깃한 담뱃갑 종이를 건네줬다. 종이에는 볼펜으로 쓴 글씨가 적혀 있었다. 아마도 잉크가 다 됐는지 종이가 찢어질 정도로 몇 번이나 획을 그었는데, 글씨가 정확하지는 않았다. 나는 밝은 곳에 비춰 가며 대충 짐작으로 글을 읽어 내렸다.

"삼촌, 꼭, 꼭 날 좀 구애(구해) 주세요. 빨리요!"

아래에 "좃카(조카) 쿠이위안"이라고 적혀 있었다. 대체 무슨 일인지 물어보았다. 소년도 상황을 잘 몰랐다. 심지어 쿠이위안이 누구인지도 모르는 듯했다. 그저 오늘 감방에서 나오기 직전, 누군가가 소년에게 10위안을 찔러 주며 이 쪽지를 전해 달라고 했다고 한다. 소년은 우리 집을 찾기가 이렇게 어려울 줄 알았다면 30위안을 준다고 해도 오지 않았을 것이라고 말했다. 그가 자꾸만 머뭇거렸다. 내가 5위안을 더 주고 나서야 그는 우리 집을 떠났다.

상황은 분명했다. 쿠이위안이 범죄를 저질러 감옥에 들어갔을 것이다. 화가 났다. 쿠이위안이 눈앞에 있다면 바로 주먹을 날렸을 것이다. 하지만 어쩔 수 없는 상황이 되었으니 내 체면은 둘째 문제였다. 하는 수 없이 그 형편없는 죄수를 찾아가야 했다. 먼저 유치장이 어디인지부터 알아보았다. 또한 성과 시의 유치장이 따로 있는지, 유치장과 구치소, 취조실이 따로 떨어져 있는지도 알아봐야 했다. 나는 아는 이들에게 이것저것 궁금한 내용을 물어보았다. 하지만 그들은 의혹의 눈초리로 나를 바라보며 대충 얼버무릴 뿐이었다.

나는 직장에 가서 유용하게 쓸 것 같은 증명서들을 발급받은 후 약간의 돈을 챙겨 모래바람이 휘몰아치는 교외로 달려갔다. 오토바이를 너무 빨리 모는 바람에 경찰에게 두 번이나 벌금을 물고 구치소에 도달했지만, 이미 날이 어두워져 있었다. 업무가 끝났다고 했다. 다음 날 다시 찾아갈 수밖에 없었다.

이튿날 나는 가져간 담배를 탈탈 털고 웃는 얼굴로 모든 미사여구를 동원하고 각종 사투리를 총동원해 가며 공안들에게 아부하고 나서야 사무실을 에워싼 사람들 사이를 비집고 들어갈 수 있었다. 나는 쓰촨 억양을 쓰는 한 여자 경찰과 이야기를 나눈 후에야 쿠이위안이 무슨 일을 저질렀는지 알았다. 그가 부두에서 도박판을 벌였다. 도박은 엄격하게 처벌되지만 이야기를 듣자니 그리 심각한 상황은 아니었다. 게다가 감방에 사람이 너무 많아 그냥 벌금형으로 처리하고 석방할 수 있다고 했다. 그 말에 나는 너무 기쁜 나머지 쓰촨 사투리로 "고맙습니다."를 연발했다.

가진 돈이 모자라서 오후에 돈을 더 가지고 다시 갔다. 나는 벌금과 생활비, 교육 자료비 등을 모두 낸 다음에야 쿠이위안을 인계받았다. 그를 인계받기 전에 조그만 소동이 벌어지기도 했다. 죄수가 너무 많은 탓에 접수처에서 기재를 잘못했는지 그가 갇힌 감방을 찾아내지 못했다. 구치소 사무가 너무 바쁜 탓에 나는 그 자리에서 두세 시간을 허비할 수밖에 없었다. 결국 처지를 딱하게 생각한 경찰들이 관례를 깨고 내가 직접 감방을 돌아보며 쿠이위안을 찾도록 해 주었다. 두 줄로 길게 늘어선 회색 철문이 멀리까지 이어져 있었다. 감방마다 조그만 창문이 나 있고 그 안에 얼굴들이 가득했다. 아니, 마치 수많은 눈이 여러 각도에서 모여들어 사각형 모형을 이루는 것 같았다. 그 눈들의 덩어리가 막 냉동실에서 꺼낸 엉겨붙은 고깃덩어리들보다 더 빽빽하게 느껴졌다. 기대에 찬 눈초리들이 모두 나를 향해 있었다. 나는 1호 감방부터 시작했다. 있는 힘을 다해 그 사각형 고깃덩어리들 사이에 틈을 만들고 그 사이로 쿠이위안의 이름을 소리 높여 외쳤다. 이름을 외친 뒤에는 귀를 쫑긋 세우고 조용히 감방 안 동정을 살펴보았다. 웅웅거리는 잡소리가 이곳저곳에서 들려왔다. 지린내와 땀 냄새가 교묘하게 섞여 시큼한 악취가 났다. 그러나 아무 대답이 없었다. 나는 감방을 하나씩 지나치며 깊은 실망에 빠졌다.

스물 몇 개나 되는 창을 모두 살펴보았다. 목이 거의 찢어질 듯 아프기 시작했을 때 개미처럼 가는 목소리가 아주 먼 하늘가에서 울려 퍼지듯 감방의 철문 틈새에서 흘러나왔다. 마치 귓속말처럼 속삭이는 듯했다. 참으로 느낌이 이상했다. 기껏해야 몇 평 안 되는 감방인데 왜 이렇게 아득하게 들릴까? 왜 이 소리는 철문 뒤 멀리 깊숙한 또 다른 세상에서 들리는 것 같을까?

"아아아!"

쿠이위안이 누군가에게 목이 눌린 것 같은 소리를 냈다.

마침내 그는 경찰에게서 지퍼가 고장 난 검은 가죽 가방을 돌려받았다. 그리고 지난날의 과오를 뼈저리게 반성한다고 거듭 말한 후 잔뜩 겁먹은 얼굴로 조용히 오토바이 뒤에 올라타 내 눈치를 살폈다. 나는 쿠이위안을 태운 채 몇 킬로미터를 달려간 후에야 움직일 때마다 바람결에 풍기는 그의 고약한 악취를 느꼈다.

집으로 돌아온 나는 우선 그에게 입구에 꼼짝하지 말고 서 있으라고 말했다. 그리고 이어서 집 안의 어떤 물건도 만지지 말고 그 즉시 옷을 벗고 욕실로 들어가라고 명령했다. 아내는 그가 벗은 옷을 걷어 세탁기에 밀어 넣었다.

예상대로 핏자국이 있는 옷에서 이와 벼룩이 뛰어다녔고 아내는 세탁기 옆에 서서 비명을 질렀다. 욕실을 나온 쿠이위안이 미안하다는 듯 입을 헤벌린 채 머리를 빗으며 말했다.

"거울은요?"

내가 거울이 있는 방향을 가리켰다.

"운이 나빴어요. 이번에는 '민주 감방(民主會)'에 들어가는 바람에……."

무슨 말을 하는지 알아들을 수 없었다.

"죽진 않았겠지만 아마 살가죽이 다 벗겨졌을걸요."

"민주 감방이라니?"

"민주 감방이 뭔지 모르세요? 그러니까 그게…… 모두가 민주적이다 이거죠."

"그게 무슨 뜻인데?"

"민주적이라 이도 많고 벼룩도 많고, 툭하면 싸움질하느라 피도 흘리고."

그래도 나는 그의 말뜻을 이해할 수 없었다.

그가 밥을 먹기 시작했다. 그는 감방에서 가장 복이 많은 사람이 방장이라고 했다. 방장이 식사할 때면 주위에 부채질해 주는 사람, 노래를 불러 주는 사람, 수건으로 얼굴을 닦아 주는 사람이 있다. 식사가 들어오면 방장이 먼저 음식을 골라 먹는다. 물론 고기같이 좋은 반찬은 다 골라 혼자 먹어 버린다. 그다음은 방장 아래 '사대금강'이나 '팔대금강'이 먹을 차례이다. 이어 나머지 사람들이 마지막 남은 음식을 먹는다. 방장은 잘 때도 가장 좋은 곳을 차지한다. 방장이 여자 죄수를 보고 싶어 하면 그를 창문 높이까지 밑에서 받쳐 주는 사람이 있다. 때로는 그렇게 창문을 차지하고 몇 시간을 바라보기 때문에 밑에서 받침대가 된 사람은 두 다리가 후들거린다.

처음 감방에 들어온 사람은 반드시 그에게 복종해야 한다.

구태여 방장이 손댈 필요도 없다. 금강이나 금강으로 승급하고 싶은 죄수들이 신참을 거의 반쯤 죽을 정도로 흠씬 두들겨 팬다. 이것을 일컬어 '먼저 권위의 주먹을 날린다'라고 한다. 또는 간수에게 못이나 칼 조각 같은 것을 증거로 제시해 신참의 범죄 행위를 날조할 때도 있는데, 그러면 신참은 꼼짝없이 수갑이나 족쇄를 차야 한다. 방장이 악랄하게 굴기는 해도 방장이 있는 감방은 모든 일이 방장의 지시에 따라 이루어지고, 일반 죄수들 또한 그들 나름대로 각자의 위상에 맞춰 생활하기 때문에 괜한 싸움질이 적고, 위생 상태 또한 비교적 좋은 편이다. 게다가 수건도 반듯하게 걸어 놓고 이불도 층층으로 잘 개어 놓기 때문에 교도관들도 좋아했다. 이에 반해 민주 감방은 달랐다. 민주 감방은 방장이 아직 선출되지 않았거나 한 감방 안에 방장으로 나선 이가 여럿으로 죄수들이 가장 무서워하는 곳이다. 방장 후보들이 아직 승패를 결정하지 않은 터라 도저히 사람이 지낼 만한 곳이 아니기 때문이다. 말 한마디만 잘못해도 곳곳에서 고함이 들리고 구타가 난무한다. 민주 감방에 들어가면 채 한 달이 되기도 전에 눈, 코, 입은 물론이고 손발 또한 성하지 않다.

쿠이위안은 다행히 아직 멀쩡한 자기 머리를 쓰다듬으며 여전히 겁에 질린 얼굴로 하필 이번에 들어간 감방이 민주 감방이었다고 말했다. 감방 안에는 쓰촨 사람, 광둥 사람에다 둥베이 사람까지 죄다 몰려들어 '3파전'을 벌였다고 한다. 교도관들이 매일 싸움질만 하는 몇 명에게 족쇄를 채웠지만 그래도 문제는 해결되지 않았다. 쿠이위안은 감방에서 겁에 질린 채 하루도 마음 편히 눈을 붙인 적이 없다고 했다.

나는 코웃음을 쳤다.

"감옥에 들어간 게 이번이 처음이 아니지?"

그가 다급하게 변명을 늘어놓았다.

"아뇨, 아니에요. 제가 얼마나 준법정신이 강한데요. 앞서가는 사람들이 돈을 떨어뜨려도 절대 줍는 일이 없는데요."

"몇 번이나 들어갔는데?"

"처음이라니까요. 정말이에요. 거짓말이면 벼락 맞아 새카맣게 타 죽어도 좋아요. 감옥 이야기는 옌우 형에게 들은 거예요."

옌우라는 이름이 기억나지 않았다.

그가 믿을 수 없다는 듯 다시 물었다.

"옌우 형, 기억 안 나세요? 이사장요, 그러니까 옌짜오 형 아우요. 맞아, 예전에 공놀이도 같이 했잖아요!"

옌짜오 이야기를 꺼내니 생각났다. 옌짜오에게 동생이 있었지, 아마. 내가 막 마차오에 갔을 때 아직 학생이었어. 나중에 들으니 무대에 반동 표어를 써서 옥살이를 했다지. 그때는 이미 내가 다른 곳으로 이동한 뒤였어. 갈수록 기억력이 엉망이 되어 갔다.

톈안문(天安門)

　다시 마차오를 방문했을 때였다. 많은 사람이 나에게 마차오에도 톈안문이 있는데 이미 유명한 관광 명소가 되었다고 알려 주었다. 위에서 출장을 나온 관리들은 굴원 사당과 현의 혁명기념관을 둘러본 후 꼭 그곳에 다녀간다고 했다.

　정확하게 말해 톈안문은 마차오가 아니라 장자팡 경계에 있었다. 나중에 생긴 107국도와 가까운 곳이었다. 그러나 그곳은 마차오 사람 옌우가 만든 것이므로 마차오와 관련 있었다. 사실 톈안문은 면적이 수십 무(畝)17)에 달하는 거대한 저택이다. 안에 누각과 정자는 물론이고 연꽃이 가득한 연못, 화원, 대나무 숲이 있으며, 연못 위로는 회랑을 만들고 인공 산에는

---

17) 면적을 나타내는 단위로, 1무는 약 30평이다.

바위를 얹어 놓았다. 정원에는 구역별로 이름이 있었는데 어떤 곳은 '에덴의 동산', 또 어떤 곳은 '소상관(瀟湘館)'이라는 이름이 붙었다. 중국식 이름과 서양식 이름이 한데 섞여 이도 저도 아닌 꼴이었다. 이렇듯 없는 것 없이 죄다 구비했지만 전체적으로 조잡한 느낌이 들었으며, 바닥의 타일도 반듯하게, 깔끔하게 깔린 곳이 별로 없었다. 여기저기 삐뚤삐뚤하고 타일을 붙인 시멘트도 깔끔하게 마무리된 곳이 드물었다. 창문도 열리지 않는 것이 태반이었고, 거의 모든 창문이 뭔가로 받쳐져 있었다. 이런 식이라면 정원에 사는 임대옥(林黛玉)[18]은 그저 창문을 여닫는 일만으로도 하루 종일 분주할 테니 언제 애절한 마음으로 꽃 무덤을 만들고 노래 부르며 끝내 자신이 지은 시 원고를 불태울 시간이 있었겠는가? 그저 기껏해야 가라오케 반주에 맞춰 노래나 몇 곡 부를 수 있을 뿐이리라. 조그만 2층짜리 서양식 여관 하나가 막 건설 중이었다. 듣자 하니 이 여관은 앞으로 저장(浙江) 일대에서 여자 접대원을 열명 선발해 기자나 작가 또는 이곳을 참관하러 오는 손님들을 접대할 것이라고 했다.

주인은 만날 수 없었다. 옌우는 현에 살고 어쩌다 들러 이곳에 있는 공장 두 곳을 살펴볼 뿐이라고 했다. 나는 멀찌감치 떨어져 있는 그의 살림집을 바라보았다. 연못 중앙에 2층으로 된 조그만 건물이었다. 자세히 보니 벽마다 벽걸이식 에어컨이 서너 개 달려 있었다. 터무니없을 정도로 많았다. 문득

---

18) 『홍루몽』의 여주인공.

화장실에서 일을 볼 때도 소름이 돋을 정도로 춥겠다는 생각
이 들었다. 마치 모든 건물에 철제 덩어리와 시멘트가 덕지덕
지 붙어 있는 느낌이었다.

몇 해 전 나는 제법 돈을 번 어떤 농사꾼이 선풍기를 한꺼
번에 예닐곱 대나 사들이는 바람에 미처 놓을 데가 없어 돼지
우리에까지 선풍기를 설치했다는 이야기를 들었다. 그런데 이
렇게 눈 깜짝할 사이에 에어컨이 유행하리라고는 전혀 생각하
지 못했다. 관광 안내원은 끊임없이 나에게 에어컨 대수를 세
어 보라고 성화였다. 내가 별로 흥미를 보이지 않자 그녀가 대
신 하나하나 숫자를 꼽기 시작했다. 그녀는 은근히 질투가 나
면서도 한편으로는 매우 자랑스럽다는 듯이 내 귓가에 대고
에어컨 숫자를 또박또박 큰 소리로 셌다. 마치 이 철제 덩어리
가 그들과 무슨 관계라도 있는 것처럼 부민(富民) 정책의 눈부
신 성과에 대해 내가 반드시 탄성을 질러야 한다고 생각하는
것 같았다.

안내원은 이 정도로는 부족하다고 생각했는지 어디선가 젊
은 관리인 한 사람을 불러왔다. 그 관리인은 나를 안다고 했
다. 예전에 그가 다니던 학교에서 내가 임시로 며칠 강의한 적
이 있는데, 그때 내 수업을 들었다고 했다. 그는 무거운 자물
쇠를 열고 나를 데리고 건물 안으로 들어갔다. 내키지 않았지
만 성의를 무시할 수 없어 건물 안으로 그들을 따라갔다. 꼬불
꼬불한 복도를 거쳐 철제문 두세 개를 지난 다음 연못 안 호
화로운 저택으로 들어갔다. 인테리어는 그런대로 괜찮은 편이
었다. 호화찬란한 샹들리에와 고급스러운 벽지가 눈에 들어왔

다. 안타깝게도 전력이 부족한지 에어컨은 가동되지 않았다. 관리인은 하는 수 없이 각자에게 부들부채를 하나씩 나눠 주며 더위를 식히게 했다. 텔레비전도 제대로 나오지 않았다. 부근에 있는 중계방송국 건설이 아직 끝나지 않았다고 했다. 전화기는 빨간색 한 대, 검은색 한 대가 있었다. 전화 역시 아직 제대로 연결되지 않은 상태인 듯했다. 전화기가 몇 대 더 있어도 끝내 전화벨 소리를 들을 수 없을지도 모른다. 관리인은 향정부의 전화교환원들이 아이들을 돌보느라 자리에 붙어 있는 적이 별로 없다고 했다.

"차 드세요."

누군가가 나에게 차를 권했다.

"예."

사실 나는 그보다는 세수를 하고 싶었다.

"텔레비전 보시겠어요?"

"예, 그러죠."

관리인이 엉덩이를 치켜든 채 몇 번이나 조정한 덕에 지지직거리는 텔레비전 화면이 한결 나아졌다. 화면이 화려한 것으로 보아 아마도 외국의 광고 테이프인 듯했다. 한참 보다 보니 다시 화면 가득 사선이 들어찼다. 혹시 테이프가 잘못되었을지도 모르니 다른 테이프를 틀어 보라고 했다. 한참 동안 테이프를 찾던 그는 볼만한 것이 없는지 홍콩 무술 영화를 틀었다. 그 테이프는 더욱 가관이었다.

온몸이 땀으로 흠뻑 젖기 시작했다. 주위 연못에서 더운 수증기가 올라오는지 발아래 붉은 카펫이 후끈후끈 달아오르고 사람들 몸에서 고기 익는 것 같은 냄새가 풍겼다. 나는 문 밖에서 숨을 몰아쉬면서 다른 이들이 어수선한 가무 테이프를 다 구경할 때까지 기다렸다.

나는 이곳을 '톈안문'이라 부르는 까닭이 정원 앞에 있는 문루(門樓) 때문이라는 사실을 나중에야 알았다. 확실히 톈안문과 비슷하고, 다만 조금 축소된 형태였다. 다급하게 쫓기면 닭도 푸드덕거리며 날아 올라갈 수 있을 정도로 낮은 문루였다. 문루 좌우에 아치형 입구가 있고 주변에 해자를 둘렀으며 건널 수 있는 다리도 마련되어 있었다. 고궁을 모방한 벽은 모두 붉은색으로 칠해져 있었다. 정문 앞에는 입을 쩍 벌린 돌사자가 두 마리 있었다. 아쉽게도 해자에는 물 대신 잡초와 우연히 풀숲에서 튀어나온 맹꽁이 한두 마리가 있을 뿐이었다.

문루 위에 서 보았다. 문루 앞에는 광장이 없었다. 기념비 또한 있을 리 없었다. 바로 코앞에 장사가 별로 신통치 않아 보이는 국수 가게와 잡화점 같은 가게들이 한 줄로 늘어서 있을 뿐이었다. 처마 밑에 있는 누렇게 먼지 앉은 빈 탁구대 곁에 젊은이들이 쭈그리고 앉아 있었다. 그중 몇몇은 등받이 없는 작은 의자에 쪼그리고 앉아 있었는데, 마치 할 일 없는 닭들 같았다.

한 집에 커다란 팻말이 걸려 있었다. 팻말에는 '천자(天子) 국제문화클럽'이라고 적혀 있었다. 톈안문 주인이 시골 친지들에게 무상으로 제공한 장소라고 했다.

클럽의 일부인 듯 문루 왼쪽에 커다란 무대가 있었다. 안내원은 현(縣) 극단이 그해 정월에 이곳에서 사흘 연속으로 공연했다고 알려 주었다. 아마도 옌우가 돈을 내서 고향 사람들에게 구경거리를 선사한 듯했다.

나와 같이 있던 사람들이 현 극단의 한 여배우에 대해 이야기하기 시작했다. 그들의 이야기에 처마 밑에 쪼그리고 앉아 있던 닭들도 관심을 보이기 시작했다. 누런 눈들이 어쨌거나 목표물을 찾은 셈이었다.

물론 옌우가 이렇게 큰 집을 지었다는 것, 그것도 이렇게 걱정스러운 모양으로 집을 지었다는 것은 놀라운 일이었다. 만약 한 십 년 정도 일찍 이런 집을 지었다면 중앙에 항거하고 모반을 획책했다는 죄로 처형당하지 않았을까 하는 생각이 들었다. 후에 옛 친구인 즈황을 만나 이 건물에 담긴 사연을 전해 들을 수 있었다. 옌우는 고등학교 재학 시절 출신 성분이 좋지 않았기 때문에 사람대접을 받지 못했다. 언젠가 그가 침대 머리맡에 톈안문 사진 한 장을 붙여 두었다가 반(班) 간부에게 몰수당한 일이 있었다. 반 간부 말이 빈농의 자제도 이런 사진이 없건만 지주 놈의 새끼가 무슨 자격으로 마오 주석을 사모하느냐는 것이었다. 날마다 톈안문을 바라본다고? 폭탄으로 우리 위대한 영도자를 해치려는 거 아냐?

옌우는 그 일에 가슴 깊이 한이 맺혔다. 나중에 부자가 된 그가 가장 먼저 한 일이 바로 톈안문을 만드는 것이었다. 얼마 전까지만 해도 그는 톈안문을 바라볼 권리조차 없는 사람이었다. 좋다. 그렇다면 이제 사람들에게 그가 톈안문을 바라볼 수 있을 뿐 아니라 또 하나의 톈안문을 만들 수 있다는 것을, 그것도 사람들 코앞에 만들 수 있다는 것을 보여 주자. 그의 아내와 두 아이는 자신과 달리 톈안문 위에서 숨바꼭질도 하고 개를 데리고 놀기도 하며 기름과자를 먹을 수도 있었고, 물론 재채기도 할 수 있었다.

그는 이 건물을 짓느라 적지 않은 빚을 졌다. 그래서 수차례 채권자들에게 끌려가 다리가 잘릴 뻔한 적도 있고 검찰원에서 나온 차량에 끌려간 적도 있었다고 한다.

한(狠)[19]

마차오에서 '한(狠)'은 '능력이 있다', '재주가 있다', '기예가 뛰어나다'라는 의미이다. 문제는 이런 뜻 외에 한(狠)에는 '잔악하다', '악독하다', '악의적이다'라는 의미도 있다는 것이다. 이처럼 서로 다른 두 가지 의미가 있는 말을 들을 때마다 왠지 마음이 개운치 않다. 글씨를 제법 잘 쓴 나는 마차오에 있을 때 명령에 따라 붉은색과 노란색 페인트를 챙겨 마오 주석의 어록을 쓰러 다녔다. 농민들은 벽에 아무런 칸이나 밑그림을 그리지도 않은 상태에서 사다리에 올라가 순식간에 글씨를 쓰는 나를 보고 모두 혀를 내둘렀다.

---

19) 표준 중국어에서 '한(狠, 헌hěn)'은 '모질다', '잔인하다', '독하다'라는 뜻으로 쓰인다.

"아이고! 하방 청년 거 정말 한(狠)하네!"

나는 그들의 말이 어디까지가 찬사고 어디까지가 비난인지 감이 잘 오지 않았다.

글자를 쓰는 것도, 글자를 아는 것도, 생산대를 도와 탈곡기를 수리하는 것도, 물속으로 잠수해 저수지 틈새를 막는 것도 그들은 모두 '한(狠)'이라고 표현했다. 외지 공장에서 기계를 생산하거나 디젤유를 만들고, 화학비료와 얇은 플라스틱 제품을 만들어 내는 것은 당연히 영리한 노동자들이 한(狠)하기 때문이었다. 이럴 때면 마치 마차오 사람들이 은연중에 모든 지식과 기능을 부도덕하고 악독하게 생각하는 것 같았다.

어쩌면 과거에 그들에게 어떤 문제가 있었기 때문인지도 모른다는 생각이 들었다. 혹시 그들의 경험상 지식과 기능을 지닌 이들은 자신들을 침탈하거나 패권을 휘두를 가능성이 농후하다고 여기는 것은 아닐까? 마치 그들이 처음 본 웅웅거리는 기계, 난데없이 하늘에 나타나 폭탄을 떨어뜨리고 간 일본 비행기를 봤을 때와 같은 느낌을 받을지도 모른다. 또한 그것은 그들이 처음 본 확성기에서 튀어나온 말이 그들 개인 소유의 땅을 '자본주의의 꼬리'라고 규정한 것과도 연관 있을지 모른다. 그 말이 맞다면 그들이 어찌 걱정하지 않겠는가? 이후로 그들이 만나는 능력 있고 지위 높은 사람들 또한 그들에게 똑같은 상처를 남길 수 있지 않은가? 이런 상황에서 그들이 '한(狠)'이라는 표현을 사용하는 것이 뭐 잘못되었는가?

비단 마차오 사람들의 말만 이렇지는 않다.

쓰촨 지역 여러 곳에서 능력이 좋은 사람을 보고 '흉(兇)'이라고 말하는데, 이 역시 한(狠)과 의미가 비슷하다. 그들은 능력 있는 사람을 보면 이렇게 감탄한다.

"정말 흉(兇)한데!"

또한 북방 여러 지역에서는 능력이 뛰어난 사람들을 '사(邪)'라고 부르는데 이 역시 '한'과 비슷한 의미이다. 그들은 능력 있는 사람을 보면 '사문아(邪門兒)'라고 말한다.

현대 중국어에서 능력이 뛰어난 사람을 보고 '여해(勵害)'라고 하는데 이 표현 역시 그와 유사하다. 이 단어에는 찬사와 더불어 비난의 의미가, 기쁨과 더불어 우려의 목소리가 혼재한다. '여(勵)'에는 '맹렬하고 모질다'라는 의미만 있을 뿐이나 '해(害)'에는 직접적인 경고의 의미가 강하다. 후난 말 가운데 '여해마자(勵害碼子)'가 있다. 이는 능력은 있지만 여기저기서 이득을 취하는 사람, 모질고 사악한 사람을 가리킨다.

이렇게 보면 중국인의 언어에서 지식과 기능은 언제나 악한 일(한(狠), 흉(兇), 사(邪), 여해(勵害))과 불가분의 관계인 듯하다. 2000여 년 전 장자는 일체의 지식과 기능에 대해 우려와 원망을 드러냈다.

"세상에 선한 자는 적지만 선하지 않은 자는 많으니, 성인이 천하를 이롭게 하는 일은 적고 세상을 해치는 일은 많다."(『장자(莊子): 외편(外篇)』「거협(胠篋)」) 그는 지식을 없애야 나라를 도둑질하는 이를 없앨 수 있고, 금은보화를 없애야 재물을 도둑질하는 이들이 늘지 않는다고 했다. 또한 부인(符印, 관인)을 없애야 사람들이 비로소 본분에 충실해지며, 저울을 없애야 재물을 위한 다툼이 사라질 것이며, 법률과 교의(敎

義)를 없애야 비로소 사람들이 자연의 깨달음과 인생의 궁극적 도를 얻는다고 주장했다. 장자의 분노는 날로 기술이 발달하는 현대 사회에서 아득히 먼 옛날의 소리로 사라져 버린 지오래다. 그의 분노는 하늘 아득히 먼 곳 희미한 별빛이 되어이미 수많은 사람의 관심에서 멀어졌다. 그러나 언어라는 유산 속에, 적어도 우리가 위에서 말한 남부 지역의 수많은 방언을 통해 여전히 은밀하게 사람들 사이에 파고들어 있다.

괴기(怪氣)

마차오에는 능력이 뛰어난 사람에게 붙는 말이 하나 더 있다. 바로 '괴기(怪氣)'다. 『사원(辭源)』(상무인서관(商務印書館), 1988년)에 '괴(怪)'의 세 가지 해석이 실려 있다. (1) 기이하고 특이하다. (2) 매우 특별하다. 아마도 첫째 의미가 점차 허사화(虛詞化)된 경우인 듯하다. (3) 질책이나 비난의 의미이다. 그래서 '괴아(怪我)'라고 하면 '나를 탓하다', '나를 비난하다'라는 의미로 쓰인다. 이렇게 보면 중국어에서 기이한 물건은 항상 비난이나 질책을 벗어나지 못하고 일반적인 것보다 안전하지 못하다는 의미를 지니는 듯하다.

마차오에서 제일 괴기한 인물은 옌우이다. 당시에 마차오의 지식청년들은 세월이 지나면서 직장을 구한 이는 취직하러 떠나고, 병에 걸린 사람들은 고향으로 돌아갔다. 마지막에는 나를 포함해 두 명밖에 남지 않았다. 당시 문예선전대에서 혁명 경극을 할 줄 아는 사람이 모두 떠나 버렸기 때문에 상부에서 지시가 떨어져도 공연을 할 수 없었다. 누군가가 옌우를 추천했다. 고등학교에 다니던 옌우는 노래를 잘 불렀다. 그는 시간이 없어서 리허설도 하지 못하고 키가 작아 정식으로 무대에도 오르지 못했다. 하지만 극이 시작해서 끝날 때까지 무대 뒤 컴컴한 구석에서 나쁜 역, 좋은 역, 남자 배역, 여자 배역 가릴 것 없이 모든 배우의 노래를 불렀다. 무대에 올라간 사람은 그저 입만 달싹거리면 그만이었다. 꽤나 힘든 고음도 너끈하게 잘 처리했다. 옌우의 노랫소리가 어두운 밤, 마을의 허공을 가르며 낭랑하게 울려 퍼질 때 나는 정말 경탄을 금치 못했다. 옌우는 키가 작아 머리가 사람들 허리 정도밖에 오지 않아 허리를 굽히지 않으면 사람들 아랫도리 사이로 분주히 돌아다니는 그의 얼굴을 제대로 볼 수 없었다. 그는 수업에 늦지 않으려고 극이 끝나자마자 잽싸게 어둠 속으로 사라져 버렸다. 나 역시 그의 얼굴을 자세히 쳐다볼 겨를이 없을 정도였다.

그가 부르는 혁명 경극의 인기가 높아지자 펑장현에서 합동 공연이 있을 때면 항상 그를 불러 도와 달라고 했다.

나는 그가 고등학교를 졸업하고 고향으로 돌아온 후에야 얼굴을 자세히 볼 수 있었다. 인형같이 둥근 얼굴에 아직 솜털이 보송보송한 옌우는 입이 원숭이처럼 뾰족한 그의 형 옌짜오와 영 딴판이었다. 그가 장기를 두는 나를 보고 나에게 도전했다. 경솔하게 덤비는 그를 보고 나는 그저 몇 수 지도해 줄 생각이었다. 그러나 뜻밖에 얼마 두기도 전에 나는 보기 좋게 역전패를 당하고 말았다. 다음 대국도 마찬가지였다. 그는 곳곳에 패를 써서 매섭고 독한 고수의 능력을 유감없이 발휘했다. 그는 항상 적이 공격할 틈조차 주지 않고 세차게 밀어붙여 상대를 끝까지 물고 늘어졌다. 3000명의 병사를 죽이는 한이 있어도 절대 적을 단 한 명도 놓치지 않겠다고 작심한 듯했다. 나는 마음속으로 그의 재주가 참으로 절묘하다고 느끼면서도 도저히 그에게 승복할 수 없었다.

그가 겸허하게 말했다.

"죄송해요. 부끄러운 솜씨를 보여 드렸습니다."

말은 그렇게 했지만 양미간에 드러나는 그의 의기양양한 속마음은 숨길 수 없었다.

그 후 나는 발분해 약간의 기보(棋譜)를 몰래 연습하며 그와 대국할 기회만 엿보고 있었다. 그러나 옌우는 약초를 캐러 간다거나 외지에 일을 나가야 한다며 나에게 설욕할 기회를 주지 않았다. 아마도 그는 대국할 기회를 잡느라 몸이 단 내 모습에 남몰래 기쁨을 감추지 못했을 것이다.

옌우는 마을에서 일할 때가 거의 없었다. 그래서 집에 있는 날도 별로 없었다. 심지어 노모의 병이 위중했을 때도 집에 돌아오지 않았다. 생산대에서 수리 건설을 위해 집집마다 임무를 분담시켰을 때도 옌짜오가 대신 나왔다. 그의 집 채마밭에서도 언제나 옌짜오만 일했다. 그가 제일 먼저 배운 것은 페인트칠이었다. 도구함을 들고 온몸에 칠이 잔뜩 묻은 그와 길에서 마주친 적이 있었다. 얼마 지난 후 그를 만났을 때 그는 한

의학을 배운다고 했다. 그는 제법 그럴싸한 모습으로 사람들을 위해 침도 놓고 맥도 잡아 주었다. 후에 그는 그림과 전각도 배웠다. 듣자 하니 창러가에서 서화를 팔며 고객의 만년필에 변화무쌍한 초서체로 마오 주석의 시를 새겨 주었다고 한다. 그 자리에서 즉시 새겨 갈 수 있고 가격도 적당한 편이라고 했다. 아무튼 그는 일단 배우기 시작하면 못하는 것이 없었다. 자신의 초강력 괴기를 드러내는 데 어떤 장애물도 없었다. 그의 이런 괴기는 사방에 소문이 자자해서 노인 아이 할 것 없이 모르는 사람이 없었다. 그의 조상이 지주 출신이기는 했지만 마차오 사람들은 그를 싫어하지 않았다. 분명한 이유는 알 수 없지만 마을 사람들은 오랫동안 예외적으로 그에게 관용을 베풀었다.

오히려 그는 마차오의 긍지이자 인근 모든 마을의 자랑이었다. 어떤 마을에서 대학생이 나왔다고 자랑하면 마차오 사람들은 분에 못 이겨 그건 아무것도 아니라고, 옌우가 지주 출신만 아니라면 대학을 서너 개는 나왔을 것이라고 했다. 또 어떤 지역에서 누가 수리 기술자가 되어 현에서 국가의 녹을 먹는다는 말이 전해져도 마찬가지였다. 그가 기술자라고? 옌우의 성분이 그래서 그렇지, 그렇지 않았다면 그자에게 돌아갈 자리가 없었을 것이라고 했다.

번이는 아이가 병이 들어 오랫동안 완치되지 않자 현에 나가 진찰을 받을 생각이었다. 마차오 사람들은 그 아이의 병이 낫지 않을 것이라고 단언했다. 옌우의 처방도 소용없는데 현에 간다고 고치겠어? 그냥 돈만 버리는 것 아냐? 그러나 보름이 지난 후 현에 간 아이는 병이 완치되었다. 이런 상황에서도 마차오 사람들은 이상하게 생각하기는커녕 오히려 옌우를 두둔했다. 그건 옌우의 처방이 잘못된 게 아니라 시골에 약초가 부족해서 그런 거야. 만약 약초만 있었다면 번이 아이를 현에 보내 괜히 돈 들이고 사람까지 고생시킬 필요가 있었겠어?

게다가 몸에 칼까지 대고 오장육부를 들어내어 마치 짠지를 씻듯이 주물러 댔으니 수명이 십 년은 단축되었을 것이라고 떠들어 댔다.

번이 역시 사람들과 같은 생각이었다.

번이는 당 지부 서기로 옌우의 아버지와는 원수지간이었다. 그는 걸핏하면 옌우가 그의 아버지보다 더 괴기하다고 말했다. 앞으로 분명히 반혁명분자가 될 놈, 분명히 감방에 들어갈 놈이라고 장담했다. 그러나 그 역시 다른 사람들과 마찬가지로 옌우의 괴기를 숭배했다. 그는 옌우를 특별하게 대했다. 자기 식구들이 병이 났을 때도 옌우에게 보여 맥을 짚게 했다. 그러지 않으면 마음을 놓지 못했다.

옌우는 언제나 무료로 마을 사람들의 병을 치료해 주었다. 특히 간부들은 더욱 공손하게 대했다. 언젠가 옌우가 나에게 담배를 한 개비 달라고 했다. 그는 담배를 받자마자 그대로 줄행랑을 쳤다. 눈 깜짝할 사이에 옌우가 보이지 않았다. 잠시 후 볼일 때문에 아랫마을에 간 나는 공사 허 부장이 내 '웨루산(岳麓山)' 담배를 물고 곡식 말리는 마당에 앉아 있는 모습을 보았다. 그 옆에서 옌우가 굽실거리고 있었다. 수줍은 듯 미소를 띤 옌우는 더없이 충직한 모습으로 허 부장의 가르침을 경청했다. 한참 지나서야 나는 옌우가 담배를 피우지 않는다는 사실을 알았다. 담배를 피우고 싶지 않아서가 아니라 차마 아까워 담배를 피울 수 없다고 했다. 외지에서 칠장이도 하고 병도 고쳐 주고 그림도 그리고 전각도 해 주면서 그가 받은 담배를 모두 잘 모아 뒀다가 간부들, 특히 번이에게 헌납했다. 번이가 항상 각종 상표의 담배를 가진 것도 바로 이 때문이었다.

한동안 그는 허 부장과 사이가 각별했다. 허 부장에게 일만 생겼다 하면 즉시 헤헤거리며 달려갔다. 그는 언제나 허 부장의 착한 아이처럼 행동하며 자기 능력을 과시하면서도 이런 능력이 모두 지도자의 가르침과 육성 덕분이라고 말했다. 어느 날 옌우는 타지에서 잠도 제대로 자지 못한 채 꼬박 이틀 동안 칠을 하고 마을로 돌아왔다. 이미 깊은 밤이었다. 너무 피곤한 탓에 걸음도 제대로 걷기 힘든 상태였다. 이웃 사람 말이, 인편에 허 부장이 알람 시계가 고장 나서 수리를 부탁한다는 서신을 보냈다고 한다. 한밤중이었지만 그는 곧바로 창러가의 시계 장인에게 달려가 도구를 빌린 다음 공사로 향했다. 톈쯔령을 넘을 때였다. 그는 발을 헛디뎌 웅덩이에 빠지고 말았다. 다행히 이튿날 오전, 마침 그곳을 지나가던 사람이 옌우를 발견했다. 얼굴과 손, 특히 아무것도 신지 않은 맨발에 말거머리가 잔뜩 붙어 통통 부어 있었다. 하룻밤 사이 온몸에 붉은 수염뿌리가 돋아난 듯했다. 그를 발견한 사람이 달려가서 닥치는 대로 옌우 몸에 붙은 말거머리를 잡아 뜯었다. 얼마나 많았던지 그의 손이 온통 피로 시뻘겋게 물들 정도였다. 이렇게 해서 겨우 의식을 되찾은 옌우는 피로 얼룩진 자기 모습에 놀라 울음을 터뜨렸다.

만약 우연히 누군가가 그를 발견하지 않았더라면, 아마도 날이 새기도 전에 말거머리들이 옌우의 피를 모조리 빨아 먹었을 것이다.

그러나 이러한 여러 가지 자기 과시가 실상 그 자신에게는 별로 도움이 되지 못했다. 그는 끝내 자신의 괴기를 널리 펼칠 기회를 잡지 못했다. 두 번인가 대학에서 농공 분야의 강습생을 모집한 적이 있었다. 허 부장이 번이를 대신해 '교육할 만한 자녀'로 옌우를 상부에 추천했다. 하지만 상부에서는 서류를 받자마자 돌려보냈다. 그뿐이 아니었다. 매번 중요한 기념일 전날이면 사람들이 옌우의 집을 벌집 쑤시듯이 쑤셔 놓은 후 가족들에게 훈화를 늘어놓기 일쑤였다. 민병들의 관례 행사이니 아무리 체면을 봐준다 해도 어쩔 수 없다는 식이었다.

나는 현으로 발령을 받아 떠난 후 현 공안국에서 반동 표어를 쓴 혐의로 옌우를 투옥했다는 소식을 들었다. 그가 썼다는 반동 표어는 국경일 문예 공연이 있던 현장에서 발견되었다. 듣자 하니 임시로 마련된 무대의 가로 기둥에 적혀 있었다고 한다. 지금도 나는 그 내용이 무엇인지 모른다. 옌우는 당시 무대 뒤에서 호금을 불며 노래를 불렀다. 그런데 공안국은 그가 있던 자리가 표어가 있던 자리와 가장 가깝고 그가 반동 집안 출신이라는 이유로 그를 체포했다고 한다. 그가 가장 문화 수준이 높고 가장 괴기한 사람이니 어두운 밤에 반동적인 수작을 부렸을 가능성이 가장 높지 않은가?

옌우의 숭배자들인 마차오의 남녀노소 모두 그들의 우상이 잡혀가는 것에 별로 신경 쓰지 않다니, 나는 정말 이상했다. 심지어 반동을 매우 영예로운 일처럼 생각했다. 그들의 반응은 매우 평온했다. 마치 사건의 결과가 매우 자연스럽다는 표정이었다. 그러나 이웃 마을 또 다른 혐의자에 대해서는 전혀 납득할 수 없다는 듯 코웃음을 쳤다. 그가 반동을 해? 그가 쓰는 글쯤이야 옌우는 발가락으로도 쓸 수 있는걸. 마치 소를 훔치거나 식량을 훔친 것이나 진배없는 일로 여겼다.

그들의 말투로 볼 때 반동은 좀도둑질 같은 것이 아니라 남다른 사람만이 할 수 있는 일이었다. 옌우는 반동, 그것도 가장 수준 높은 반동을 할 자격이 있었다. 그가 창백한 얼굴로 경찰차에 오르는 것은 영광스러운 모습이었다. 멀리 대도시로 나가 대학에 가는 것과 매한가지 일이었다.

사람들은 절대 아무나 옌우의 특권을 누리면 안 된다고 생각했다. 심지어 마을 사람들은 이런 신념 때문에 폭력을 동원할 때도 있었다. 룽자탄 사람 하나가 씨돼지를 몰고 왔다. 이야기를 나누던 중 그가 룽자탄에도 매우 반동적인 사람이 있다고 했다. 그의 친척 가운데 신장(新疆)에 사는 사람이 있는데 몇 년 전 연대장이 되어 린뱌오 같은 위대한 인물들과 사진을 찍기도 했다고 말했다. 이 말을 들은 마차오 청년들은 화가 치밀었다.

"연대장은 무슨? 듣자 하니 창고지기라던데. 그런 사람에게 무슨 병권(兵權)이 있겠어? 옌우가 엄마 배 속에서 이십 년만 일찍 나왔어 봐. 연대장이 대수야? 군단장도 모자랄걸. 장제

스(蔣介石)[20] 오른팔이 되었거나 지금쯤 타이완에서 매일 자가용만 타고 다닐지도 몰라."

룽자탄 사람이 말했다.

"옌우는 괴기하긴 한데, 그렇다고 또 그렇게 엄청나게 괴기하지는 않아. 마오 주석 그린 걸 봐. 머리는 큼직하고 몸은 가느다란 게 꼭 공급합작사 왕 씨 같잖아?"

마차오 사람이 말했다.

"옌우가 그림을 못 그린다고? 그야 그가 반동이니까 그런 모습으로 그리는 거야."

"그림을 그리느라 온통 땀을 삐질삐질 흘리던데 반동은 무슨!"

"옌우가 그린 용 그림을 못 봤구먼. 눈 깜짝할 사이에 용을 뚝딱 그려 낸다고!"

"용 그리는 게 뭐 대단해? 칠장이들도 다 그릴 수 있어."

"옌우는 그림도 가르쳤는걸?"

"리샤오탕(李孝堂)도 가르친 적이 있는데?"

"리 씨 정도 가지고 가르친다고 할 수 있나?"

마차오의 청년이 예를 하나 더 들었다. 옌우는 '목'이라는 말을 설명할 때 족히 십 분은 넘게 걸린다고 했다.

"목이란 무엇인가? 바로 사람의 머리와 어깨 사이의 원통형 부분으로 그 속에 많은 통로가 있고 움츠릴 수도, 돌릴 수도

---

20) 1887~1975년. 1928~1949년 중국국민당 정부 주석. 1949년 이후에는 타이완의 국민정부 주석을 지냈다.

있는 신체 부위라고 했어. 이제 그의 수준이 어느 정도인지 알겠지? 리샤오탕이 이렇게 수준 높게 설명할 수 있을 것 같아? 목이면 그냥 목이지 하며 자기 목이나 몇 번 치고 말걸? 그런 사람이 뭘 가르쳐?"

룽자탄 사람이 말했다.

"내가 보기엔 그냥 그렇게 몇 번 내리치는 게 더 좋을 것 같은데?"

옌우가 과연 괴기한 사람인지, 마오 주석의 초상화를 일부러 닮지 않게 그렸는지, 그가 반동인지 아닌지에 대해 그들은 한참 동안 논쟁을 벌였다. 그러다가 룽자탄 사람이 실수로 누군가의 발을 밟았다. 상대방이 불같이 화를 내더니 손에 닿는 대로 찻잔 하나를 잡아 룽자탄 사람 얼굴에 차를 뿌렸다. 주위 사람들이 말리지 않았더라면 자칫 사건이 커질 뻔했다.

앞에서도 말했듯이 기괴한 것은 언제나 비난받기 마련이다. 괴기라는 단어는 항상 나를 은근히 불안하게 한다. 왠지 나쁜 결과를 몰고 올 것 같은 느낌을 받는다. 공안국과 마차오 사람들은 그 단어가 정말로 그런다는 사실을 보여 주었다. 그들은 반동 표어를 보면서 이 표어가 옌우의 형 옌짜오나 이웃의 사류분자(四類分子)[21] 짓이라는 의심은 절대 하지 않았다. 옌짜오에게는 옌우 같은 괴기가 없으며 다른 사람들 역시 옌우만큼 괴기하지 않기 때문이다. 그들은 너무도 당연하고 자연

---

21) 문화 대혁명 기간 중 악질분자, 지주, 부농, 반혁명분자 등 숙청 대상을 통틀어 이르는 말.

스럽게 추호도 의심하지 않고 약속이나 한 듯 그렇게 생각했다. 그들은 총명한 두뇌와 재능, 지혜를 숭배하지만 뛰어난 머리는 경계해야 하며 지혜와 재능은 위험하다는 것을 은연중에 인정했다. 반동 표어를 추적 조사했다기보다 진작부터 괴기라는 이상한 글자를 통해 옌우가 조만간 감옥에 들어갈 것임을 알았다고 말하는 편이 맞다. 옌우는 자신이 영특하게 산다고 생각했지만 안타깝게도 이 말의 숨은 뜻을 깨닫지 못했다. 마차오의 언어에 간직된 이 말의 흉악한 미래를 내다볼 수 없었던 것이다. 오랫동안 자신의 괴기에 자신만만해하고 괴기를 한껏 과시해 간부와 마을 사람들의 비위를 맞추고, 괴기하게 자신의 운명을 이끌기에 바빠 그저 낙관적인 생각만 했다.

옌우가 감옥에서 깨달음을 얻었는지는 모르겠다. 그가 옥생활을 하면서도 좀 특별하게 행동했다는 것만 알 뿐이다. 그는 괴기를 과시할 수 있는 어떤 기회도 가만 둬두지 못했다. 허리띠마저 모두 몰수해 버리는 감옥에서 그는 자살 기도에 성공했다. 그는 일단 배를 움켜쥐고 땅을 마구 굴러다니며 소리를 질렀다. 이에 의사가 왕진을 나와 주사를 놓았는데, 그때 주사 약병을 몰래 숨긴 후 나중에 약병을 깨뜨려 삼켜 버렸다.

옌우는 얼굴이 온통 눈물범벅이 되고 입가에 피를 한가득 흘리며 기절하고 말았다. 교도관이 병원으로 수송해 응급조치를 했다. 의사는 그가 유리 조각을 삼킨 것이 분명한데 내시경으로 아무리 찾아도 유리를 발견할 수 없다고 했다. 수술은 더더욱 불가능했다. 그를 살릴 가능성이 없었다. 명령에 따라 그를 업고 병원까지 달려간 죄수 둘이 그 말을 듣고 엉엉 울기 시작했다. 그들의 울음소리를 듣고 병원 주방에서 일하는 노인이 달려왔다. 그는 자신의 풍부한 경험에 따라 옌우 입에 부추를 넣어 보자고 건의했다. 자르지 않은 부추를 약간 익혀 먹이면 위장의 유리 조각이 부추에 끼어 대변에 섞여 나온다는 것이다. 의사들은 반신반의하면서도 노인의 말을 따랐다. 그 결과 옌우의 대변에 덩어리로 뭉친 부추가 섞여 나왔다. 물론 부추에는 유리 조각이 들어 있었다. 정말 신기한 일이었다.

방전생(放轉生)

돼지나 소를 도살하는 피비린내 나는 일을 마차오 사람들은 '방전생(放轉生)'이라고 부른다. 도살이 깨끗하고 고상한 일인 것처럼 느끼게 만드는 말이다. 노인네들이 말하는 것처럼 짐승도 분명 생명이다. 그들은 전생의 업보로 인해 현세에 벌을 받느라 고생이 말이 아니다. 그러니 그들을 죽이는 것은 그들이 조금이라도 빨리 환생하도록, 하루라도 빨리 고난의 바다를 벗어나도록 도와주는 일이다. 따라서 짐승을 도살하는 일은 그들에게 크나큰 덕을 베푸는 것이나 마찬가지이다. 이렇게 생각하면 도살을 맡은 사람은 당당하게 짐승을 죽일 수 있고, 식객들은 입에 온통 기름을 묻혀 가며 고기를 먹어도 마음이 편할 것이다.

언어는 사람의 느낌을 바꿀 수 있다. 언어 표현에 따라 도살장에서 짐승을 바라보는 사람들의 측은한 마음도 어느 정도 줄일 수 있고 때로는 아예 슬프다는 생각조차 들지 않을 수도 있다. 피로 흥건한 도살 현장에서 멀뚱한 짐승들의 두 눈을 바라보면서도 전혀 슬픈 감정을 느끼지 못할 수도 있다는 말이다.

번이는 서기에서 물러난 후 몇 년 동안 방전생을 한 적이 있다. 몸이 좋지 않아 침대에서 내려올 수 없을 때까지 그는 돼지 울음소리만 들렸다 하면 누가 부르지 않아도 냉큼 달려가 손짓, 발짓을 동원하며 이 사람 저 사람에게 큰 소리로 욕을 하기 시작했다. 도살장에서 일하는 이들치고 그에게 욕을 듣지 않은 이가 없을 정도였다. 그는 칼을 다루는 일에 거의 광적으로 매달렸으며, 칼 솜씨 또한 능숙했다. 그는 한창 가축 도살로 명성을 날리던 몇 년 동안 돼지 발을 잡거나 묶어 주느라 다른 사람을 동원할 필요가 없었다. 아무리 덩치 크고 험악한 돼지라도 일단 그가 한번 살펴보기만 하면 그것으로 끝이었다. 그는 돌연 칼을 들어 힘들이지 않고 휘두르며, 작은 동작으로 큰 힘을 발휘하는 묘법을 지녔다. 그가 한 손으로 돼지 귀를 잡아당기면서 칼을 든 다른 손으로 돼지머리 아래쪽을 깊이 찔러 한 바퀴 획 돌린 후 칼을 뽑아내면 돼지는 먁따는 소리도 지르지 못한 채 그대로 바닥에 고꾸라졌다. 그러면 그는 헤헤 웃으며 출렁이는 돼지 살덩이에 쓱쓱 칼을 문질러서 얼룩덜룩한 핏자국을 깨끗하게 닦았다.

이것이 바로 그의 특기인 '펄펄 뛰는 돼지 잡기', '먁따는 소리 없이 돼지 잡기' 방법이다.

물론 술에 취해서 실수할 때도 있었다. 단칼에 멱을 따지 못하면 꼬꾸라진 돼지가 다시 일어나 미친 듯이 날뛰기도 했다. 그러면 번이는 잔뜩 화난 얼굴로 씩씩거리며 목에 핏대를 세우고 피가 흥건하게 묻은 칼을 들고 돼지를 쫓아갔다. 그가 쫓아가면서 사납게 욕을 퍼부었다.

"도망가겠다 이거지? 어디 네 놈 괴기 좀 구경해 볼까? 돈 좀 만지셨나, '야심역력'한 게 장난이 아닌데, 어디……."

사람들은 대체 그가 누구를 욕하는지 알 수 없었다.

그는 항상 '야심만만'을 '야심역력'이라고 말했다. 그때마다 옆 사람들이 몇 번이나 교정해 줘서 단단히 머릿속에 새겨 두지만 막상 입만 열면 또다시 야심역력이 튀어나왔다. 이후 그의 말에 익숙해진 사람들은 더 이상 야심역력이라는 말에 신경 쓰지 않았다.

치자화(梔子花), 말리화(茉莉花)

"비가 올 것 같기도 한데, 내가 보기엔 안 내릴 것 같아."(날씨에 대해)

"배불러. 배불리 먹었어. 그래도 한 그릇 더 먹고 싶어."(식사한 후)

"차가 안 올 것 같긴 하지만 그래도 자넨 기다리는 게 좋겠어."(차를 기다리며)

"신문에 실린 그 글 참 잘 썼던데 난 한마디도 모르겠어."(신문을 읽으며)

"그 사람 솔직하긴 한데 사실을 말하는 법이 없어."(중치에 대해)

마차오에 온 이들은 이처럼 애매모호한 말들에 점차 익숙해져야 한다. 애매하고 모호하며, 이랬다저랬다 갈피를 잡을 수 없는 말, 이것이 될 수도 있고 저것이 될 수도 있는 말들이다. 이처럼 사람들 마음을 답답하게 하는 표현들을 일컬어 마차오 사람들은 '치자화(梔子花), 말리화(茉莉花)'라고 한다. 마차오 사람들은 대개 이에 대해 초조해하기는커녕 오히려 지극히 당연하게 생각한다. 그들은 이렇게 말 같지 않은 말, 그다지 논리에 맞지 않는 말을 즐겨 하는 듯하다. 그들은 이것 아니면 저것이라고 분명히 잘라 말하는 것에 익숙지 않다. 때로어쩔 수 없이 분명하게 말해야 할 상황은 부득이한 일, 힘겨운고역이며, 외부 세계에 대한 마지못한 타협이다. 근본적으로 그들은 애매모호한 화법이 오히려 정확하다고 생각하는 것은 아닌지 의심이 든다.

이런 이유로 나는 마중치가 어떻게 죽었는지 정확한 사인을 알 수 없었다. 사람들의 말을 종합해 보면 중치는 욕심이 좀 많을 때도 있지만 그래도 욕심이 그리 많은 편은 아니었다. 그의 사상은 언제나 진보적이었지만 꿍꿍이속이 좀 있었고, 평생 무슨 손해를 본 적은 없지만 그저 운이 좋지 않았다. 아내의 병도 고칠 수 있었는데 안타깝게 적절한 약을 구하지 못했다. 어디를 가나 간부 티를 냈지만 간부의 관상을 타고난 사람은 아니었다. 새 집을 한 채 지었지만 짓고 나니 자기 것이 아니었다. 황라오는 그를 가장 잘 대해 줬지만 그에게 별도움을 준 적이 없었다. 체면은 있지만 말발은 별로 없는 사람이었다. 그가 도둑질을 했다고 말하는 것은 정말 억울한 일이며 그는 그저 돈이 없어서 도살장에서 고깃값을 내지 않았을 뿐이다. 단장초를 먹은 것은 분명 그였지만 그가 자살했다니,

이는 전혀 사실에 부합하지 않는다……. 이런 말들을 듣고서 내가 대체 무얼 알 수 있겠는가?

나는 중치가 오랫동안 병상에 있는 아내를 돌보느라 생활이 매우 힘들었다는 사실을 알았다. 그는 고기를 살 돈조차 없었다. 중양절 전날 밤 도살장에서 고기 한 덩어리를 훔치다 사람들에게 발각된 그는 반성문을 써서 벽에 붙였다. 도저히 체면이 서지 않았는지 그는 다음 날 단장초를 갈아 마셨다. 일은 이처럼 간단했다. 마차오 사람들은 이처럼 단순한 일도 정확하게 말로 표현할 수 없었다.

일종의 치자화, 말리화라는 방식 때문에 그들이 말을 할수록 듣는 사람은 더욱 어리둥절해졌다. 이는 마차오 사람들이 그런 사실을 받아들일 수 없다는 반증이거나 그처럼 단순한 사실로 받아들이고 싶지 않다는 것을 입증할 뿐이다. 어쩌면 그들은 사실을 구성하는 각각의 부분 외에도 말로 다 표현할 수 없는 더 많은 사실이 있다고 생각할지도 모른다. 그래서 그들이 아는 더욱 많은 이야기는 보이지 않는 사실에 의해 어지럽게 흩어지고 분해되어 결국 비논리적으로 변할 수밖에 없었던 것이다.

중치는 평생 펜으로 수없이 많은 동의를 남발했다. 그는 심지어 자신이 고기를 훔쳤다고 자백한 반성문에도 습관적으로 동의라고 적어 벽에 붙였다. 반성문에서 그는 자신이 파렴치한 도둑이자 당과 정부, 조상들에게 부끄러운 반동분자라고 자책했다. 어떤 부분은 정도가 너무 지나쳐 당시 그가 얼마나 당황했는지를 느낄 수 있었다. 사실 그는 평생 다른 사람의 비밀을 너무 많이 알았다. 인근에 살던 이들의 수많은 악행을 죄다 알았다고 해도 과언이 아니다. 그러나 그 자신은 언제나 분수에 맞게 살면서 자신의 몫이 아닌 것은 벼 한 포기도 손대지 않았다. 이렇게 본분을 지키며 생활했지만 그것이 과연 그에게 무슨 도움이 되었는가? 전혀 되지 않았다. 중치는 오히려 못된 사람인 줄 뻔히 아는 사람들에게 버림받았다. 그들은 잘못된 일을 저지르면서도 멀쩡하게 돈을 잘 벌었지만 그의 생활은 점점 더 각박해졌다. 돼지기름을 담는 깡통에서조차 누린내가 난 적이 별로 없었다. 그렇다면 그가 바뀔 필요가 있지 않았을까? 나는 도살장으로 들어간 그가 자신의 텅 빈 호주머니를 뒤지다 후끈하게 달아오른 명절 분위기 속에서 결국 고기 한 덩어리를 슬쩍하는 것으로 자신을 바꾸기 시작한 것이 아닌지 상상했다. 안타깝게도 그는 끝내 고기 한 덩이조차 얻을 수 없었다. 수많은 사람에게 지탄받으며 따가운 눈총 속에 한없는 수치를 느껴야 했을 뿐이다.

그렇다면 그는 어떻게 해야 했을까? 그는 당연히 계속해서 그의 본분을 지켜야 했을까, 아니면 그의 본분에 어긋난 행동을 계속해야 했을까? 만약 그가 내게 이런 질문을 했다면 어떻게 대답했을까? 나 역시 그저 주춤거리며 분명하게 대답하지 못했을 것이다. 그리고 내심 나에게도 치자화, 말리화 식의 흐릿한 세계가 엄습해 옴을 느꼈을 것이다.

휴원(虧元)

　　1968년, 나는 한 조사 활동에 참여한 적이 있다. 중국 후난 성 위원회의 '영향동(永向東)'이라는 군중 조직이 성 위원회의 두 간부를 쫓아내려고 했는데, 사전에 이 두 간부 친족들의 정치 상황을 조사할 필요가 있었다. 반대 파벌의 공격을 피하기 위해 그들은 사회 감독을 받아들이겠다고 선언하고 홍위병에게 조사를 위임했다. 이렇게 해서 아직 젖비린내도 가시지 않은 나 같은 사람까지 간부 심사 조직에 들어갔고 뜻밖에 나는 공금으로 신나게 전국을 누비며 공무를 처리할 기회를 잡았다.

　　우리는 먼저 베이징, 진저우(錦州), 선양에 있는 몇몇 감옥을 돌아보고 간부의 사촌 형을 조사했다. 그의 사촌 형은 원래 큰 방송국의 아나운서였다. 1950년대에 실황 중계를 하면서 공산당 요인 '안쯔원(安子文)'을 국민당 요인 '쑹쯔원(宋子文)'으로 잘못 읽었다고 십오 년형을 받고 앞에서 말한 몇몇 감옥에 돌아가면서 수감되던 중이었다. 더욱 놀라운 사실은 그가 수없이 항소장을 작성해 상부에 올렸지만 모든 심사원이 글자 하나 때문에 십오 년을 복역해도 당연하다고 생각했다는 것이다. 뜻밖에 당사자 역시 납득했는지 우리와 이야기를 나누던 그는 당과 마오 주석에게 죄를 지었으며, 자신은 벌을 받아 마땅하다고 말했다. 그는 당시 열다섯 살밖에 되지 않은 나를 보고 '정부(政府)'라고 불렀다.

"정부, 난 다시는 항소하지 않겠습니다. 반드시 성실하게 사상을 개조하겠습니다."

철조망과 거대한 담을 지나 우리가 묵던 여인숙으로 돌아갔을 때 불현듯 이름 모를 공포가 온몸에 엄습했다. 바로 '안(安)', '쑹(宋)'을 비롯한 문자들에 대한 공포였다.

여인숙 밖에는 아직도 무장투쟁의 총성이 울려 퍼지고 있었다. 거리 도처에 바리케이드가 쳐지고 탄환의 흔적이 난무한 가운데 매캐한 연기가 피어올랐다. 실탄을 장착한 총을 들고 고래고래 고함을 지르는 무장 투쟁자를 태운 차들이 거침없이 쌩쌩 지나갔다. 그 바람에 여인숙에서 잠을 자는 이들도 깜짝 놀라 깨곤 했다. 1968년 랴오닝(遼寧)에서는 '홍사(紅司)'22)가 '혁사(革司)'23)를 공격했고, '마오쩌둥 사상파'가 '마

---

22) 홍위병 혁명조반(造反) 사령부의 약칭.
23) 혁명조반 사령부의 약칭.

오쩌둥주의파'를 포위해 섬멸 작전을 벌이고 있었다. 기차역에서 벌어진 격렬한 전투로 기차 운행이 정지되어 나와 세 동행은 여인숙에서 꼬박 두 주를 머물러야 했다. 아마도 우리 세대 이후의 사람들, 예를 들면 내 딸 같은 아이들은 이런 일을 이해하기 힘들 것이다. 그들은 당시 무장투쟁을 벌이던 쌍방이 홍사나 혁사를 포함한 몇몇 단어의 차이 외에 사상이나 이론, 태도나 취향, 표정이나 복식, 언어에 차이가 있다고 생각지 못할 것이다. 무장투쟁이 끝난 후 그들은 홍사, 혁사를 막론하고 그저 장사를 하거나 노동을 하고, 학위를 따거나 주식거래에 뛰어드는 등 별다르지 않은 생활을 한다. 그렇다면 당시 그들은 왜 그처럼 서로에게 분노를 느끼며 살육을 일삼았을까?

아마도 전에 내가 중세 유럽의 십자군 전쟁을 이해할 수 없었던 것과 마찬가지일 것이다. 나는 천주교의 『성경』이나 이슬람교의 『코란』을 읽은 적이 있다. '하느님', '무함마드' 같은 용어의 차이를 제외하면 이 두 종교는 모두 도덕을 강조하고 살생과 도둑질을 금하라고 가르친다. 마치 한 책의 두 가지 판본처럼 느껴졌다. 그렇다면 십자가와 초승달(이슬람의 문양)은 왜 계속해서 대규모 성전(聖戰)을 벌여야 했을까? 대체 어떤 힘이 그들을 교사해 동쪽에서 서쪽, 서쪽에서 동쪽까지 천지를 온통 전쟁터로 만들고 가는 곳마다 백골과 수많은 고아와 과부의 울부짖음을 남겨 놓아야 했을까? 검은 구름이 깔리고 사람들이 영원히 기억하지 못할 광야에서 역사는 다만 언어의 전쟁을 벌인 것일까? 말의 뜻이 전쟁의 불꽃을 일으켰단 말인가? 말의 품사적 성질이 진흙땅에서 몸부림쳤단 말인가? 문법이 손을 자르고 두개골을 박살 냈단 말인가? 문형에서 흘러 나온 선혈이 초원의 낙타가 먹는 풀을 살찌우고, 낙조의 눈부신 햇살을 엮어 냈단 말인가?

인류에게 언어가 생긴 이후 끊임없는 논쟁과 전쟁 등 인간들의 충돌이 일어나고 있으며 언어로 인한 피맺힌 사건이 계속해서 빚어진다. 나는 이를 언어의 마력(魔力)으로 생각하지 않는다. 아니, 오히려 감히 범할 수 없는 신의 자리에 진입한 언어들이 한순간에 본래 지녔던 사실 관계를 상실하고 전쟁을 주도하는 이들의 권위와 영예, 재산과 왕국의 판도를 위한 무의미한 포장이 되고 말았다고 할 수 있다. 문화의 발전과 축적을 이끈 수단인 언어가 신의 자리에 진입함으로써 오히려 신성한 빛의 고리로 인해 무게를 잃고 변화해 인간에게 해를 입히고 만 것이다.

언어에 대한 광적 도취는 일종의 문명병으로 언어에서 가장 쉽게 볼 수 있는 위험 지대이다. 물론 이렇게 말한다고 내가 매일 언어를 호흡하고 들이마시며, 평생토록 언어의 바다에서 헤매면서 각각의 단어를 통해 사유하고 느끼는 데 지장을 받는 것은 아니다. 다만 당시 랴오닝에 간 일을 기억할 때마다 한층 더 언어에 경계심을 품게 되었다. 다시 말해 일단 언어가 더 이상 진리를 추구하는 도구이기를 거부하고 진리 자체가 되거나 언어 사용자의 얼굴에 유아독존이 드러날 때, 타인에 대한 무정한 토벌을 의미하는 언어의 광적 도취 상태가 드러난다는 사실을 깊이 명심하고 경각심을 지니게 되었다는 뜻이다.

20세기에 인류는 과학, 경제 분야에서 위대한 성과를 거두었을 뿐 아니라 전대미문의 환경 위기와 회의주의, 성 해방, 두 차례에 걸친 세계 대전을 비롯해 수없이 많은 전쟁 기록을 남겼다. 20세기 전투에서 사망한 인류가 과거 열 세기 동안 전쟁에서 사망한 이들의 전체 숫자를 넘어선 지 오래다. 20세기에는 또한 무수한 전파 매체와 언어가 홍수처럼 쏟아졌다. 텔레비전, 신문, 인터넷을 비롯해 하루에도 수없이 많은 도서가 출간되고 거의 매주 새로운 철학과 유행어를 양산한다. 그 덕분에 광적 팽창과 폭발을 일으킨 언어로 지구 표면이 두껍게 덮일 지경이다. 이들 언어 중 일부가 또다시 새로운 전쟁을 촉발하지 않는다고 누가 장담할 수 있단 말인가?

언어에 대한 집착과 광기는 문명병의 일종으로 언어의 가장 흔한 위험이다. 이런 말을 한다고 해서 매일 언어를 호흡하고, 언어를 흡입하며, 언어의 바다에서 일생을 보내고, 단어 하나하나에 의해 새로운 사고와 느낌을 이끌어 내는 내 삶에 방해가 되지는 않는다. 당시 랴오닝 방문을 떠올리면 다만 내게 언어에 대한 더 많은 경종을 울릴 뿐이다. 일단 언어가 경직되어 더 이상 진리를 찾는 도구가 되지 않고 진리 자체로 취급되며, 말하는 사람의 얼굴에 고집스러운 표정과 함께 다른 식으로 해석되는 표현을 무자비하게 토벌하겠다는 광적 열기가 드러나면 나는 그저 단 한 가지 이야기가 떠오를 뿐이다.

지금부터 할 이야기는 마차오에서 7월 15일 조상에게 제사를 드릴 때 벌어진 사건이다. 옌우의 삼촌 마원제에 대한 판결 오류가 정정되고, 반동이던 아버지 일도 더 이상 거론하는 사람이 없었다. 전에 이 두 사람의 장례가 소홀했던 일을 생각해 이제 이에 대한 보상이 이루어져야 했다. 마차오에서 가장 돈이 많은 옌우는 서양 악단과 전통 악단을 불러 요란하게 자리를 마련했다. 연회석도 여덟 군데나 준비해서 마을 안팎 사람들에게 초청장을 보냈다.

마을에 돌아와 제사를 지내던 쿠이위안 역시 초청장을 받았다. 초청장을 펼친 쿠이위안의 낯빛이 이상했다. 그의 이름 후쿠이위안(胡魁元)이 '후쿠이위안(胡魀元)'이라고 적혀 있지 않은가.

'쿠이(魀)'는 불길한 글자, 적의가 가득 담긴 글자이다. 초청장을 작성한 사람의 실수와 태만으로 빚어진 결과라고 해도 그 뜻에는 변함이 없다.

"이 빌어먹을(嬲) 자식."

쿠이위안이 씩씩거리며 초청장을 찢어 버렸다.

그는 이러한 상황을 도저히 그냥 넘길 수 없었다. 마치 1950년대 법관이 '쏭쯔윈'을 용납할 수 없었고, 홍사파 전사들이 '혁사'라는 두 글자, 십자군이 '알라'라는 두 글자를 용납할 수 없었던 것과 마찬가지이다. 한바탕 언어의 성전(聖戰)이 바로 이 사건에서 시작되었다.

쿠이위안은 연회에 참석하지 않았다. 사람들이 기름기가 잔뜩 묻은 입술을 훔치며 옌우의 집에서 나오는 모습을 보며 그는 분에 차서 날고구마를 씹어 먹었다. 그는 가족들에게 옌우의 집에 찾아가 본때를 보여 주겠다고 했다. 그러나 실은 집을 나온 뒤 먼저 즈황네 집에 들렀다가 다시 푸차네 집 채마밭에 가서 오이를 따 먹은 다음 톈안문 앞에 가서 탁구 치는 청년들을 구경하고 마작 두는 사람들도 구경했을 뿐, 그는 감히 옌우의 집을 찾아가지는 못했다. 오히려 옌우가 자신이 찾아온 사실, 소란을 피우러 왔다는 사실을 알게 될까 봐 두려웠다. 톈안문의 옌우네 저택만 봐도 지레 오줌을 지릴 것만 같았다. 그런 그가 어떻게 깽판을 부릴 수 있겠는가? 그가 건들거리며 이리저리 돌아다니다가 아직 실내 공사 중인 옌우의 점포를 발견했다. 전기 드릴이 땅에 떨어져 있었다. 정전이 되자 인부들이 차를 마시러 가면서 미처 정리하지 못한 듯했다. 방금 이곳에서 일을 봐 주던 옌짜오도 보이지 않았다. 아마도 다른 일을 하러 간 모양이었다. 쿠이위안이 좌우를 살핀 후 재빨리 전기 드릴을 품에 집어넣고 내친김에 콘센트 두 개까지 집어 문을 빠져나왔다. 그는 셋째 형 집 고구마밭으로 달려가 구덩이를 파고 가져온 물건들을 묻었다. 나중에 기회를 봐서 다른 곳에 팔 수도 있다는 생각이 들었다.

쿠이위안은 여유 있게 집으로 돌아가 땀을 닦고 부채질을 하면서 자기 집 개를 냅다 걷어찼다. 그가 당당하게 개를 걷어찰 권리라도 있는 양 우쭐댔다.

"눈이 있으면 똑바로 뜨고 봐. 이 쿠이위안이 그렇게 모욕당할 사람인지!"

쿠이위안이 씩씩거리며 어머니에게 말했다.

"옌우 그 자식이 뭐라고 하든?"

"뭐라고 하냐고요? 모든 결과는 자기가 책임을 진답디다."

다만 그는 구체적으로 결과가 무엇인지, 어떻게 책임을 진다는 것인지 말하지 않았다. 어머니는 그가 구두를 벗어 열심히 닦는 모습을 보더니 할 말을 잊은 채 밥을 하러 갔다. 형수 둘이 아기를 안고 문 옆에 서 있었다. 형수들은 사건의 결과를 반신반의하는 모양이었다. 쿠이위안이 다시 몇 마디 허풍을 덧붙였다.

"옌우 그 자식, 돈이 있으면 뭘 해? 내가 나타나니까 딱 알던데."

밥을 다 먹은 쿠이위안은 집에 있지 못하고 텔레비전을 보러 나갔다. 막 큰길 입구에 이르렀을 때 세 남자가 입구를 막고 있는 것이 보였다. 달빛에 비친 사람들을 살펴보니 그중 하나가 바로 옌우 밑에서 일하는 집 관리인 왕 씨였다. 쿠이위안은 못 본 척 몸을 약간 틀어 지나칠 생각이었다.

"어딜 가?"

왕 씨가 그의 먹살을 잡았다.

"한참 기다렸어. 우리가 할까, 아니면 스스로 토해 낼래?"

"무슨 말이야?"

"그래도 시치미를 떼?"

"장난하는 거야? 왕 형!"

쿠이위안은 얼굴에 웃음을 띠면서 상대방의 어깨를 치려 했다. 그의 손이 미처 상대에게 닿기도 전에 상대방이 먼저 발을 걸어찼다. 그 바람에 쿠이위안은 바닥에 털썩 무릎을 꿇었다. 그가 두 팔로 머리를 감싸 쥐고 고함을 질렀다.

"이 자식들이 어디서 사람을 쳐? 뭘 믿고 사람을 치는 거야?"

검은 그림자가 그에게 주먹을 날렸다.

"누가 사람을 친다고 그래?"

"나도 형제가 있어……."

쿠이위안의 허리를 향해 다시 발길이 날아들었다.

"말해 봐, 누가 널 쳤다고?"

"아냐, 친 적 없어……."

"맞은 적 없지? 그래야 말이 되지. 좋은 말로 할 때 말해. 전기 드릴 어디에 숨겼어? 좋은 분위기(和氣) 험하게 만들지 말고."

"분위기(和氣) 망칠 생각은 없었어요. 오늘 받은 초대장 때문에 기분이 상하는 바람에, 아직 옌우 형에게도 말 안 했어요……."

"뭐라고?"

"어, 그러니까 아직 마 이사장에게 말을 안……."

그가 말을 채 끝내기도 전에 누군가가 그의 머리카락을 움켜잡았다. 그는 머리채를 잡힌 채 왕 씨의 수염 앞으로 바짝 끌려갔다. 수염이 삐딱하게 기울어져 있었다.

"너 우리랑 놀자는 거냐?"

"마, 말할게요. 다 말하겠다니까요."

"어서 앞장서!"

쿠이위안의 엉덩이에 다시 심한 통증이 느껴졌다.

그는 세 남자를 데리고 고구마밭에 간 다음 두 손으로 흙을 파내고 전기 드릴과 콘센트를 끄집어냈다. 그는 괜히 콘센트의 먼지를 털어 내는 척하면서 콘센트를 망가뜨릴 심산으로 툭툭 세게 건드렸다.

"전부 허접한 물건들이야. 척 보면 안다고요."

"야, 수고비 내놔!"

검은 사람들이 전기 드릴을 넘겨받은 후 쿠이위안의 손목시계를 빼앗았다.

"오늘은 그래도 봐준 거야. 다시 밥맛없게 굴면 귀를 잘라 버릴 테니 조심해."

"물론입죠."

그는 검은 사람들이 멀어질 때까지 기다렸다가 발소리가 전혀 들리지 않고 나서야 일어나 울상을 지으며 욕을 퍼부었다.

"새끼들, 내가 너희 모조리 죽여 버리지 않으면 사람 새끼가 아니다아!"

손목을 만져 보았다. 손목이 텅 비어 있었다. 구덩이가 있는 곳으로 돌아가 흙을 파 보았지만 그곳에도 아무것도 없었다. 그는 촌장을 찾아가기로 결심했다.

촌장은 그의 이름 한자나 손목시계에 관심이 없었다. 그는 쿠이위안이 울기 시작하자 힐끗 그를 쳐다볼 뿐이었다. 촌장은 경극광이었다. 저녁이 되자 그는 톈안문에 극을 보러 갔다. 애석하게도 그날은 좋은 극이 없었다. 오늘 무대는 쌍룽 마을에서 온 엉터리 극단이 여기저기서 끌어모은 북과 징으로 엉성하게 치장하고 조잡한 곡조에 맞춰 동작을 취했다. 몇 명이 무대 위에서 탈곡하고 벼를 말리는 평범한 동작과 함께 앞뒤가 맞지 않는 창을 읊조렸다. 관중들은 대사도 없이 추파나 던지며 지껄여 대는 음담패설에 대충 자리를 지키고 앉아 있을 뿐이었다. 무대 아래에서 관중 여러 명이 무대 위로 짚신을 던졌다.

촌장은 낡은 짚신을 찾지 못하고 공연장을 나왔다. 집으로 돌아가 잠을 청할 생각이었다. 갑자기 와아 하는 소리가 뒤에서 들리더니 채 머리를 돌리기도 전에 두 손이 그의 목을 움켜쥐었다. 몸이 앞으로 꼬꾸라졌다. 어디에 이마를 부딪쳤는지 눈에 불이 번쩍거렸다. 그는 뒤에 대체 누가 있는지, 무슨 일인지 알아보려 했다. 그러나 갑자기 오른쪽 귀 있는 부분이 서늘했다. 손으로 만져 보니 귀가 있어야 할 자리가 텅 비어 있었다.

"내 귀!"

촌장이 놀라 고함을 질렀다. 뒤에서 옷 찢는 소리에 이어 다시 검은 사람이 잽싸게 입속에 있는 무언가를 질근질근 씹는 소리가 들려왔다. 그런 다음 상대가 입속에 있던 것을 바닥에 뱉더니 펄쩍펄쩍 뛰며 힘껏 밟아 짓이겨 버렸다. 이어서 다시 바닥의 물건을 집어 사람들이 몰려 있는 방향으로 냅다 멀리 던져 버렸다. 이 모든 것이 눈 깜짝할 순간에 벌어진 일이었다.

"이봐 왕 씨, 빌어먹을 귀때기나 찾아보시지!"

역한 술 냄새를 풍기며 쿠이위안이 소리를 질렀다.

"왕 씨, 어서, 내 말 안 듣다 개가 물어 갈라!"

쿠이위안의 칼이 엉뚱한 사람을 내리친 것이다.

"쿠이위안, 너 죽고 싶어? 번지수가 틀렸잖아!"

옆에 있던 누군가가 소리를 질렀다.

주위에 사람들이 몰려들었다. 누군가가 달려들어 미쳐 날

뛰는 쿠이위안을 끌어당겼다. 한바탕 소란이 벌어진 뒤 쿠이
위안은 달려드는 사람을 뿌리친 후 사람들 틈을 빠져나가 멀
리 어두운 산속으로 달아나 버렸다.

촌장은 여전히 놀라서 온몸을 부들부들 떨며 피가 흐르는
오른쪽 머리를 부여잡고 계속 통곡했다.

"내 귀…… 아야야, 내 귀……."

그가 마치 개처럼 바닥을 기며 사방을 찾아다녔다. 누군가
가 문득 생각이 난 듯 조금 전 쿠이위안이 가게 쪽을 향해 던
진 것이 그 귀일지도 모른다고 말했다. 사람들의 시선이 일제
히 그쪽으로 쏠렸다. 그쪽에 있던 사람들 역시 피를 흘리는 촌
장을 위해 바닥을 훑는 손전등 불빛에 재빨리 자리를 비켰다.
사람들이 허리를 굽히고 제각각 무언가를 들어 올렸다. 하지
만 담뱃갑, 수박 껍질, 돼지 똥 같은 것들로 귀처럼 생긴 물체
는 없었다. 그래도 아이의 눈이 제일 예리했던지 결국 한 아이
가 낡은 짚신 안에서 살덩어리 한 점을 발견했다. 그러나 안타
깝게도 아이가 발견한 귀는 피와 살이 엉겨 붙은 데다 모래알
에 검은 흙먼지까지 덕지덕지 붙어 있었다. 게다가 완전히 차
갑게 식어 버린 살덩이는 아무리 봐도 사람의 것처럼 느껴지
지 않았다. 사람들은 그나마 개가 물고 가지 않은 것이 불행
중 다행이라고 말했다.

사람들이 긴장을 풀고 마음 놓고 땅을 내디뎠다. 행여 소중
한 물체를 밟지나 않을까 걱정할 필요가 없어진 것이다. 발아
래 땅이 다시 단단하게 느껴지기 시작했다.

촌장이 머리를 하얀 붕대로 감고 위생원을 나온 것은 다음

날 아침이 다 되어서였다. 듣자하니 대충 귀를 꿰매 붙였다고 한다. 그러나 도둑놈의 새끼, 그놈의 쿠이위안이 어찌나 조물 조물 씹어 요절을 냈는지 모양새가 말이 아니었다. 한의사는 귀가 붙을지는 장담할 수 없지만 우선 붙여 놓고 보자고 했다. 사람들이 촌장 집 대문으로 몰려들어 고개를 들이밀고 집 안 동정을 살폈다.

석 달 후 지방 법정에서 쿠이위안 사건에 대한 판결이 내려졌다. 그는 웨양으로 도망갔다가 옌우가 파견한 치안 연방대 사람들에게 붙들려 왔다. 그는 폭력 상해에 절도죄가 가중되어 팔 년 형을 받았다. 그는 변호사도 선임하지 않았다. 마치 어떤 판결이 내려져도 전혀 상관없다는 식이었다. 법정에 서서도 수시로 뒷자리의 한 패거리 청년들에게 입을 벌리고 히죽거리며 머리를 뒤로 젖혔다. 뒤의 청년들이 담배에 불을 붙여 그에게 건네주려 하자 법원 경찰이 그를 제지했다.

"담배도 못 피우게 하나?"

쿠이위안이 짐짓 놀라는 표정을 지었다.

재판장이 그에게 마지막으로 할 말이 있는지 물어보자 그가 다시 놀라는 시늉을 했다.

"제게 죄가 있다고요? 농담이시겠죠? 제게 무슨 죄가 있습니까? 그저 사람을 잘못 본 건데. 잘못이 있다면 그날 술을 좀 과하게 마신 것뿐인데요. 아시지 않습니까, 평소 제가 술을 안 마시는 사람도 아니고요. 레미 마르탱 XO, 창청(長城) 백포도주라면 몰라도 공부가주(孔府家酒) 같은 것은 기껏해야 작은 잔으로 한 잔 정도밖에 마시지 않습니다. 문제는 친구가 너무 많다는 겁니다. 사람들만 만났다 하면 자꾸만 술을 권하는데 제가 달리 방법이 있습니까? 술잔을 안 받자니 친구한테 미안해서! 필사적으로 친구 대접을 하는 것입죠. 게다가 그날이 7월 보름, 저승 문이 열리는 날 아닙니까? 술을 안 마시자니 조상님들께 면목이 없고……."

법관이 그를 제지하자 그가 연신 고개를 끄덕였다.

"좋습니다. 좋아요. 중요한 말, 본론만 말하지요. 물론 조금 문화적이지 못한 행동을 한 건 압니다. 하지만 그걸 범죄라고 할 순 없지 않습니까? 절대 범죄가 아닙니다. 기껏해야 잠시 눈이 헷갈린 거지요. 그냥 실수로 그릇 하나 깬 거나 별 차이가 있습니까, 안 그래요? 오늘 재판이 끝나고 나면 분명하게 문제가 밝혀질 거라고 믿습니다. 말보다는 항상 진실이 이기지 않습니까? 제가 벌써 상부에 이 문제를 말했습니다. 전원 공서의 리 국장이 올 겁니다. 그 식량국 국장 있죠? 얼마 전에 그 집에서 식사한 적이 있는데……."

이어서 쿠이위안은 식사하던 날의 날씨, 환경, 음식에 대해 구구절절 늘어놓았다. 법관이 성가시다는 듯 다시 한번 그에게 말을 간단히 요약해 달라고 요구했다. 그는 명령을 따를 수밖에 없었다. "좋습니다. 그럼 리 국장에 대한 말은 이쯤 해 두지요. 상부에서도 이 사건에 대해 다 생각하고 있습니다. 성의한(韓) 편집장도 별문제가 없다고 했습니다. 한 편집장 모두 아시죠? ……어? 한 편집장도 모르세요? 그 사람 우리 아버지와 절친한 친구였어요. 알고 보니 우리 현의 문화관 사람이었더라고요. 전화 걸어서 물어보세요. 그 사람에게 물어보시라고요. 성 정부에서 이 사건을 어떻게 생각하는지……."

그는 주절주절 무려 이십 분 넘게 쓸데없는 이야기를 늘어놓았다.

쿠이위안의 누런 이를 바라보던 법관은 터무니없는 그의 진술을 질책하며 경찰을 시켜 그를 법정 밖으로 데리고 나가라고 명령했다. 사람들이 끌려 나가는 그의 뒷모습을 지켜보았다. 지나치게 긴 양복 바짓단이 바닥에 질질 끌리며 흙탕물이 너저분하게 묻었다.

개안(開眼)

쿠이위안은 감옥에서 일 년이 조금 지난 후 병사했다. 이 소식이 마차오에 전해지자 그의 어머니는 목에 가래가 막혀 그길로 세상을 떠났다. 상황이 이쯤 되자 쿠이위안네와 옌우네 사이의 원한은 더욱 깊어졌다.

간단히 말하면 쿠이위안의 세 형이 톈안문의 유리를 부수고 옌짜오를 구타해 상처를 입혔다. 옌우는 후에 사람을 보내 쿠이위안의 장례식장에서 난동을 부렸다. 위패는 물론 음식상이고 관이고 할 것 없이 마구 개똥을 뿌려 버렸다. 두 집이 서로 칼과 화총을 들이대자 마을에서는 중재자를 청해 이들을 화해시키기에 이르렀다.

중재 결과 옌우 쪽에서 조금 양보해 쿠이위안의 다른 가족들에게 800위안의 '위로금'을 주기로 하고 쿠이위안 집에서도

다시는 과거를 언급하지 않고 모든 원한을 일소에 부치기로
했다. 중재자가 관례대로 '개안(開眼)' 의식을 주관했다. 검은
수탉 한 마리를 잡아 닭 피를 그릇 열여덟 개에 담아 양쪽 남
자들이 마셨다. 양측 대표가 다시 임시로 만든 죽전(竹箭) 위
에 각자 칼로 한 획씩 그은 다음 두 죽전을 합해 양측이 함께
힘을 주어 부러뜨림으로써 이후에는 서로 살생과 싸움을 벌
이지 않겠다고 맹세했다. 양측은 각자 부러진 죽전을 증거로
간직했다. 마지막에 양측 모두 자손이 없는 늙은 과부를 청했
다. 두 과부는 각기 잔에 맑은 물을 담아 그 위에 동전 한 닢
을 넣었다가 꺼냈다. 그리고 서로 상대방 과부의 눈에 동전을
천천히 문질러 주었다. 한 사람이 말했다.

"마옌우의 집안사람이 당신의 집안사람을 다치게 했습니다.
당신들은 눈을 감아 버리지 말고 앞으로 다시 좋은 관계를 유
지……."

또 다른 과부가 말했다.

"후쿠이위안의 형제가 당신네 사람을 다치게 했습니다. 당
신들은 눈을 감아 버리지 말고 다시 좋은 관계를……."

두 여자가 분명치 않은 곡조로 노래를 부르기 시작했다.

사람들 저마다 입이 하나 있어요.
세상 이치는 수없이 많아요.
사람들 저마다 귀가 두 개 있어요.
세상 사람들마다 서로 자기 주장이 있어요.
오늘 눈을 뜨고 내일을 보면

친형제 모두 웃으며 눈을 떠요.

오늘 만나 내일 헤어지면

산천이 가로막아도 모두 같은 하늘 아래에 있어요.

고달프고 궁핍한 과부일수록 이런 개안 의식에는 더 적격
이었다. 그 이유를 자세히 아는 사람은 없었다.

개안 의식을 치른 후 양측은 바로 서로를 형제라 칭하며 앞
으로 무슨 일이 있든, 어떤 사람이든 간에 더 이상 원한에 대
해 언급하지 않기로 약속했다. 다시 말해 예전의 억울한 일은
맑은 물 한 그릇으로 모두 씻어 보낸다는 의미였다.

이미 새로운 시대로 진입했기 때문에 개안이라는 단어에도
점점 새로운 뜻이 많아졌다. 중재자 역시 현재의 국가 형세,
예를 들어 곧 중국에서 개최될 아시아 경기 대회, 산아 제한
등을 개안의 주제로 삼았다. 당사자들 역시 중재자에게 예전
과 달리 돼지주둥이 대신 봉투로 사례를 표시했다. 또한 그들
은 주위 구경꾼들에게도 '노심초사 값'을 지불했으니, 후할 경
우 식사를 대접하고 가볍게는 담배를 한 갑 주었다. 쿠이위안
과 친분이 있던 일부 청년들은 며칠 동안 계속 이곳을 찾아와
이 순간을 목 빠지게 기다렸다. 그들은 마치 무슨 일인가 할
것처럼 굴었지만 결국 무얼 하겠다고는 말하지 않았고 결국
아무 일도 하지 않았다. 그들은 마치 불을 쫓아다니는 나방들
처럼 언제나 떠들썩한 곳으로 몰려가 모든 세상사에 관심 있
고 불공평한 일은 죄다 처리할 것처럼 행동했다. 어디에 가거
나 괜히 차를 마시고 담배를 피우며 삼삼오오 짝을 지어 때로

서로 의미심장한 눈짓을 보내거나 실없이 웃기도 했다. 그중 하나가 갑자기 일어나 이렇게 소리 지를 때도 있었다.

"가자!"

다른 사람들은 무슨 일이 일어나지 않을까 생각하지만 실상은 아무 일도 아니었다. 그들은 떼를 지어 작은 상점에 들어가 이리저리 둘러보다가 다시 나무 아래로 장소를 바꿔 옹기종기 모여 앉았다. 이어 다시 몇 명씩 짝을 지어 무슨 일인가를 기다렸고 그러다 담배 한 개비를 가지고 옥신각신하며 장난을 벌이기도 했다. 그저 그뿐이었다.

이렇게 여러 날 마차오에 관심을 갖던 그들에게 결국 보답이 돌아왔다. 옌우가 사람을 보내 담배 몇 갑과 함께 선두를 맡은 청년에게 음료 몇 개를 사 준 다음 그들을 보내 버렸다.

그들은 원래 쿠이위안 집에도 들러 볼 생각이었다. 그러나 쿠이위안 집으로 가던 도중 청년들은 즈황에게 흠씬 욕을 얻어먹었다. 즈황의 내력을 잘 모르던 청년들이 서로 눈짓을 하더니 그중 한 명이 또 이렇게 소리쳤다.

"가자!"

청년들이 갑자기 웃음을 터뜨리며 떠났다.

기시(企尸)

쿠이위안은 후씨 집안 양자가 되었지만 아직 압자를 하지 않았기 때문에 정식으로 후씨 집안사람이 될 수 없었다. 그래서 쿠이위안은 마차오에 묻혔다. 멀리 뤄장강 건너 핑장현으로 시집간 그의 누나 팡잉(房英)이 소식을 듣고 달려와 동생의 관 앞에서 대성통곡했다. 그녀는 개안 의식에 참여하지 않았으며 옌우 집안의 돈은 단 한 푼도 받지 않으려 했다. 그뿐이 아니었다. 그녀는 무덤 앞에 지키고 앉아 쿠이위안을 땅에 묻지 못하도록 사람들의 삽질을 가로막았다. 그녀는 몇 사람을 불러 관을 바위로 받쳐 세로로 세워 놓았다.

이를 '기시(企尸)'라고 한다. '기(企)'란 세워져 있다는 뜻이다. 기시는 일종의 억울함을 호소하는 방식으로 사람들과 관청의 주의를 끌었다. 관 주위를 누르는 바위는 억울함이 산과

같이 무거움을 의미했다. 관을 세로로 세워 놓는 것은 억울함
을 밝히기 전에는 죽어서도 눈을 감지 못하며 절대 땅에 묻힐
수 없다는 결심을 의미한다. 사람들이 아무리 설득해도 팡잉
은 그저 동생의 죽음이 너무 억울하다는 생각뿐이었다. 그녀
는 옌우가 생사람을 해쳤다고 고집했다.

팡잉은 또한 마을 사람들에게 쿠이위안의 억울함을 밝혀
주는 사람에게는 1만 위안을 사례하겠다고 선포했다. 만약 돈
이 필요 없고 사람을 원한다면 자신을 주겠다고 했다. 일 년
동안 그녀가 계약 아내가 되어 집안일을 돌보고 아이를 낳아
줄 것이며 한 푼의 임금도 받지 않겠다고 약속했다. 계약이 끝
난 뒤에 자신을 놓아주기만 하면 된다고 했다.

은(嗯)

　　당시 공사에서 마을마다 방공호를 건설하라는 명령을 내렸다. 북쪽에서는 소련이, 남쪽에서는 미국이, 동쪽에서는 타이완이 쳐들어올지도 모른다고 말했다. 모든 방공호를 12월 이전에 완공하라는 명령이 떨어졌다. 또한 소련에서 어마어마하게 큰 폭탄을 이미 떨어트렸는데 우리 전투기가 그 폭탄을 파괴하지 못하면 며칠 후 우리가 사는 곳에 떨어질지도 모른다고 했다. 생산대에서는 세 반으로 나누어 세계 대전이 일어나기 전까지 밤낮없이 교대로 작업을 실시하라고 명령했다. 일반적으로 한 반에 남자 둘, 여자 한 명을 배치했다. 남자는 땅을 파고 흙을 져 나르고 여자는 힘이 조금 적게 드는, 흙 덮는 일을 맡게 했다. 팡잉은 그때 자루가 없는 쟁기와 톱을 들고 푸차와 나를 따라 땅속 구덩이로 들어왔다.

방공호는 아주 작았다. 겨우 두 사람이 스치고 지나갈 정도였다. 속으로 들어가자마자 금세 빛줄기가 사라져 기름등잔이 필요했다. 기름을 아끼려고 기름등잔 역시 아주 조그만 심지에 불을 붙였다. 불빛은 삽질하는 공간만 흐릿하게 비추어 나머지 공간은 한없이 어두웠다. 우리는 소리와 낌새로 주위의 모든 상황을 감지해야 했다. 예를 들어 같이 흙을 져 나르는 짝이 몸을 돌렸는지, 대나무 체를 놓고 기다리는지, 차나 먹을 것을 가져왔는지 등을 모두 눈치껏 알아차려야 했다. 물론 이처럼 극도로 좁은 공간에서는 기름등잔 냄새 외에 사람에게서 풍기는 기운도 쉽게 느낄 수 있었다. 예를 들어 여자의 몸에서 나는 땀 냄새나 머리 냄새, 입 냄새, 남자의 알 듯 말 듯 한 이상한 냄새까지.

몇 시간 동안 땅을 파고 나면 몸이 흐늘흐늘해지고 기운이 없기 마련이다. 내 얼굴도 몇 번이나 땀이 흐르는 다른 얼굴에 부딪치거나 길고 구불구불한 머리카락에 스쳤다. 거의 마비되다시피 한 두 다리를 천천히 옮겨 원래 땅을 파던 자리에서 물러나다 보면 실수로 뒤에 있는 다리나 가슴에 부딪치기도 했다. 부드럽고 뭉실뭉실한 살결의 감촉을 느낄 수 있었고 황급하게 자리를 비키는 느낌도 감지할 수 있었다.

다행히 상대방의 얼굴을 정확하게 볼 수 없었다. 희미하게 흔들리는 불빛은 코앞을 가로막은 흙벽, 영원히 도망갈 수 없을 것 같은 막다른 공간, 흙벽에 가득 찬 삽 자국을 비추었다. 그중 몇 줄기 누렇고 희미한 빛이 반사되기도 했다. 지옥에 대한 옛사람들의 묘사가 생각났다.

이곳에는 낮과 밤, 여름과 겨울, 심지어 먼 외부 세계에 대한 기억도 전혀 남아 있지 않았다. 만약 무의식중에 땀에 전 다른 얼굴에 부딪쳐도 나 자신의 존재, 구체적인 한 인간으로서의 나 자신, 이름과 성별이 있는 나 자신을 깨달을 수 없었다. 처음 며칠 동안 나와 팡잉은 그래도 조금씩 말을 나누었다. 그러나 몇 번 서로 몸이 부딪쳐 깜짝 놀란 다음부터 그녀는 말이 없어졌다. 기껏해야 "은(嗯)!"이라는 소리 한마디뿐이었다. 나는 점차 그녀가 내는 '은'이라는 소리의 성조와 강약이 각기 다양하다는 것을 깨달았다. 때로 의문을 표시할 때도 있고 긍정적인 대답을 표시할 때도 있고 초조나 거절을 의미할 때도 있었다. '은'에는 그녀의 모든 언어가 농축되어 담겨있었다. 또한 그녀의 무궁무진하고 변화무쌍한 수사와 수없이 많은 의미가 들어 있었다.

나 역시 팡잉과 부딪치지 않도록 조심하느라 그녀의 숨소리가 점차 나에게서 멀어져 가는 것을 의식하기 시작했다. 하지만 일을 마칠 때마다 그녀는 내가 방공호에 빠뜨리고 온 옷을 살며시 들고 나와 틈을 봐서 나에게 찔러 주었다. 밥을 먹을 때면 팡잉은 내 그릇에 고구마 두세 덩이를 더 넣어 주었다. 그녀의 그릇에는 항상 음식이 조금밖에 남지 않았다. 바닥에 꿇어앉아 비 오듯이 땀을 흘리며 열심히 근육을 꿈틀거리고 일할 때면 등에 서늘한 기운이 느껴지기도 했다. 그녀가 수건으로 내 벗은 등을 문질러 주었기 때문이다.

"됐어요……."

땀이 콧구멍까지 들어가는 바람에 나는 분명하게 말할 수 없었다.

팡잉이 수건으로 가볍게 내 얼굴을 닦아 주었다.

"그럴 필요 없는데……."

나는 얼굴을 비키며 수건을 피하려 했다. 그러나 어둠 속에서 이미 말을 듣지 않는 내 손은 수건을 잡을 수 없었다. 그렇게 어두운 허공을 몇 번 허우적거리던 손이 마지막으로 잡은 것은 다른 사람의 손이었다. 오랜 시간이 흐른 후에야 나는 그때 내가 잡은 손이 아주 작고 부드러운 손이었다는 것을 기억했다. 아니, 그것이 아니라 이 기억은 아마도 그 일이 있은 후 내 상상과 추측이 만들어 낸 것이라고 해야 옳을 것이다. 사실 체력이 완전히 소모되어 그저 본능적으로 숨을 헐떡일 수밖에 없는 순간이 되면 사람에게 성별은 더 이상 존재하지 않는다. 누구와 부딪쳐도 놀라지 않고 어떤 촉감도 느낄 수 없다. 한 여자의 손을 잡은 느낌이 마치 흙 한 덩이를 잡은 느낌과 별 차이가 없었다. 당시 나는 휘청거리느라 다시 그녀의 어깨를 잡았던 것 같기도 하고 그녀의 허리를 안았던 것 같기도 하다. 아니, 아마 다른 가능성이 더 클지도 모른다. 그러나 이 모든 것에 대해 아무런 기억이 남아 있지 않다.

그 순간 팡잉 역시 촉감을 잃었을 것이라고 생각한다. 수치와 긍지, 그 모든 것이 헐떡이는 숨으로 추상화되었을 것이다. 나는 난생처음 이처럼 성별이 사라진 순간을 체험했다. 내가 다시 숨을 돌리고 감각을 찾았을 무렵 그녀는 이미 나에게서 멀리 물러나 있었다.

시간이 흘러 팡잉은 시집을 갔다. 남존여비 사상이 강한 팡잉의 부모는 그녀를 초등학교만 졸업시킨 후 마을에서 일하게 했다. 일단 쌀밥만 먹여 줄 사람이 있으면 그녀를 일찍 결혼시킬 작정이었다. 혼례를 치르던 날 그녀는 분홍색 새 저고리를 입고 당시 유행하던 하얀색 테니스 신발을 신은 채 재잘거리는 여자들에게 둘러싸여 있었다. 왜 그랬는지 그녀는 나에게 한 번도 시선을 돌리지 않았다. 분명히 내 목소리를 들었을 텐데, 내가 그곳에 있다는 것을 알았을 텐데. 하지만 무슨 이유에서인지 그녀는 다른 모든 사람과 이야기를 나누고 눈빛을 마주치면서도 나는 바라보지 않았다. 나와 팡잉 사이에는 아무 일도 일어나지 않았다. 둘 사이에 간직한 어떤 비밀도 없었다. 방공호를 파던 동안 우리 사이에는 접촉이라고 할 만한 일이 없었다. 만약 조금 특별한 점이 있었다고 하면 그것은 그저 그 기간이 지난 다음 내 상상과 추측 속에 남은 그녀의 손 하나와 내가 가장 비참했던 순간을 그녀가 목격했다는 사실뿐이다. 세상의 어떤 여자도 그녀처럼 그렇게 가까운 거리에서 짧은 반바지 하나만 걸친 내가 마치 개처럼 시시때때로 바닥에 꿇어앉아 온몸이 흙과 땀으로 범벅이 되어 햇빛도 비치지 않는 땅굴 속에서 숨을 몰아쉬며 몸부림치는 모습을 본 적이 없을 것이다. 당시 내 얼굴에서 알아볼 수 있던 것은 덩그런 두 눈뿐, 온통 흙먼지로 뒤덮이고 콧구멍 주위에는 그을음이 엉겨 붙어 있었다. 그녀는 내가 죽은 뒤에나 보일 눈빛을 보았고 기진맥진한 신음 소리와 턱에 찬 숨소리를 들었으며 내 몸에서 나는 세상에서 가장 참기 힘든 악취를 맡았다. 그뿐이었다.

물론 창피하게도 그녀는 내 울음소리도 들을 수 있었다. 화가 난 번이가 퍼붓는 욕을 들으며 우리는 제국주의, 수정주의, 반동의 폭탄이 떨어지기 전에 굴을 모두 파내야 했다. 그 기간에 나는 적어도 대여섯 개의 삽이 다 닳아 없어지도록 땅을 팠던 것 같다. 어느 날 나는 실수로 삽을 내 발 위로 내리쳤고 심한 통증을 느끼고 울기 시작했다. 팡잉도 울었다. 허겁지겁 내 다친 상처를 싸매 주던 그녀에게서 차가운 물방울 하나가 내 발등에 떨어졌다. 분명 그녀의 땀이 아니라 눈물이었을 것이다.

　그곳은 가장 단단한 주아토 땅이었다. 팡잉은 나에게 큰 도움이 되지 못했다. 물론 그것은 그녀의 잘못이 아니었다. 창피하게도 나는 가장 불쌍한 모습을 그녀에게 보여 줄 수밖에 없었다. 이 역시 그녀의 잘못이 아니었다. 만약 이런 것도 비밀이 될 수 있다면 그녀는 이런 비밀을 나에게 돌려주지 않고 그냥 간직한 채 멀리 떠나가고 말았는데, 이 역시 그녀의 잘못이 아니다.

　사람들이 삶의 극적인 상태를 맞이하는 일은 일생 동안 그다지 흔하지 않다. 그러므로 이런 비밀은 소중하며 각자의 기억 속에서 진귀한 보석 같은 것일 수 있다. 아마도 팡잉은 이런 점을 일찍 체득했기에 마치 빚을 진 사람처럼, 다른 사람의 물건을 앗아 간 사람처럼 당황하며 떠나기 직전까지 나에게 눈길을 줄 수 없었을지 모른다.

　"비가 올 것 같아. 우산을 가져가는 게 좋겠어."

　누군가가 그녀에게 말했다.

팡잉은 고개를 끄덕이며 강하게 "은!"이라고 대답했다. 나는 그녀의 "은!" 소리에 날개가 돋아 그곳에 모여 있는 사람과 결혼식 사탕을 먹느라 정신없는 아이 몇을 지나 그 소리가 나에게 전해지는 것을 느낄 수 있었다. 그 소리는 물론 우산을 가져가란 사람에게 한 대답이 아니라 작별과 축원의 의미였다.

나는 팡잉이 떠날 때까지 그곳을 지키지 못했다. 그녀의 세 형제가 혼수품과 새 솥을 지고 떠들썩한 아이들을 뒤로한 채 그녀를 호위하며 먼 길을 떠나는 모습을 지켜보지 못했다. 나는 뒷산 언덕에 앉아 나뭇잎을 스치는 바람 소리를 들으며 산에 가득히 피어 나를 기다리는 가을 풀잎을 바라보았다. 갑자기 그녀의 출발을 알리는 호루라기 소리가 울려 퍼졌다. 가을 풀잎까지 그 소리에 불현듯 부르르 몸을 떨며 요동치기 시작했다. 그리고 내 눈에 눈물이 어른거렸다. 물론 나는 울 만한 이유가 많았다. 이미 날 잊어버린 가족들,(생일 때가 됐어도 편지 한 장 받지 못했다.) 중요한 순간 나를 도와주지 않는 친구들 (시내에 놀러 갔던 친구는 내가 그토록 신신당부한, 내 미래가 걸린 직장 관련 특급 우편물을 잃어버리고 말았다.) 때문에도 울 이유가 충분했다. 물론 나는 나와 아무 관련 없는, 관련이 있을 수도 없는 한 신부를 위해 울 수 있었다. 호루라기 소리 한 번에 떠나 버린, 영원히 낯선 사람 집으로 사라져 버린 분홍색 저고리, 값어치라고는 눈곱만큼도 없는 '은'을 영원히 가지고 떠나 버린 그녀를 위해 울 수 있었다.

여러 해가 지난 후 나는 팡잉을 다시 만났다. 많이 말라 있었다. 창백하고 펑퍼짐해진 얼굴에서 중년 부인의 느낌이 났다. 옆 사람이 소개해 주지 않았더라면 그 얼굴에서 당시 그녀의 윤곽을 찾을 수 없었을 것이다. 그 순간 멈칫한 팡잉은 두 눈에 당황하는 빛이 스치더니 재빨리 시선을 딴 곳으로 옮겨 버렸다. 그녀는 한참 분주하게 일을 처리하고 있었다. 나와 함께 마을에 들어온 향(鄕) 간부 한 사람이 그녀네와 옌우네의 민사 분쟁, 그녀의 어머니와 남동생의 장례를 처리해 주고 있었다. 간부는 또한 친정집에서 남동생의 억울한 죽음에 기시를 벌이던 그녀에게 훈계를 늘어놓았다.

"대체 아직도 뭐가 남았는데? 아직도 뭐가 부족해서 죽은 사람을 데리고 그 야단이냐고? 이렇게 소란을 피운다고 죽은 사람이 살아나? 당신이 어떻게 생각하든 이런 식으로 소란을 벌이는 건 어처구니가 없는 짓이야!"

화가 난 간부가 팡잉을 혼내는 말에 형제들도 고개를 끄덕였다. 오직 그녀만 털썩 무릎을 꿇고 앉아 간부가 무슨 일이 일어났는지 채 알아차리기도 전에 머리를 바닥에 대고 쿵쿵 찧기 시작했다. 옆에 있던 두 여자가 황급히 다가가 그녀를 끌어당겼다. 한참을 그렇게 끌어당겼는데도 눈물로 범벅이 된 그녀의 얼굴은 자꾸만 위아래로 흔들리며 입으로는 여전히 억울함을 호소했다.

여자들이 그녀를 끌고 갔다. 그제야 그녀가 쉰 목소리로 울음을 터뜨렸다. 물론 그녀는 울 만한 이유가 있었다. 그녀의 어머니와 동생(그들은 이제 막 세상을 떠났고 너무 허무하게 죽었기 때문이다.)을 위해, 그들의 억울함을 풀어 주기에는 너무도 힘이 약한 자신을 위해 울 수 있었다. 내가 보기에 그녀의 울음소리에는 나에 대한 보답도 들어 있는 것 같았다. 이십 년이 흘렀다. 그녀는 분명히 이십 년 전 언덕 위에서 내가 슬피 흐느끼던 소리를 들었을 것이다. 그래서 솟아나는 눈물을 멈출 수 없었을 것이며 그것으로 다른 사람들이 영원히 보지 못할 눈물의 빚을 갚는 것이리라.

언덕 가득 자라난 가을 풀잎이 눈물의 빚을 증명하고 있었다. 풀잎이 바람에 하늘거리며 물결을 이루어 산봉우리를 향했다. 아마도 아무 소리 없이 인간 세상의 수없이 많은 곡성을 받아들였기에 그처럼 메마르고 초췌한 모습으로 떨어지는 것이리라.

여러 해가 흐른 후 나는 방공호에 가 본 적이 있다. 세계 대전은 일어나지 않았다. 우리가 판 방공호는 이미 고구마 종자 저장고가 되어 있었다. 축축한 탓에 방공호 벽에 푸른 이끼가 끼고 그 안에서 퀴퀴하게 고구마 썩은 냄새가 풍겼다. 당시 기름등잔을 놓아 두었던 몇몇 구멍 위에 아직도 그을음 자국이 남아 있었다.

아랫마을에도 방공호가 하나 있었다. 다른 사람들이 파낸 곳이었다. 지금은 낡은 목판 하나가 입구를 막고 있고 목판 뒤에는 아무렇게나 쌓인 볏짚과 알록달록한 빈 담뱃갑, 낡은 신발 한 켤레가 흩어져 있었다. 마치 누군가가 살고 있는 듯했다.

격과형제(隔鍋兄弟)

"귀한 손님이 오셨군. 안에 가서 앉을까?"

어딘지 눈에 익은 모습이었지만 나는 그가 누구인지 기억
나지 않았다.

"한(韓) 동지, 잘 지내나?"

"네."

"일은 잘되고?"

"네."

"학습은?"

"네, 그럭저럭요."

"아버님도 건강하시고?"

"지낼 만하십니다."

"아들, 딸도 잘 자라고?"

"전 딸밖에 없습니다. 고맙습니다."

"아."

그가 고개를 끄덕였다.

"도시의 공업 생산도 잘되지?"

"물론……."

"도시의 상업 유통도……."

나는 상대방이 도시의 모든 업종을 다 물어볼까 봐 얼른 말을 가로막았다.

"죄송한데요, 누구……."

"헤어진 지 얼마 되지도 않았는데, 날 못 알아보겠어?"

그가 나를 향해 웃었다. 방공호를 보고 있을 때 갑자기 내 옆에 나타난 중년의 남자였다.

"조금 낯설어서……."

"건망증이 심하시구면."

"이상할 것도 없죠. 제가 여길 떠난 지 벌써 이십 년이 되어 가는데요."

"그런가? 이십 년이라고? 거참, 동굴 속 하루가 세상 밖 1000년이라더니! 쯧쯧."

그가 이해가 안 된다는 듯 고개를 힘껏 내저었다.

멀리서 누군가가 웃으며 소리를 질렀다.

"그 사람 마밍이에요!"

"맞소. 내 성은 마, 이름은 밍이오."

"당신이 마밍이라고요? 그 신선부의……."

"부끄럽소이다. 허허."

나는 그제야 마밍에 대한 기억이 떠올랐다. 당시 그곳에서 마오 주석 어록을 쓰던 순간이 생각났다. 콧물 한 방울이 떨어질 듯 말 듯하고 깊게 팬 주름마다 흙먼지가 끼었지만 그는 전혀 늙지 않은 모습이었다. 얼굴에 붉은빛이 촉촉하고 목소리가 낭랑해 예전 모습 그대로인 듯했다. 아직도 몸에는 기름때가 낀 솜저고리를 걸친 채 두 손을 소매에 끼고 있었다. 유일한 변화라면 어디서 구했는지 가슴에 현(縣) 교사 연수학교의 배지가 달려 있는 것뿐이었다.

"아직도 신선부에 사세요?"

"새집으로 이사했지. 새집."

마밍이 웃었다. 그가 한 손에 진흙이 묻은 연근을 들고 방공호를 가리켰다.

"그렇게 축축한 곳에서 살 수 있어요?"

나는 깜짝 놀랐다.

"잘 모르는군. 사람은 원숭이에서 변한 거고, 원숭이는 물고기가 변한 거야. 물고기는 일 년 내내 바다를 헤엄쳐 다니지 않나. 뭐가 무섭겠나? 어찌 사람이 축축한 것을 무서워하겠느냐 말이야."

"병 안 나요?"

"창피하게도 말이야, 나라는 사람이 좋은 건 안 먹은 게 없어서 말이지. 무슨 맛인지 모르는 게 있다면 오직 약뿐이라고."

이렇게 말할 때 한 여자가 다가오더니 자기 집 채마밭의 커다란 호박이 없어졌다면서 혹시 마밍이 따 가지 않았느냐고 물어보았다. 즉시 마밍이 눈을 부릅뜨며 화가 나서 말했다.

"아예 사람 죽인 일 없느냐고 물어보지 그래?"

그는 놀라서 어리벙벙한 여자를 보더니 이를 악다물고 다시 한마디 덧붙였다.

"왜? 마오 주석을 죽이지 않았느냐고 물어보지 않고?"

이어 바닥에 가래침을 뱉더니 내 존재도 잊은 듯 횡하니 그곳을 떠나 버렸다.

멀리서 시시덕거리던 아이들도 그의 눈짓 한 번에 놀라 사방으로 달아나 버렸다.

마밍은 이렇게 씩씩거리며 떠나 버렸다. 마지막으로 그를 본 것은 내가 마차오를 떠날 때였다. 예전처럼 그는 산에 서 있었다. 지팡이를 짚은 채 홀로 윗마을 뒷산 언덕에 올라 뿌옇게 펼쳐진 들판을 바라보며 산속 분홍빛 여명 속을 거닐고 있었다. 황홀경에 빠진 것 같았다.

나는 또한 그가 이상한 음성으로 흥얼거리는 소리를 들었다. 마치 창자에서 솟구쳐 나오는 신음 같았다. 그러나 가락은 텔레비전을 보는 사람이라면 매우 익숙한 음이었다.

너는 어디서 왔니? 내 친구여.
마치 한 마리 나비가 내 창문을 찾아 날아온 것 같구나.
얼마나 머무를지 모르지만.
우리는 헤어진 지 너무 오래되었네.

나는 그에게 인사할 수 없었다. 나비 같은 그의 흥취에 훼방을 놓을 수 없었다.

나중에야 나는 마밍이 내게 건넨 몇 마디가 최대의 예우임을 알 수 있었다. 몇 년 동안 마을 사람들과 완전히 왕래를 끊은 그는 누구에게도 좋은 낯빛을 보인 적이 없었고 말은 더더욱 건네지 않는다고 했다. 그는 매일 산수를 거닐며 하늘가를 내달리고 이 세상을 차가운 눈초리로 바라보며 살고 있었다.

언젠가 한 아이가 저수지에 빠진 적이 있었다. 마을 사람들이 아무도 모르던 상황에서 언덕 위에 있던 마밍 혼자 아이가 물에 빠지는 모습을 보았다. 마밍은 아이를 구한 후, 그에게 감사를 표시하는 아이의 부모를 거들떠보지도 않았다. 그는 부모가 보낸 말린 돼지고기를 똥통에 내던지며 입맛이 싹 가셨다고 불평을 늘어놓았다. 그는 차라리 개미나 지렁이를 먹으면 먹었지 보통 사람이 먹는 음식은 먹지 않았으며 마을 사람들이 베푸는 마음은 더더욱 받아들이지 않았다.

마밍은 이제 신선부에서 살지 않는다. 마차오에서 가장 오래된 저택인 신선부는 허물어진 지 이미 오래되었다. 즈황이 사람들을 데리고 건물을 철거해 버렸다. 마을 사람들은 재사용이 가능한 벽돌로 길 옆 정자를 만들고 나머지로 마밍을 위해 작은 집을 하나 만들었다. 그는 팔짱을 낀 채 그곳을 둘러본 다음 새 집으로 이사하지 않았다. 절대 사람들과 어울려 지내지 않겠다는 태도였다. 그는 차라리 방공호에 들어가 살고 싶어 했다.

사실 그는 방공호 안에서 자는 날이 그리 많지 않았다. 오히려 산에서 야숙하는 날이 더 많았다. 누군가가 마밍에게 산에서 자면 야생 동물에게 잡아먹힐까 무섭지 않느냐고 물어

보았다. 그는 뭐가 걱정이냐며 평생 수많은 야생 동물을 먹었
으니 이제 야생 동물이 그를 잡아먹으면 공평하지 않겠느냐
고 말했다.

최근 몇 년 동안 그가 가장 증오한 사람이 둘 있었다. 첫째
가 번이, 다음이 옌우이다. 그는 언제나 그들 뒤에서 요사스러
운 악당들이라고 욕을 퍼부었다. 대체 무슨 원수를 졌는지 알
길이 없었다. 사실 이 세 사람의 얼굴은 비슷하게 닮은 구석이
있었다. 깎은 듯한 긴 얼굴과 쌍꺼풀, 거의 없는 것이나 다름
없는 턱에 아랫입술이 치켜 올라간 모습 등 비슷한 부분이 많
았다. 어쩌다 이런 그들의 모습이 생각나면 나는 갑자기 근거
없는 상상을 할 때가 있다. 번이와 옌우가 죽은 후 마밍이 그
들 무덤 앞에 꿇어앉아 사람들이 이상하게 여길 정도로 눈물,
콧물이 범벅이 되어 통곡하는 장면이다. 어떤 건달이 앞으로
나와 전에 마밍이 한 말을 전하는 장면도 상상해 보았다. 마밍
의 말인즉, 그와 번이, 옌우가 사실은 혈육으로 여러 해 전 시
다간쯔가 남긴 씨앗, 마차오의 말로 표현하면 '격과형제(隔鍋
兄弟)'라는 것이다.

격과형제란 '차과형제(借鍋兄弟)'라고도 하는데, 아버지가
같지만 어려서부터 한집에서 한솥밥을 먹고 자라지 않은 형
제를 말한다.

형제가 서로 헤어져 살게 된 이유가 명목 그대로 양자로 남
의 집에 가서 살게 되었기 때문인지, 세상에 넘쳐나는 사생아
가운데 한 사람이어서 그런지, 아니면 재난의 세월에 떠돌며
살다 보니 그렇게 되었는지는 결코 중요하지 않다. 첫째, 다른

솥의 밥을 먹고, 둘째, 형제 사이라는 두 가지 사실이면 이 단어의 뜻을 만족시키기에 족하다. 마차오 사람들은 이 두 부분을 더 중요하게 생각하는 듯하다.

나는 이 말을 전한 건달이 증거는 있느냐고 마밍에게 물어보는 장면도 상상했다. 마밍은 시다간쯔가 마차오를 떠날 때 자신에게 직접 말했으며, 당시 자신은 아직 아이였고 시다간쯔를 믿을 수 없었기에 그냥 그를 향해 침을 뱉었다고 말한다. 후에 성년이 된 마밍은 마을 사람 중 그와 번이, 옌우 셋이 확실히 신기할 정도로 시 씨의 모습을 닮은 것을 보고 그제야 그의 친아버지는 정말이지 좋은 일은 한 적이 없다고 믿게 된다.

나는 이 말을 듣고 깜짝 놀란 마차오 사람들이 마치 약에 중독된 바퀴벌레처럼 눈이 휘둥그레진 채 입을 떡 벌리는 모습을 상상했다. 마밍이 지평선으로 홀연히 사라지는 모습을 보며, 그의 눈언저리에 비치는 싸늘한 섬광을 보며 누구도 용감하게 나아가 그를 불러 세우고 사실을 따져 물을 수 없을 것이다.

귀원(歸元)과 귀완(歸完)

마차오 말에서 '완(完)'의 발음은 '위안(yuan)'으로 '원(元, 위안yuán)'과 같다. '완(完)'은 끝을 의미하며 '원(元)'은 시작을 의미한다. 이렇게 반대 의미인 단어의 음이 같다. 한 과정의 시작과 끝이 언어의 음을 통해 서로 이어진다. 그렇다면 마차오 사람들이 '귀(歸)'를 앞에 붙여 구이위안(gui yuan)이라고 말하는 것은 끝을 의미하는가, 시작을 의미하는가?

만약 모든 일이 끝을 향해 귀결된다면 과정은 앞을 향하는 일직선일 것이다. 영원히 중복되는 일도 없고 영원히 앞과 뒤, 이것과 저것, 시와 비가 절대적 위치를 차지할 것이며, 비교와 판단도 의미가 있을 것이다. 이와 반대로 모든 일이 처음으로 귀결된다면 과정은 영원히 맴돌아 다시 처음으로 돌아가는 둥그런 고리 모양일 것이며 영원히 앞과 뒤, 이것과 저것, 시와 비가 겹치고 도치되어 사람들은 무엇이 무엇인지 그저 멍한 느낌을 받을 것이다.

내가 볼 때 낙관주의자들은 '완(完)'과 '원(元)'의 구분을 고집하며 역사를 영원히 앞을 향하는 직선으로 보고자 한다. 모든 영욕과 승패, 득실은 영원히 하나하나 분명하게 그 자리에 보존되어 정확하고 공평한 최후 심판을 받게 된다. 그들의 집착은 결국 보상받을 것이다.

그러나 비관주의자들은 완(完)과 원(元)의 합일을 주장하며 역사는 영원히 순환하는 둥근 고리 같다고 생각한다. 그들은 끊임없이 전진하지만 실은 후퇴하고, 끊임없이 얻지만 실은 잃어버리는 것이 바로 이 세상이며, 모든 것이 헛수고라고 생각한다.

마차오 사람들은 어떤 위안(yuan)을 선택할까? '귀완(歸完)'인가, '귀원(歸元)'인가? 아니면 혹 완(完)이 본래 원(元)인가?

마차오가 이런 곳이다. 지도에서도 거의 찾을 수 없는 조그만 마을, 윗마을 아랫마을 모두 합쳐 수십 가구 정도밖에 되지 않고 논 한 두둑과 마을이 기댄 산봉우리 하나가 있는 곳이다. 마차오에는 돌도 많고 흙도 많다. 이 돌과 흙은 수천 수만 년을 거쳐 왔지만 당신이 아무리 눈을 크게 떠도 그곳의 변화를 살펴볼 수 없다. 그곳의 아주 작은 모래 하나도 모두 영원의 증거이다. 끊임없이 흐르는 그곳의 물길에 수천 수만 년 전의 소리가 울려 퍼진다. 수천 수만 년 전의 이슬이 아직도 길옆 풀잎에 맺혀 있으며 수천 수만 년 전의 햇살이 여전히 눈부시게 우리 앞을 비춘다.

다른 면에서 보면 마차오는 더 이상 예전의 마차오가 아니다. 심지어 더 이상 바로 조금 전의 마차오도 아니다. 주름 하나가 생겨나고, 백발 한 가닥이 떨어지고, 바짝 야윈 손이 체온을 잃는, 이 모든 것이 소리 없이 조용히 이루어진다. 얼굴 하나하나가 이곳에 나타났다가 점차 사라져 영원히 되돌릴 수 없는 현실이 된다. 우리는 오직 이런 얼굴들을 통해 가는 세월의 흔적을 발견할 수 있을 뿐이다. 어떤 힘도 이들을 멈출 수 없다. 또한 어떤 힘도 이 얼굴들 하나하나가 마차오라는 땅에서 사라지는 것을 막을 수 없다. 마치 하나하나의 음계가 악기 위로 가벼이 사라져 가듯이.

백화(白話)

'백화(白話)'라는 단어에는 세 가지 의미가 있다.

(1) 현대 중국어를 가리키는 말로, 문장 언어와 대비되는 일반 회화 언어를 말한다.

(2) 중요하지 않은 말. 때로 진담인지 농담인지 불분명한 농지거리로 단순히 즐기려고 늘어놓는 말을 의미한다. 심지어 거짓말을 의미할 때도 있는데, 예를 들면 '날백(捏白)'[24] 따위를 들 수 있다. 여기에서 '백(白)'은 '명백(明白)'이 가리키는 의미와 거리가 아주 멀다. 실제적 효과가 없고 무의미하고 비도덕적 성격이 두드러지며 기껏해야 '말해 봤자 헛수고'인 농담에 불과하

24) 중국어 발음은 '녜바이(niēbái)'이고, '거짓말', '헛소리하다'라는 뜻이다.

다.

　(3) 마차오 말에서 '백(白)'은 파(pa)라고 읽으며 '파(怕)'와 음이 같다. 따라서 백화(白話)는 파화(怕話)[25]이기도 하여 매우 자극적이고 아찔한, 괴기스러운 이야기 또는 범죄 이야기를 뜻하는 경우가 많다.

　마차오 사람들의 백화는 쓰촨 사람들이 용문진(龍門陣)[26]을 펼치는 것과 비슷하다. 대개 밤이나 비 오는 날 이루어지는 심심풀이 놀이이다. 나는 이런 활동을 보면서 혹 중국의 백화문이 처음부터 이렇게 음침한 처마 아래에서 생기지 않았을까, 기이한 기록과 소문에서 즐거움을 찾는 이런 화제에 뿌리를 두지 않았을까 하는 생각이 들었다. 『한서』의 저자 반고(班固)가 소설을 "길거리에 떠도는 이야기"라고 정의한 것은 대체로 이러한 상황에 걸맞다.

　위진 시대의 『수신기(搜神記)』에서 청대 초기의 『요재지이(聊齋志異)』까지, 전해 내려오는 설화들이 백화의 원류가 되었으며 확실히 이 이야기들에는 청중의 공포심을 유발하는 황당하기 그지없는 신과 악마, 기이한 사건들이 담겨 있다. 여기에 나라를 다스리고 세상을 구하는 이야기나 욕심 없이 맑고

---

25) 怕는 중국어에서 '두렵다', '무섭다'라는 의미이다. 怕話는 '무서운 이야기'라는 뜻이 된다.
26) 본래 진법의 일종으로 양군이 대치했을 때 벌이는 설전(舌戰)을 의미하는데 여기서는 쓰촨, 특히 청두(成都) 사람들이 차를 마시며 장광설을 늘어놓는 모습을 말한다.

선하게 사는 이야기는 들어 있지 않다. 문장 언어와 다른 점은 백화가 지금껏 고귀한 언어로 간주된 적이 없으며 격정을 이끌어 내거나 정신적 세계로 인도할 능력이 없다는 것이다.

백화는 그저 일상적인 소모품이나 시정에 떠도는 말에 불과하다. 비록 근대 이래 서양 언어에 의해 개조되고 자체적으로 형태가 성숙해지고 완벽해졌지만, 그렇다고 이에 대한 사람들의 가치관이 변했다고 말할 수는 없다. 마차오 사람들의 사전에서 적어도 1990년대 이전까지 백화는 백화일 뿐으로 쓸데없는 말, 한담에 지나지 않았다. 그것은 여전히 거대하고 엄숙한 주제와 관련 없으며 그저 '거리에 떠도는 이야기'의 대명사였을 따름이다.

마차오 사람들은 앞서 말한 '백(白)'의 세 가지 의미를 분명하게 구별해 개념이 헷갈리지 않도록 노력할 필요성을 느끼지 않았다.

아마도 그들은 자신들을 보잘것없는 사람, 무지하고 무식한 사람이라고 생각할지도 모른다. 그들은 저속하고 쓸모없는 백화를 쓸 수밖에 없었고, 스스로 언어적 범죄를 저질러 언어의 타락 상태로 내몰릴 수밖에 없었다. 그들은 진정한 지식이란 그들의 그것과는 다른 신기하고 예측 불가능한 언어를 통해 표현되는 것으로 자신들은 표현할 수 없는 것이라고 생각했을지도 모른다.

그들은 자신들의 조상이 남긴 조잡한 말들 외에 다른 언어는 이미 사라졌다고 생각할지도 모른다. 아마도 신비한 표현 능력을 가진 언어는 무당의 주문과 저주, 대자연의 천둥과 빗소리에 숨어 버려 영원히 그들에게 이해받지 못할 수도 있다.

그들은 여위고 피부도 검게 그을었다. 뼈는 단단하지만 눈과 머리는 누렇게 빛이 바랬다. 그들은 모르는 사람들에게 언어에 대한 최고의 권리를 양도하고 고개 숙인 채 묵묵히 생존을 위한 길을 간다. 불행하게도 내 소설은 내 청년 시절 가장 중요했던 언어에 대한 기억, 바로 그들의 백화에서 시작되었다. 내 소설은 늦은 밤이나 비 오는 날 삼삼오오 짝을 지어 웅크리고 앉아 흥겹게 엉터리 이야기를 나누는 그들로부터 시작한다. 바꿀 수 없는 내 출신 때문에 그들은 내 소설을 비웃을 수 있다. 그들은 내 소설을 세상의 이치나 인간의 심성에 전혀 도움이 되지 않는 쓸모없는 이야깃거리라고 생각할 것이다. 어떤 의미에서 볼 때 나는 이렇게 나를 일깨우고 비웃어 준 그들에게 감사해야 한다. 내가 아무리 이런 형식의 소설을 좋아한다 해도 소설은 결국 그저 소설에 불과하기 때문이다. 인류는 이미 무수히 아름다운 소설을 가졌지만 지금도 동굴에서 여전히 전쟁을 계속한다. 나치는 도스토옙스키의 작품을 읽고도 살인을 했고 모리배는 조설근(曹雪芹)[27]과 루쉰의 작품을 읽고도 여전히 사기를 친다. 소설의 역할을 지나치게 과장해서는 안 된다.

더 확대해서 말하면 소설뿐 아니라 모든 언어는 그저 언어에 불과하다. 언어는 사실을 묘사하는 부호에 지나지 않는다. 마치 모든 시계가 시간을 나타내는 부호에 지나지 않는 것처

---

27) 1724~1763년. 청나라의 소설가. 『홍루몽』의 저자.

럼. 시계가 시간에 대한 우리의 감각을 만들어 내고, 우리가 이해할 수 있는 시간을 만들어 내기는 하지만, 시계는 여전히 시간이 될 수 없다. 설사 모든 시계가 부서진다 해도, 설사 시계를 만드는 모든 도구가 부서진다 해도 여전히 시간은 흐른다. 그러므로 우리는 모든 언어가 엄격한 의미에서 보면 모두 백화라고 말할 수 있으며, 언어의 작용 역시 지나치게 과장할 수 없다.

십여 년 동안 나는 작가로서 몇 권의 소설을 선보였다. 본질적으로 나는 마차오 사람들보다 더 많은 일을 하고 있지는 않다. 한 편 한 편의 소설은 사실 이 순간 푸차가 하는 일이나 마찬가지이다. 예를 들면 우리가 방공호를 파내는 속도를 확인한 다음 푸차가 한숨 돌리며 이렇게 말하는 것과 같다.

"입 다물고 있다 보니 군내가 날 정도군. 자, 백화나 좀 지껄이자고."

그는 멜대를 던져 버리고 손발을 쭉 펼치며 신나서 웃었다.

방공호 안은 따뜻했다. 우리는 옷을 더 껴입을 필요도 없이 무릎을 맞대고 부드러운 흙더미에 기대앉아 방공호 벽에 깜빡거리는 흐릿한 불빛을 바라보았다.

"이봐, 이야기 좀 해 봐."

"먼저 해 봐요."

"먼저 해. 책을 많이 봤으니 백화도 많이 알 것 아냐."

그의 말에 문제가 있는 것 같았지만 어떻게 수정해 줘야 할지 알 수 없었다.

"좋아요. 번이 아저씨 이야기 하나 해 주죠. 지난달에 민병

훈련 때 아저씨는 회의하러 갔잖아요. 그때 번이 아저씨가 곡식을 말리는 마당에 몰래 들어와 내 구령 소리에 힘이 없다면서 날 옆에 세우고 시범을 보였어요. '좌향좌.' '우향우.'라고 외친 다음 다시 '뒤로 돌아.' 마지막으로 '앞으로오 돌앗!'이라고 외쳤어요. 청년 여섯이 몸을 휘청거리며 어떻게 도는 것이 '앞으로 돌아.'인지 몰라 허둥댈 때였어요. 번이 아저씨가 눈을 커다랗게 뜨더니 땅에 동그란 원을 그리며 '뱅글 돌아, 뱅글.' 이러지 않겠어요?"

푸차가 폭소를 터뜨렸고 하마터면 머리를 방공호 벽에 부딪칠 뻔했다.

"좋아. 그럼 나도 이야기 하나 해 주지."

그가 신이 나서 목청을 다듬은 뒤 귀신 이야기를 시작했다. 쌍룽 마을 사람 하나가 산을 옆에 끼고 밑에 높다랗게 받침대를 세운 가옥을 지었다. 어느 날 그 집에서 자다가 깨어난 그는 창문에 누군가가 두리번거리는 것을 보고 아마도 도둑일 것이라고 생각했다. 그러나 잠시 생각해 보니 무언가가 이상했다. 그의 집은 기둥 위에 지은 집이라 창문이 땅바닥에서 족히 5, 6미터는 떨어져 있었다. 사람이 어떻게 그렇게 클 수 있는가? 손전등을 더듬어 집은 그가 갑자기 전등불을 밝혔다.

"그 뒤 어떻게 됐을 것 같은가?"

"어떻게 됐는데요?"

나는 등골이 오싹해졌다.

"그 도둑은 눈 코 입이 없었대. 그냥 얼굴이 달걀처럼 반들반들했다더군."

방공호 입구에서 발소리가 들렸다. 조금 전에 찹쌀 경단을 가져오겠다며 집에 간 팡잉이 돌아오고 있었다.

푸차가 아직 따끈따끈한 경단을 들고 웃으면서 말했다.

"우리 지금 귀신 이야기 하는데 들을 거야?"

그녀는 "은!" 하고 대답하고 재빨리 어둠 속으로 도망쳤다.

"밖에 귀신 있어, 안 무서워?"

발소리가 멈췄다.

푸차가 히득거렸다.

"밖에 눈이 내리지?"

대답이 없었다.

"금방 날이 밝을 것 같지?"

그래도 대답이 없었다.

"좋아, 좋아. 귀신 이야기 안 할 테니 어서 들어와서 앉아. 안은 따뜻하니까."

잠시 조용하더니 사그락거리는 소리가 조금 가까워졌다. 하지만 팡잉의 모습은 보이지 않았다. 그저 그녀의 신발 위에 달린 금속 장식이 어둠 속에 번쩍일 뿐이었다. 나는 그녀의 발 한 짝이 가까이 있음을 알 수 있었다.

갑자기 머리 꼭대기에서 '둥' 하는 소리가 들렸다. 잠시 후 다시 육중하게 '둥' 소리가 울렸다. 그 바람에 등잔불이 흔들렸다. 그런데 그 소리는 머리 위가 아니라 앞쪽이나 왼쪽 또는 오른쪽, 아니 모든 방향에서 나는 듯했다. 푸차가 조금 긴장한 모습으로 나에게 무슨 일이냐고 물어보았다. 나도 모르겠다고 말했다. 그는 이 위가 산이라 밤에 무슨 소리가 날 리 없다고 말했다. 나 역시 무슨 소리가 들릴 리 없다고 생각했다. 그는 우리가 무덤까지 땅을 파낸 것 아니냐고 말했다.

"정말 귀신을 만나는 거 아닐까?"

나는 귀신 같은 것은 믿지 않는다고 했다. 그는 전에 노인들이 톈쯔령에 강 서쪽으로 통하는 동굴이 하나 있다고 말했는데, 우리가 그곳으로 통하는 굴을 판 것이 아니냐고 물었다.

"이 바깥이 베이징, 아니 미국 아닐까?"

나는 그래도 중등교육을 받았다는 사람이 어떻게 그런 말을 하느냐고 그를 핀잔했다.

"겨우 수십 미터 팠을 뿐인데 그런 말을 하세요? 아마 번이 아저씨 집 옆에 있는 변소까지도 못 팠을 텐데."

그는 창피했던지 멋쩍은 웃음을 지었다. 그는 때로 아무리 생각해도 이해가 되지 않는다고 했다. 아무리 먼들 한도 끝도 없이 그렇게 멀리 있을까? 아무리 긴 시간인들 영원히 이어지는 오랜 시간일까? 예를 들어 방공호를 파는 방법으로 계속 파면 다른 세계까지 팔 수 있지 않을까?

그의 생각은 바로 내 어린 시절의 환상이었다. 나는 늘 이불 속을 파고 들어가 이불 반대쪽으로 나올 때 무언가 눈이 번쩍 뜨이는 기적을 보고 싶었다.

우리는 다시 소리가 나기를 기다리며 잠시 조용히 기다렸다. 그러나 아무 소리도 들리지 않았다.

푸차는 김샜다는 듯 늘어지게 하품했다.

"됐어. 시간도 다 됐으니 그만하고 돌아가지."

내가 말했다.

"등잔 드세요."

그가 말했다.

"옷 잘 입어. 밖이 추워."

내 뒤에서 등불이 비쳤다. 갑자기 내 앞으로 그림자가 한없이 거대해져 나를 한입에 삼켜 버렸다.

관로(官路)

내 원고에서 '관로(官路)'라는 글자는 당연히 돌이 깔린 작은 길을 의미한다. 구불구불 덜그럭거리는 길, 산에서 마차오로 통하는 길이다. 물론 작은 길을 모두 관로라고 부르는 것은 아니다. 그러므로 나는 이 돌길과 관련한 내력을 다음처럼 추측해 보았다. 예전에 관리가 된 사람들이 외지에서 말을 타고 고향에 돌아올 때 좋은 길이 없으면 체면이 서지 않았다. 그래서 관리가 된 후 처음으로 하는 일이 바로 고향에 길을 만드는 것, 즉 관로를 닦는 일이었다. 일반적으로 관로는 죄인들이 건설했다. 관가에서는 그들의 죄질에 따라 그들이 건설해야 하는 도로의 길이에 차등을 두었다. 부귀와 특별한 영광의 상징인 길이 지난날 죄업의 축적을 통해 이뤄진 것이다.

전에 마차오의 관리나 죄인 들은 모두 이름을 남기지 않았다.

세월이 흐르면서 수리하지 않아 일부 부서지거나 아예 길이 없어진 부분도 있다. 끊어질 듯 이어질 듯 남아 있는 길 역시 흙더미에 묻혀 있다. 아직 버티고 살아남은 부분만 중간에 볼록 솟아나 마치 땀이 솟아난 등처럼 반들반들해진 모습으로 사람들의 발길에 차이며 영원히 무릎을 꿇고 있다. 갑자기 나는 그 등을 땅에서 파내고 싶은 충동을 느꼈다. 머리를 땅에 박은 그 등을 길고 긴 어둠 속에서 들어 올려 나를 향해 두 눈을 동그랗게 뜨게 하고 싶었다. 그들은 누구일까?

관로를 덮은 흙에서 거름 냄새가 날 즈음이면 마을에 도착한다. 그곳에 복사꽃이 눈부시게 핀 나무가 한 그루 있다.

나는 숨을 헐떡이며 고개를 돌리고 물었다.

"마차오는 아직 다 안 왔어요?"

푸차가 우리 지식청년 몇 명을 도와 짐을 어깨에 걸친 채 서둘러 쫓아왔다.

"다 왔어, 다 왔어. 봐, 저기 보이지? 저 앞이 바로 마차오야. 별로 멀지 않지?"

"어디요?"

"단풍나무가 두 그루 서 있는 아래."

"그곳이 마차오예요?"

"왜 그런 이름이 붙었어요?"

"몰라."

나는 무거운 마음으로 한 걸음 한 걸음 낯선 곳을 향해 걸어갔다.

『마차오 사전』을 다시 읽으며:
방언의 문화심리 그리고 사전적 소설

들어가며

한사오궁(韓少功), 그는 흥미로운 중국 작가이다. 어떤 의미에서 흥미로움이야말로 소설의 존재 의미인데, 일반적으로 작가에 대한 흥미로움은 물론 작품 때문이지만, 작가의 편력(사상 또는 인생) 또한 이와 무관치 않을 것이다. 그것은 흥미로운 삶이 곧 흥미로운 이야깃거리를 만들어 내는 것과 마찬가지이다. 그렇다면 그의 인생 편력은 어떠한가? 한사오궁은 후난 창사(長沙) 출신으로 1968년 고등학교를 졸업한 후 문화 대혁명으로 인해 농촌으로 '삽대(揷隊)'하였고, 문화 대혁명 후기에 후난성 미뤄현(汨羅縣) 문화관에서 일했으며, 1982년 호남 사범학원 중문과에 들어가 본격적인 문학 수업을 받았다. 첫 소설집인 『월란(月蘭)』(1981년. 단편 「월란」은 1979년 3월 발표.)을 시작으로 『푸른 하늘로 날아오르다(飛過藍天)』, 『유혹(誘惑)』,

327

『빈 성(空城)』, 『모살(謀殺)』, 『아빠, 아빠, 아빠(爸爸爸)』, 『여자, 여자, 여자(女女女)』, 『귀거래(歸去來)』 등 중단편을 발표하면서 문명을 날리기 시작했고, 특히 장편소설 『마차오 사전(馬橋詞典)』을 통해 작가로서 견고한 위상을 차지하게 되었다. 문화 대혁명의 와중에 청소년기 또는 청년기를 보냈다는 것은, 특히 이른바 '지청(知靑)' 생활을 했다는 것은 분명 특이한 경험이기는 하지만, 1976년 문화 대혁명이 끝난 이후 숱하게 등장한 이른바 상흔문학(傷痕文學)이나 반사문학(反思文學)의 작가들 역시 그러한 경험의 소유자라는 면에서, 또한 그보다 훨씬 오랜 세월인 16년간이나 신장(新疆)에서 일종의 유배 생활을 해야 했던 왕멍(王蒙)이라는 작가도 있다는 점에서 그만의 독특한 경험이라고 할 수 없다.

한사오궁은 단순한 소설가라고 볼 수 없을 정도로 거의 전방위적인 문화인이다. 예를 들어 그는 소설 이외에 시를 짓기도 했고, 여러 권의 산문집을 낸 산문가이며, 1985년 《작가》 제4기에 발표한 「문학의 뿌리(文學的根)」에서 이른바 심근문학(尋根文學)을 주창한 문학이론가이고, 체코 작가 밀란 쿤데라의 『참을 수 없는 존재의 가벼움(중역본: 生命中不能承受之輕)』을 번역한 번역가이며, 1988년 하이난섬으로 내려간 이후로 《하이난기실(海南紀實)》, 《천애(天涯)》 등 문학지를 주관한 편집자이자 '하이난성 문화 예술 연합회' 주석을 역임하기도 했다. 또한 1990년대에 「성전과 유희(聖戰與遊戱)」, 「성이상적 미실(性而上的迷失)」, 「세계」 등의 산문을 통해 가치와 정신의 실종에 대한 우려와 소비 시대의 여러 가지 문화 현상에 대한 비판을 주도한 문화비평가이기도 하다. 그러나 한 명의 문화인으로서 작가의 활동 영역이 이 정도로 넓다는 것 자체가 작가에게 특이성을 부여하는 것은 아니다.

필자가 한사오궁에 대해 흥미를 지니는 까닭은 바로 『마차오 사전』 때문이다. 『마차오 사전』은 어떤 면에서 흥미를 유발하는가? 이에 대한 답변으로 다음 두 가지를 살펴보고자 한다. 하나는 언어와 담론 그리고 문화심리에 대한 것이고, 다른 하나는 『마차오 사전』에서 볼 수 있는 소설 형식의 문제, 즉 사전적 소설에 관한 것이다.

언어·문화심리·담론의 권력:
마차오의 언어, 한사오궁의 언어관에 대해

서구 사회에서는 언어가 대상을 지칭 또는 표상하는 방법으로 실재를 반영하며, 실재는 명칭을 통해 의미를 지닌다는 믿음이 오랜 세월 지속되었다. 그러므로 실재는 언어를 통해 모방할 수 있으며, 소설을 포함한 문학은 언어를 수단으로 삼아 작가의 의도를 드러낸다고 믿었다. 따라서 어떻게 하면 제대로 모방할 수 있는지가 관건이었다. 소설은 물론이고 시가나 희곡의 경우에도 은유를 비롯한 수사학이 발전한 요인 가운데 하나가 바로 이것이다. 특히 아리스토텔레스의 『시학』에서 천명된 모방론의 영향이 적어도 근대, 심지어 지금까지도 여전한 이유도 이와 같다. 그러나 서구의 언어관은 20세기에 들어 크게 달라진다. 그 전초 작업으로 언어는 단순한 전달 수단이 아닌 세계관의 표현이라고 주장한 K. W. 훔볼트, 기존의 파롤(parole, 발화) 대신 사회적 관계에 의한 언어인 랑그(langue, 언어)를 전면에 부상시킨 페르디낭 드 소쉬르, 19세기 최대의 논리학자이자 근대적 의미론의 창시자로 알려진 G. 프레게 등의 언어관에 영향받았다. 소쉬르는 언어학에 새로운 이정표를 마련해 이후 구조주의, 후기구조주의, 해체주의자 등에게 큰 영향을 끼쳤고, 훔볼트의 사상은 독일의 현상학과 해석학이라는 언어철학에 영향을 주었으며, 프레게는 러셀 등과 함께 언어분석 방법을 확립해 이후 논리실증주의와 분석철학에 토대를 마련해 주었다. 현재 우리는 이미 언어만이 진리를 표현할 수 있으며(가다머), 언어는 존재의 집이다(하이데거), 심지어 진정한 언어란 없다(데리다)는 주장에까지 이르렀다. 이러한 언어관의 변화는 언어에 예민한 문학에 직접적인 영향을 끼쳤다. 예컨대 스위스 언어학자 페르디낭 드 소쉬르가 사후 출간된 『일반언어학 강의』(1916년)에서 제기한 랑그와 파롤의 경우가 그러하다. 그에 따르면, 랑그란 일정한 사회에서 독자적인 구조를 통해 코드화되어 있으므로 그 나름의 가치체계를 지니며, 일종의 구조적 언어로 전체 언어체계에서 추상적 문법인 언어 규칙으로 나타난다. 쉽게 말해 '언어의 개념'이자 사회적으로 공인된 약속으로서의 언어이다. 이에 비해 파롤은 이렇게 코드화된 언어에 의거해 실현되는 실제적 의사소통 행위를 뜻한다. 촘스키가 랑그를 '언어능력', 파롤을 '언어행동'이라고 한 것과 같다. 따라서 파롤은 랑그와 달리 개별적 언술 행위로서, 지역적·역사적 상황에 따라 당연히 차이가 난다.

또한 언어는 시니피앙(signifiant, 記標, 문자와 음성)과 시니피에(signifié, 記意, 개념과 의미)로 이루어진다. 양자는 비록 자연적 관련을 맺는 것이 아니라 오히려 자의적(恣意的)이지만, 하나의 기표는 하나의 기의를 드러낸다. 이러한 소쉬르의 견해는 무엇보다 서구 사상의 오랜 전통인 로고스 중심주의가 주장하는 초월적 기표(진리, 신, 본질 등)의 존재를 부정할 수 있는 토대를 마련했다는 점에서, 또한 언어의 시니피앙과 시니피에가 필연적 연관을 맺는 것이 아니라 자의성에 의해, 즉 언어적 관례에 따라 관련을 맺는다는 점을 주장했다는 점에서 지극히 중요한 의미를 지닌다.

물론 소쉬르의 이론이 이후 급박하게 변화, 발전한 서구의 다양한 사조나 이론을 모두 이끄는 것은 아니다. 그러나 분명한 것은 그 이후의 모든 논의 가운데 특히 언어의 문제는 소쉬르의 이론에서 결코 자유롭지 못하다는 점이다. 예컨대 해체(deconstruction) 또는 후기구조주의자로 익숙한 데리다는 기표와 기의의 문제에 착안해, 하나의 기표가 하나의 기의를 갖는다는 소쉬르의 견해를 부정하면서 하나의 기표가 단지 기의를 드러내기 위한 것이 아니라 그 자체의 '자율성'을 지녔다고 주장했다. 이로써 하나의 텍스트는 작가의 의도(기의)를 드러내지 않기 때문에 하나의 텍스트는 오직 해석만 남게 된다.[1]

이상 소쉬르의 논의를 인용한 것은 『마차오 사전』의 언어관이 그에게서 시작된 여러 층차의 논의를 담보하기 때문이다. 예를 들어 『마차오 사전』의 언어는 표준어가 아닌 방언이자 개별적 언술로 파롤에 속하는데, 표준어로서 한어(漢語)는 물론이고, 다른 지역의 언어와 달리 그 자체적으로 존재하는 언어 규칙이나 가치체계를 따른다. 따라서 마차오의 언어는 우리가 보편적으로 생각하는 랑그로서 표준어의 공식을 따르지 않는다는 점에서 파롤이 아니며, 마차오 사람들이 사는 마차오궁과 그 인근 언어공동체의 랑그를 따른다는 점에서 파롤이다. 또한 『마차오 사전』에 실린 단어들은 소쉬르가 말한 바대로 시니피에와 시니피앙 사이의 자의성이 특히 두드러진다. 또한 데리다가 비판적으로 지적한 것처럼 하나의 기표가 하나의 기의만을 택하는 것이 아니라 또 다른 기표로 부연될 뿐아니라 또 다른 기의를 포함하기도 한다. 그렇다면 텍스트, 예를 들어 하나의 소설에서 독자가 감지할 수 있는 것은 작가의 의도가 아닐 수도 있다. 그래서 그는 오직 해석만이 남을 뿐이라고 했던 것이다.

『마차오 사전』은 말의 문제와 떼려야 뗄 수 없는 소설이다. 그 이유는 세 가지로 요약할 수 있다. 첫째, 사전 형태에 따라

---

1) 소쉬르의 견해에 따르면, 언어체계에서 하나의 기표는 이에 따르는 기의를 지닌다. 그러나 데리다는 여기에서 반대 의견을 편다. 그는 우리가 한 사전에서 하나의 기표를 찾으면 기의 대신 또 다른 기표가 적혀 있을 따름이라면서 기의는 끝내 모습을 드러내지 않은 채로 '지연'된다고 주장했다. 이러한 기표와 기의 사이에 메울 수 없는 간극이 존재하는데, 그 간극은 공간적 차이와 시간적 지연을 동시에 나타낸다. 데리다는 이를 '차연(差延, differance)'이라고 명명했다. 데리다는 고정된 기의가 없는 것과 마찬가지로 고정된 구조도 없다고 주장하면서 이른바 구조주의를 비판해 후기구조주의의 토대를 마련했다.

표제어 중심으로 이야기를 전개한다. 표제어가 지닌 언어적 속성이 두드러진다. 표제어의 많은 부분은 마차오라는 마을에서만 통용되는 언어, 사투리(방언)에 할애된다. 다시 말해 공간적으로 폐쇄적인 서사 지점에서 그들만의 언어 형식과 함의를 풀이한다는 뜻이다. 이를 통해 마차오라는 마을의 전통과 민속, 마차오 사람들의 삶과 언어 습관 그리고 문화심리를 드러낸다.

둘째, 마차오의 언어를 통해 소설의 서사를 완성한다. 일부 어휘에 대한 해석 없이 한 편의 산문이나 짧은 소설과 같은 부분이 없지 않으나(「삼모(三毛)」의 경우) 대부분은 등장인물을 중심으로 이야기를 전개하면서 그 상황에 부합하는 어휘를 제시한다. 어휘는 표제어이면서 한 편의 짧은 이야기의 제목이 된다. 그 짧은 이야기에는 어휘에 대한 해석과 용법, 저자의 설명이 들어가 있으되 주된 줄기는 서사이다.

셋째, 말의 권력(패권), 말(언어, 화법)의 이중성(또는 다의성), 말의 지역성의 문제를 다룬다. 이 부분은 『마차오 사전』에서 저자가 하고자 하는 말의 핵심 부분이다. 당시는 문화 대혁명 시절이고, 저자는 하방(下放)된 지청 신분이었다. 물론 소설은 이후에 쓰인 것이되 마차오의 어휘가 지닌 독특성에 주목하고 어휘를 모으기 시작한 것은 그가 지청으로 마차오에서 생활할 당시이다. 어쩌면 말에 대한 관심은 마차오 방언과 그들 삶의 관련성에 관한 예리한 관찰 외에도 말의 권력, 말과 실재의 불일치 등과 관련 있을 수도 있다. 예를 들어 마차오 사전의 배경은 문화 대혁명이다. '문화'를 거대 담론으로 꺼내 놓고 오히려 반문화로 가던 시대였다. 또한 대약진운동은 말 그대로 크게 뛰어나가자는 뜻인데, 그 결과는 오히려 기아로 인한 아사와 의미 없는 중노동, 고철을 만드는 중공업 등으로 크게 뒤로 자빠지는 꼴이 되고 말았다. 언어가 제 역할을 하지 못하는 것은 물론이고, 왜곡되고 사멸될 지경에 이르렀다. 정확하게 드러내 놓고 말하지는 않지만 간혹 이런 느낌이 드는 것을 배제할 수 없다.

이를 보다 구체적으로 말하면 다음과 같다. 자연환경은 물론이고 인문환경 또한 심히 낯선 땅으로 하방된 지청들에게 가장 힘든 일 가운데 하나는 아마도 의사소통이 제대로 되지 않는다는 점이었을 터이다. 그것은 단순히 보통어에 익숙한 지청에게 지역 사투리가 주는 어색함과 난해함 때문만은 아니다. 오히려 똑같은 기표가 전혀 다른 기의를 낳는다는 것에 대한 당혹감이 먼저이다. 예를 들어 소설에 나오는 불화기(不和氣)는 표준말에서 온화하지 않다, 부드럽지 않다, 화목하지 않다는 의미로 사용된다. 그러나 마차오에서 이 말은 괴기(怪奇)하다는 말도 된다. 이 말은 원래 기이하고 특이하다는 말인데, 특별한 것은 옳지 않다는 관념이 형성되면서 다른 뜻을 지니게 된다. 이렇듯 마차오의 언어가 똑같은 기표임에도 불구하고 전혀 다른 기의를 낳는 것은 무엇보다 마차오궁이라는 지역이 오랫동안 주변부에 머물러 있으면서, 독자적 언어 환경에 지배받았기 때문이다.

언어가 언어로서 활용되기 위해서는 일정한 공간과 시간이 필요하다. 그런 면에서 언어는 역사를 닮았다. 언어는 역사와 마찬가지로 축적, 선택, 기억, 망각, 신설, 사장(死藏)의 신진대사를 겪는다. 이를 통해 언어는 환경에 적응한다. 그리고 독특한 문화심리를 형성한다. 언어는 문화의 꽃이다. 문화는 언어를 통해 생산되고 매개되며 전파되기 때문이다. 또한 문화의 저변에서는 언어가 꿈틀댄다. 언어는 우리의 감정과 사상을 생성하고 전달하기 때문이다. 이런 면에서 언어는 곧 문화심리라고 말할 수 있다. 그러므로 문화심리로서 언어는 동일한 언어에서도 서로 다른 함의나 심리를 반영할 수 있게 된다. 예를 들면 이러하다.

나는 나중에야 서방의 수많은 식민지 종주국과 그곳에 사는 수많은 서양 사람에게 콜로니라는 단어는 결코 예전에 식민지에 살던 이들의 기억에 남아 있는 살인과 방화, 강간과 강탈, 아편 수입 같은 이미지가 아니라는 사실을 알았다. 오히려 그것은 평화의 의미로 해외에 거주하는 교포들의 거주지를 부르는 또 다른 호칭일 뿐이었다. 심지어 이 단어는 은연중에 개발자, 개척자라는 낭만적 의미까지 포함해, 제국주의 시절 해외 개척을 위한 원조와 항해 탐험, 문화 전파에 대한 여러 가지 법안과 증명서 등과도 관련 있었다.(2권 229쪽, 「게으르다(懶)」)

이러한 문화심리는 급기야 인간이 언어를 창출하는 것이 아니라 언어가 인간을 창출, 조정, 제한하는 지경까지 이르게 만든다. 언어는 언어를 둘러싼 환경에서 창출되지만, 다른 한편으로 언어에 의해 환경이 제한받기도 한다는 뜻이다. 예를 들어 마차오에서 맛있다는 의미의 말이 모두 '달다(甜)'라는 말로 통한다. '나(懶)'라는 어휘 역시 기존의 나태함, 게으름의 의미 외에 마차오 남자들에게만은 멋있고 편안하며 체면이 서는 일이자 능력 있는 모습을 나타낸다.(2권 226쪽) 이는 게으름이 남자들에게 일종의 능력이나 심지어 권력으로 간주된다는 의미이다. 권력 있는 자만이 게을러도 탈이 없거나 그들만이 게으를 수 있기 때문에 이런 의미 변이가 생겨난 것이다.

또한 마차오의 언어는 마차오 사람들의 삶을 표현하고 대변하지만, 단지 표현 수단이나 상징 부호가 아니라 삶을 결정짓는 운명과 같은 것이 되기도 한다. 예를 들어 '불화기' 같은 언어는 단순한 표현이나 상징이 아니라 삶의 예언과 같다. 사실 그녀의 삶은 이미 예정된 수순에 따라 진행되고 있는지도 모른다. 또한 그 진행 과정에서 사람들은 그녀의 삶에 대해 경험적 예언을 한 것인지도 모른다. 그러나 그들의 언어는 이렇게 그녀의 삶을 결정짓고 단정한다. 그리고 사람들은 언어의 힘을 확신하게 된다. 「시내멀미(暈街)」에서도 이를 확인할 수 있다. 저자는 이렇게 말한다.

언어는 마치 영험한 주문과 같다. 한 권의 사전은 10만 귀신을 내보낼 수 있는 상자와 같다. 시내멀미라는 단어를 만든 사람, 내가 모르는 그 사람은 대대로 마차오 사람들이 특수한 생리적 구조를 갖게 만들었고, 그래서 오랫동안 마차오 사람들은 도시를 기피했다. 그렇다면 '혁명', '지식', '고향', '국장', '노동 개조 죄수', '하느님', '세대 차이' 등의 말들은 각기 관련 상황에서 어떤 것들을 만들어 냈을까? 또한 앞으로 어떤 것을 만들어 낼까? 나는 마차오 사람들을 설득할 방법이 없었다.(1권 301쪽, 「시내멀미(畢街)」)

라캉은 사람의 의식뿐 아니라 무의식 또한 언어의 구조를 지니며 언어를 통해 드러난다고 했는데,[2] 그들의 언어는 바로 이러한 무의식의 발화라고 할 수 있을 것이다. 왜냐하면 언어가 곧 문화심리이기 때문이다.

마차오에 사는 이들은 생김새가 다른 만큼이나 성격도 다르고, 빈부나 출신 계층도 각기 다르다. 그러나 그들은 동일한 언어권에서 삶의 공동체를 이룬다는 점에서 동일한 문화심리를 지닌다. 마차오의 문화심리의 특징을 언어 측면에서 살펴본다면 다음 몇 가지로 요약할 수 있다.

첫째, 마차오 사람들은 자신을 중심으로 여기고 주변을 오랑캐로 간주한다. 이러한 예는 그들이 흔히 사용하는 '이변(夷邊)'이라는 단어에 반영된다. 하지만 실제로 마차오는 중심이기는커녕 변방에서도 한참 외떨어진, 존재조차 잘 알려지지 않은 벽촌이다. 그들이 자신을 주변이 아닌 중심으로 여기는 것은 그곳이 그만큼 벽촌이라는 사실을 반증한다. 또한 자신

---

2) 라캉은 페르디낭 드 소쉬르의 기호 개념을 통해 주체와 욕망을 설명했는데, 기표는 인간의 언어체계로서 단순한 지칭을 넘어 어떤 의미로 작용하는 기의를 지닌다. 그리고 기의는 기표를 통해서만 욕구를 충족한다. 여기서 기의는 무의식이며, 기표는 주체의 욕망의 대상이다. 물론 기표가 기의를 지배한다.

을 중심으로 여긴다는 것은 결국 중심의 존재를 인정한다는 뜻인즉, 자신이 주변부라는 것을 인지할 경우 기존의 문화심리는 산산조각 나고 말 것이다. 마찬가지로 철저하게 중심주의를 고수하는 언어(마차오 방언) 역시 새로운 환경에 진입하면 곧 해체되고 말 것이다. 『마차오 사전』은 해체 이전의 근원성을 그대로 담보하기 위한 노력의 일환이라는 점에서 심근문학의 뿌리와 맞닿아 있다.

둘째, 마차오 사람들에게 언어는 담론의 주체가 지니는 신분, 지위, 권력, 명성이 투사되어 어의(語義) 이외에 강력한 힘을 지닌다. 어떤 말이든지 누가 발설했는지에 따라 경중이 나누어지며, 이른바 화분(話份, 말발)이 결정된다는 뜻이다. 이러한 말발은 담론의 권력에 대한 그들의 문화심리를 반영하기도 한다. 사실 언어 권력은 마차오만의 독특한 언어 풍습은 결코 아니다. 푸코가 언어는 곧 권력이라는 점을 논리적으로 입증했지만, 사실 그보다 먼저 사람들은 무의식적으로 언어가 곧 권력임을 인지했던 것이다. 그래서 어떤 말이라도 누가 하는지에 따라 달라진다는 것을 이미 알았다. 탱크를 트랙터라고 하든, 아니면 강령이 갑자기 말뚝이 되든 간에 그 말이 권력을 지닌 자에게서 나오면 트랙터가 탱크가 되고, 말뚝이 강령이 되는 것이다.

이는 반대로 권력이 부재할 경우, 말이 통하지 않는다(영향력을 끼칠 수 없다)는 뜻도 된다. 말발이 서지 않는 말은 말이 아닌 셈이다. 언어공동체인 마차오에서 반동 계급(漢奸) 출신인 옌짜오(鹽早)는 당연히 말발이 있을 리 없다. 결국 그는 벙어리가 되고 마는데, 이는 아무리 말해도 통하지 않기 때문이다.

셋째, 마차오의 언어는 다의적이고 때로 표준말(보통화)과 전혀 다른 뜻을 지닌다. 이는 곧 마차오 사람들의 문화심리에 존재하는 다중적이고 이율배반적인 의식을 반영한다. 예를 들어 '성(醒)'은 표준말(보통화)에서 '깨어나다'라는 뜻이나 마차오 사람들에게 '어리석다'라는 말로 통용되고, '깨닫다'의 뜻인 '각(覺)'은 멍청함을 나타낸다. 또한 '악독하다', '패려궂다'라는 뜻의 부정적 의미의 '한(狠)'은 긍정적인 뜻으로 '재주가 있다'라거나 '기예가 뛰어남'을 의미한다. 심지어 '용(龍)'은 남자의 생식기에 대한 상스러운 표현이기도 하다. 이는 마차오 사람들이 살아오면서 느끼고 경험한 것을 반영한다고 말할 수 있다. 하지만 언어와 실재의 비적합성에 대한 그들 나름의 감지(인지)를 반영하는 것이기도 하다. 이는 그들의 심리에 그대로 반영된다.

넷째, 마차오 사람들은 화법이 애매모호한 경우가 많다. 이 역시 그들의 문화심리를 반영한다. 예를 들면 다음과 같다.

"비가 올 것 같기도 한데, 내가 보기엔 안 내릴 것 같아."(날씨에 대해)

"배불러. 배불리 먹었어. 그래도 한 그릇 더 먹고 싶어."(식사한 후)

"차가 안 올 것 같긴 하지만 그래도 자넨 기다리는 게 좋겠어."(차를 기다리며)

"신문에 실린 그 글 참 잘 썼던데 난 한마디도 모르겠어."(신

문을 읽으며)

"그 사람 솔직하긴 한데 사실을 말하는 법이 없어."(중치에 대해)(2권 272쪽, 「치자화(梔子花), 말리화(茉莉花)」)

애매모호한 화법은 이것이든 저것이든 모두 긍정하거나 부정하고 싶을 때 또는 시비, 호오 등의 판단을 유보할 때 주로 사용한다. 그 까닭은 무엇인가? 저자는 이를 다음과 같이 해석한다. "어쩌면 그들은 사실을 구성하는 각각의 부분 외에도 말로 다 표현할 수 없는 더 많은 사실이 있다고 생각할지도 모른다. 그래서 그들이 아는 더욱 많은 이야기는 보이지 않는 사실에 의해 어지럽게 흩어지고 분해되어 결국 비논리적으로 변할 수밖에 없었던 것이다." 다시 말해 현실의 사건, 사물, 사람 등은 단순히 언어만으로 다 말할 수 없다는 뜻이다. 이는 어쩌면 실재와 어긋나는 언어를 불신하는 마차오 사람들의 문화심리를 반영하는 것일 수 있다.

이상에서 살펴본 바와 같이 한사오궁은 『마차오 사전』에서 마차오의 언어가 지닌 독특한 매력과 더불어 일정한 시공간에서 언어가 어떻게 마차오 사람들의 문화심리를 반영하는지, 그리하여 어떻게 그들의 삶을 정의하고, 규정지으며, 예언하는지를 묘사한다. 그리고 그러한 문화심리 속에서 언어의 권력이 어떤 형태로 횡행하며, 결국에 자신들조차 소외시키는지를 담담한 어조로 묘술한다.

어쩌면 이는 단지 마차오만의 일이 아니라 현대 중국의 모습이며, 그의 발언은 마차오에 대한 것이 아니라 현재 중국에 대한 것이라는 느낌이 들기도 한다. 『마차오 사전』이 단순히 심근문학의 일환으로 향토 중국의 뿌리를 찾아가는 것만이 아니라 현대 중국의 현실에 대한 비꿈, 더 나아가 비판처럼 들리는 이유가 여기에 있다.

소설·사전·사서(史書): 소설의 서사 형식에 대해

전통적으로 소설은 작가가 작품을 통해 드러내고자 하는 인생관이나 사상을 뜻하는 주제(theme)와 이를 보다 흥미롭고 감동적으로 꾸며 내기 위한 이야기의 구성, 즉 스토리와 플롯(plot) 그리고 작가의 글쓰기 풍격을 담은 문체(style) 등을 중요 요소로 삼는다. 그 가운데 구성은 인물과 사건, 배경을 3요소로 삼는데, 다시 단순 구성, 복합 구성, 피카레스크식 구성, 액자식 구성 등으로 나눌 수도 있다. 이는 소설이 지닌 개별적 특징으로, 소설이 다른 글쓰기와 유별되는 이유이다. 비록 현대로 들어오면서 소설이 다양하게 분기하면서 세분화했지만, 이러한 정의는 여전히 유효하다. 그렇다면 『마차오 사전』은 소설인가?

물론 소설이다. 그럼에도 불구하고 '사전'이라는 명칭이 붙은 소설이다. 사전과 소설은 당연히 다르다. 하지만 사전의 형식으로 소설을 쓴 작가는 한사오궁 이전에도 있었다. 표절 사건이 벌어지기도 한 세르비아의 작가 밀로라드 파비치의 『하자르 사전』이 선구이고, 밀란 쿤데라는 표제어를 빌려 소설 서사를 전개했다. 그렇다면 왜 한사오궁은 굳이 '사전'이라는 말을 소설의 제목으로 삼았을까? 혹시 단순히 이야기 전개 형식에서 벗어나 마차오라는 한 마을의 어휘(방언)를 탐구하고 싶었다면 굳이 소설의 형식을 빌릴 필요가 있을까? 방언 사전을 만들면 그뿐이니 말이다. 물론 그는 소설가이지만. 또한 마차오라는 마을과 그곳 사람들의 역사를 서술하고 싶었다면 전통적 지방사의 형태, 즉 읍지(邑誌)나 현지(縣誌)처럼 '지(誌)'의 형식을 빌릴 수도 있었을 것이다. 그러나 그는 그렇게 하지 않았다. 흔치 않은 사전식 소설을 선택했다. 그렇다면 그 의미는 무엇일까?

논의의 편의를 위해 먼저 '사전'과 '소설' 이야기부터 하겠다. 한사오궁의 『마차오 사전』은 제목에 '사전'이라는 명칭이 붙은 소설이다. '사전'이라는 이름이 흥미를 유발하는 큰 요인이기는 하지만, 그렇다고 이 책을 소설이 아니라고 할 수는 없다. 왜냐하면 앞서 말한 전통적 소설의 3요소를 두루 갖추었기 때문이다. 예를 들어 『마차오 사전』은 일정한 통일된 구조를 갖추었으며(매 편은 극히 짧은 단편소설이라고 할 수도 있다.) 현실 생활에 입각한 인물과 사건을 다루며 당연히 허구도 허용한다. 이런 점에서 『마차오 사전』은 비록 형식은 다르나, 19세기 사실주의 소설의 전통과 무관하다고 말할 수 없다.

그러나 그가 말하고자 하는 주제는 사실주의 계열의 작품처럼 명확하게 드러나지 않고, 독립할 수 있는 여러 개의 사건을 인과관계에 따라 종합적으로 구성한 것이 아니라 산만하게 나열하는 연작 형식의 구성을 따랐으며, 실제나 허구의 이야기 외에도 산문 또는 평론에 가까운 내용도 뒤섞여 있다. 또한 다양한 인물과 그들을 둘러싼 사건 이야기가 산재하지만 소설의 실제 주인공은 인물이 아니라 마차오의 어휘이다. 이런 점에서 『마차오 사전』은 소설이면서 어휘(마차오의 방언)를 모은 사전이기도 하다. 그런데 굳이 소설 대신 '사전'을 들고 나온 이유 가운데 하나는 전통적 소설에 대한 그의 독특한 관점 때문이다. 그는 「단풍 귀신(楓鬼)」에서 이렇게 말한다.

> 이 책을 집필하기 전 나는 야심만만하게 마차오와 관련된 모든 것의 내력을 밝히기로 결심했다. 그러나 소설을 쓰기 시작한 지 십 년이 되는 사이 점차 소설 쓰기는 물론이고 읽는 것조차 싫어졌다. 물론 여기서 말하는 소설은 줄거리가 중시되는 전통적 소설이다. (중략) 모든 개인은 각기 둘, 셋, 넷 혹은 이보다 훨씬 많은 인과의 실마리가 교차하는 가운데 생활한다. 또한 각각의 인과관계 외부에는 또 다른 사물과 물상이 대거 존재하며 우리의 삶에 불가결한 부분을 이룬다. 이처럼 복잡다단한 인과의 그물 속에서 소설의 주된 줄거리가 행사하는 패권(인물, 줄거리, 정서를 모두 포함해)에 무슨 합법성이 있겠는가?(1권 131쪽, 「단풍 귀신(楓鬼)」)

이처럼 작가는 이른바 '전통적 소설'의 글쓰기를 거부한다. 전통 소설에서 시간의 순차에 따라 진행되는 스토리, 공간 질서, 인과관계 등을 때로 무시하고, 단어의 필획으로 어휘의 선후 순서를 결정하는 '사전'의 형식을 택했다. 전통 소설 대신 '사전'이라는 장치를 들고나왔다. 사전은 한 시대나 지역(나라를 포함해)에서 통용되는 단어를 해석하고, 그 용례를 밝히는 한편, 어휘와 관련된 것을 모두 포함하려는 문화적 의도를 감추지 않는다. 그것은 일종의 문화의 시공간에 대한 해석의 총집이자 언어로 표현되거나 기술된 문화의 반영이다. 마찬가지로 『마차오 사전』 역시 전체 115개의 단어를 해석하고, 관련 인물의 이야기를 통해 용례를 밝히는 한편 어휘와 관련해 마차오 사람들의 문화심리를 보여 주는 데 치중한다. 이를 통해 언어가 지닌 이중성, 다의성, 불일치성, 권력성 등을 노골적으로 드러내면서 전통적인 소설의 서사 방식에 반역하는 모습을 취한다.

그럼에도 불구하고, 『마차오 사전』은 단순히 '해석'이 아닌 '서사'에 방점을 찍는다. 다시 말해 '사전'의 형식은 빌리되 소설의 형식을 그대로 유지한다. 그러므로 독자는 '사전'과 표제어의 등장에도 불구하고, 사전으로 읽지 않고 소설로 읽는다. 천스허(陳思和)가 『마차오 사전』이 기존의 사전 형식 소설과 다른 점을 이야기하면서 "표제어로 전개하는 서사 형식을 소설 서사 형태의 하나로 본다면, 한사오궁이 바로 표제어로 전개하는 서사 형식을 사전 형태의 소설에 추진하는 대담한 시도를 감행한 작가이다."라고 말한 까닭이 여기에 있다.

다음으로 사서와 소설 이야기로 넘어가자. 사서(史書)는 과거에 대한 의식적 배열이다. 역사와 무관하거나 유관한 수많은 전적이나 문물 속에서, 민간이나 왕실 등에 유전되는 언설 속에서, 사가에 의해 관찰되거나 정리된 자료 속에서 역사가는 모종의 의도에 따라 사서를 편찬한다. 사서는 일정한 체계에 따라 끊임없이 연관되는 맥락을 찾아 이른바 연속성이라 든지 정체성을 추구한다. 이는 편찬된 역사의 존재 이유이지 만 그 한계이기도 하다. 왜냐하면 사서는 지난 세월을 모두 담 을 수 있는 기록 보관소가 아니며, 일정한 체계와 의도를 지님 으로써 역사를 『역사』, 즉 사서로 만들 수 있기 때문이다. 사 서는 동서고금을 막론하고 왕조사가 주류였다. 이는 사서가 바로 그들에게 필요했고, 그들에 의해 쓰였기 때문이다. 다시 말해 사서는 정치권력에 의해 쓰였고, 그들이 믿거나 그들이 조성한 확고한 진리를 바탕으로 쓰였으며, 이를 통해 또 하나 의 권력, 즉 담론의 권력을 형성한다. 따라서 그들의 관점에서 볼 때 사서가 담보하지 못한 역사는 『역사』가 아니다. 이러한 사관은 오랜 세월 역사와 무관한 이들에게 하나의 진리로 간 주되었다. 이는 그것이 담론의 권력인 까닭이기도 하다.

그러므로 한사오궁은 "마차오와 관련된 모든 것의 내력을 밝히기" 위해 역사를 쓰는 것도 주저한다. '전통적 소설'의 경 우와 마찬가지로 사서(史書)에 대한 믿음도 포기했다는 뜻이 다. 그럼에도 저자는 마차오의 역사를 곳곳에서 설명하며, 등 장인물의 현재뿐 아니라 과거 그리고 미래까지 서술한다. 다 시 말해 『마차오 사전』을 읽는 독자들은 소설을 통해 마차오 의 역사와 등장인물의 간단한 개인사를 확인할 수 있다는 뜻 이다.

어쩌면 그는 지난 과거에 대한 의식적 배열로 사서가 역사 가의 모종의 의도에 따라 편찬되며 이를 통해 또 하나의 권력, 즉 담론의 권력을 형성하게 된다는 것을 눈치챘거나 포스트

모던의 역사학 관점에 동의하기 때문인지도 모르겠다.

주지하다시피 포스트모던 역사학은 기존의 전통적 역사학의 진리를 전복했다. 그들은 역사란 "일종의 언어적 허구이자 서사 산문체의 논술이다."[3]라는 도발적 언사로 역사의 진리성을 깨부순다. 그들에 따르면, 지금까지의 사서는 그들의 흔적이고, 그들의 사고이며, 그들의 권력이 창조한 허구이다. 이는 무엇보다 언어가 진리나 현상을 제대로 반영할 수 있는지에 대한 회의와 밀접한 연관을 맺는다. 오로지 사실만을 추구하고, 진리를 구축하며, 역사 전체를 관통하는 총체성을 강조하던 역사는 이제 허구와 서술의 역사로 바뀌고, 왕정의 역사는 개인의 역사로, 제도와 법률의 역사는 풍속의 역사로 바뀐다. 아날학파의 등장은 이러한 변화의 표지이다.

『마차오 사전』은 마차오궁이라는 한 지역에 사는 사람들의 역사이다. 그것은 한 번도 역사의 전면에 나서 본 적이 없던 이들에 대한 기록이다. 아니, 역사 속에서 살았지만 한 번도 역사가 된 적이 없던 이들에 대한 역사이다. 그리하여 그것은 그곳에 살거나 살았던 이들의 개인사이자, 풍속사이며, 마을사이다. 그러나 또한 역사가 아니다. 기존의 역사는 권력의 역사, 사관의 역사, 중심의 역사였지, 한 번도 주변의 역사, 일반 대중의 역사, 피지배자의 역사인 적이 없었다. 그리하여 역사는 그들을 변질시키고 제대로 드러내지 못했다. 그런 면에

---

3) Keith Jenkins, *On "What is History": From Carr and Elton to Rorty and White*(London: Routledge, 1995). 갈조광, 심규호 외 옮김, 『중국사상사: 도론, 사상사의 서술 방법』(일빛, 2007), 168쪽.

서 『마차오 사전』은 전통적 역사에 편입될 수 없었다. 한사오궁은 이를 전복시켜 그들의 역사를, 허구의 대명사라고 할 수 있는 소설이라는 형식을 빌려 드러낸다. 이런 점에서 『마차오 사전』은 마차오라는 마을의 역사이자 그곳에 사는 이들의 역사이기도 하다. 다만 소설의 형식을 빌렸을 따름이다.

나오며

말이 길어졌다. 사실 말이란 짧으면 짧을수록 좋다. 전달만 제대로 된다면. 후기의 경우는 더욱 그러하다. 그럼에도 이렇게 길어진 것은 무언가 할 말이 많기 때문인데, 이는 2003년 처음 이 책을 읽었을 때의 감동에서 여전히 벗어나지 못하고 있음을 의미하기도 한다. 그해 중국에서는 사스(비전형폐렴)가 전국을 공포로 몰아넣고 있었다. 축축하고 우울한 중국 양저우(揚州)의 한 아파트에서 한사오궁의 『마차오 사전』은 난해하지만 즐거운 삶의 활력소가 되었다. 그리고 몇 년 동안 몇 번의 다듬기와 수정을 거친 후 이제야 세상에 나오게 되었다. '사전'으로서 그리고 소설로서 『마차오 사전』은 색다른 재미를 선사할 것이다. 번역할 때 여러 가지로 조언을 아끼지 않은 양저우 대학 쉬더밍(徐德明) 교수에게 각별히 감사의 말을 전한다. 독자 여러분에게 흥미롭고 유의미한 책이 될 것이라고 믿는다.

2007년 세밑 처음 『마차오 사전』이 번역되어 나올 때 후기에 이렇게 썼다. 그리고 속절없이 17년이란 세월이 훌쩍 지나고 말았다. 이번에 민음사 『세계문학전집』에 포함된다고 하여 처음부터 끝까지 새롭게 수정, 보완했다. 다시 읽어 보니 낯 뜨거운 부분도 적지 않았다. 무엇보다 역서 초판본의 문제는 원서 차례에 나오는 사전식 배열을 따르지 않았다는 점인데, 이번에 새롭게 수정하면서 원서의 형식을 존중하되 우리말 어순에 따라 배열했다. 지난해 여름 하이난성에서 저자를 만났다. 이제 곧 새롭게 수정한 『마차오 사전』이 나올 것이라고 말했다. 그가 기뻐하며 새 책이 나오면 보내 달라고 했다. 그 약속을 지켜 역자들 또한 기쁘다. 독자 여러분의 질정을 기대한다.

2024년 6월
제주 월두마을에서 역자 심규호, 유소영

작가 연보

1953년   후난성 창사에서 태어났다.

1966년   문화 대혁명에 참가했다.

1968년   '상산하향 운동'에 참여하여 농촌으로 갔다.

1968년   '후난성 미뤄현 톈징 공사'에서 지청 생활을 시작하여
         1974년까지 계속했다.

1974년   '후난성 미뤄현 문화관' 간사로 취임하여 1978년까지
         역임했다.

1978년   후난사범대학교 중문과에 입학, 《인민문학》에 「칠월홍
         봉(七月洪峰)」을 발표했다.

1979년   《인민문학》에 「월란(月蘭)」을 발표했다. '중국 작가 협
         회'에 가입, 「푸른 하늘로 날아오르다(飛過藍天)」로 전
         국 단편소설상을 수상했다.

1981년	광둥인민출판사에서 『월란』을 출판했다.
1982년	《주인옹(主人翁)》 편집자로 근무를 시작하여 1984년까지 계속했다.
1982년	「바람이 부는 수르나이 소리(風吹嗩吶聲)」가 영화화되었다.
1983년	'후난성 인민 정치 협상 회의'에서 상임 위원으로 선출되었다.
1985년	'후난성 작가 협회'로 이관 후 우한대학교 영문과에서 수학했다. 《작가》에 「문학의 뿌리(文學的根)」를 기고하여 '심근 문학'을 제창했으며 「아빠, 아빠, 아빠(爸爸爸)」, 「여자, 여자, 여자(女女女)」, 「귀거래(歸去來)」 등 발표했다. '후난성 청년 연합회' 부주석에 당선되었다.
1986년	후난문예출판사에서 『유혹(誘惑)』, 저장문예출판사에서 『신비하고 드넓은 세계를 향해(面對神秘而空闊的世界)』를 출간했다.
1987년	밀란 쿤데라의 『참을 수 없는 존재의 가벼움(L'Insoutenable Légèreté de l'être)』을 공역했다.
1988년	《하이난기실(海南紀實)》 편집장을 역임했다.
1990년	'하이난성 작가 협회' 부주석을 맡아 1995년까지 역임했다.
1993년	'하이난성 정치 협상 회의'의 차기 위원 및 상임 위원으로 선출되었다.
1995년	'하이난성 작가 협회' 주석 및 '하이난성 문학 예술 연합회' 부주석을 맡아 2000년까지 역임했다

1995년   《천애(天涯)》 공동 창립 및 잡지사 사장을 역임했다.

1996년   작가출판사에서 『마차오 사전(馬橋詞典)』을 발표했다.

2000년   '하이난성 문학 예술 연합회' 차기 주석으로 선출되었다.

2002년   프랑스 문화예술기사훈장을 수상했다. 《종산(鐘山)》에 「암시(暗示)」를 발표, 인민문학출판사에서 출판하여 소설 부문 '중국어 언론 매체 문학 대상'을 수상했다.

2003년   쿤룬출판사에서 『완벽한 가정(完美的假定)』을 출간했다.

2004년   주저우출판사에서 『열람의 연륜(閱讀的年輪)』, 상하이 사회과학원출판부에서 『한사오궁 중편소설선(韓少功 中篇小説选)』, 하이난출판사에서 『한사오궁선집(韓少功选集)』, 윈난인민출판사에서 『공원잔월(空院殘月)』을 출간했다.

2005년   후난문예출판사에서 『대제소작(大題小作)』, 작가출판사에서 『보고정부(報告政府)』를 출간했다.

2006년   《소설계(小说界)》와 《종산》에 장편 산문 『산남수북(山南水北)』을 발표했다.

2007년   『산남수북』이 제5회 중국어 문학 미디어 대상인 걸출 작가상 및 제4회 루쉰문학상을 수상했다. 네덜란드 'Muziektheater De Helling' 극단에서 『아빠, 아빠, 아빠』와 『여자, 여자, 여자』를 각색하여 공연했다.

2008년   '하이난성 문화 예술 작가 협회' 당 서기를 겸임했다. 인민문학출판사에서 『중국 당대 작가 한사오궁 작품 시리

즈(中国当代作家 — 韩少功系列)』(9권)를 출간했다.

2010년 『노목금강(怒目金剛)』으로 제1회 마오타이배《소설선
간(小說選刊)》상을 수상했다. 『말 모는 라오싼(赶馬的
老三)』으로《인민문학》우수작품상 수상, 『마차오 사
전』으로 제2회 미국 '뉴먼 중국 문학상'을 수상했다.

2011년 『노목금강(怒目金剛)』으로《베이징 문학》우수작품상
및《소설월보》백화상을 수상했다.

2013년 잡지《수확(收穫)》에 『일야서(日夜書)』를 발표, 상하이
문예출판사에서 출간했다.

2014년 홍콩 옥스퍼드대학출판부에서 『혁명후기(革命後記)』
를 출간했다.

2016년 '중국 작가 협회' 제9회 '전국 위원회' 위원으로 선출되
었다.

2018년 장편 소설 『수개과정(修改過程)』을 출간했다.

2021년 산문집 『인생홀연(人生忽然)』을 출간했다.

한국어판의 경우 이처럼 사전 형식을 취하는 의미가 그리 크지 않다. 중국어를 모어로 쓰는 사람은 원래 알던 의미와 다른 부분이 많아 각별하게 찾아보고 싶은 표현이 있을 수 있지만 외국 독자들에게는 그런 효과가 반감되기 때문이다.

하지만 사전 형식을 빌린 작가의 의도 또한 강하기 때문에 사전 형식임을 알려 주는 제목과 사전의 찾기 기능을 위한 목차를 덧붙인다.

또한 일괄 외국어(중국어)의 사전적 주요 의미를 표제어로 하거나 원 중국어에 해당하는 외래어음 또는 한자음을 넣는 것도 통일성은 있겠지만 『마차오 사전』 번역본에서 때로는 외래어음, 때로는 한자음, 때로는 해당 단어의 의미나 심지어 한국식 훈과 음으로 기입한 이유는 매 장에 하나의 규칙에 따를

353

수 없는 다양함이 존재하기 때문이다.

독자들은 모든 표제어를 낯선 표현으로 생각하고 매 장을
읽으면 된다. 또 이 책의 기본 장르는 소설이다. 마차오 사람들
의 이야기이다. '사전'이라는 제목과 사전을 찾는 방식의 목차
와 관계없이 일반 소설을 읽듯이 순서대로 읽으면 그뿐이다.

세계문학전집 **445**

마차오 사전 2

1판 1쇄 펴냄 2007년 12월 31일
2판 1쇄 펴냄 2009년 11월 20일
3판 1쇄 찍음 2024년 7월 26일
3판 1쇄 펴냄 2024년 8월 2일

지은이 한사오궁
옮긴이 심규호, 유소영
발행인 박근섭, 박상준
펴낸곳 (주)민음사

출판등록 1966. 5. 19. (제 16-490호)
서울특별시 강남구 도산대로1길 62(신사동) 강남출판문화센터 5층 (우편번호 06027)
대표전화 02-515-2000 팩시밀리 02-515-2007
www.minumsa.com

한국어 판 © (주) 민음사, 2007, 2009, 2024. Printed in Seoul, Korea

ISBN 978-89-374-6445-4 0480
ISBN 978-89-374-6000-5 (세트)

세계문학전집 목록

세계문학전집은 계속 간행됩니다.